U0631813

秋日宴

AUTUMN FEAST

童晔——著

江苏大学出版社
JIANGSU UNIVERSITY PRESS

镇 江

图书在版编目（CIP）数据

秋日宴／童晔著. —镇江：江苏大学出版社，
2020.10（2024.4 重印）
ISBN 978-7-5684-1411-1

Ⅰ. ①秋… Ⅱ. ①童… Ⅲ. ①短篇小说－小说集－中
国－当代②散文集－中国－当代 Ⅳ. ①I217.2

中国版本图书馆 CIP 数据核字（2020）第 157446 号

秋日宴
Qiuri Yan

著　　者／童　晔
责任编辑／顾正彤
出版发行／江苏大学出版社
地　　址／江苏省镇江市京口区学府路 301 号（邮编：212013）
电　　话／0511-84446464（传真）
网　　址／http：//press. ujs. edu. cn
排　　版／镇江文苑制版印刷有限责任公司
印　　刷／北京一鑫印务有限责任公司
开　　本／890 mm×1 240 mm　1/32
印　　张／6.875
字　　数／200 千字
版　　次／2020 年 10 月第 1 版
印　　次／2024 年 4 月第 3 次印刷
书　　号／ISBN 978-7-5684-1411-1
定　　价／42.00 元

如有印装质量问题请与本社营销部联系（电话：0511-84440882）

目录
Contents

"Autum Feast" 秋日宴

南方姑娘

民谣太贵了，听一曲就要一根烟三瓶酒，外加无数伤心回忆和一晚上的苦涩。

——题记

清晨五点十分。

他背着吉他又来到了地铁站。早起上班的人零零散散，偶尔经过几个急速奔跑、穿着校服的学生，脚上的白耐克鞋晃得他睁不开眼，睁不开就睁不开吧，反正她也不会在这时候出现，这么一大早有多少人能来啊，他这么安慰自己。

清晨六点。

赶时间上班的人多了起来，大部分人都睡眼惺忪地往前走着，时不时咬上一口抓在手中的早饭，他们看地铁还没到站，稍稍喘口气，从容地吸一口豆浆或是牛奶，轻咳一声，跺跺脚继续等车。他握住吉他呆呆看着这些人，才想起他今天还没吃早饭呢。权当作减肥吧，他摸了摸自己空瘪瘪的肚子，咽了一口唾液，忍不住地幻想着，不远处有一个和自己一样没吃早饭空咽口水的她，如此想着，傻傻地笑出了声。

清晨七点半。

地铁里呼啸着风声。

他挂在脖子上的吉他终于慢悠悠地晃出了声音，一声半晌的，在嘈杂的地铁里很快就被吞没了，他并不急，拨动琴弦的手若有若无地抓着空气，一会张开，一会闭上，手心里渐渐冒出了汗，他也不在意，只管低下头，轻轻拨动着琴弦。

早晨八点。

"北方的村庄里，住着一个，南方姑娘。"他终于开口唱起了歌，大概是因为几个小时没有喝水，所以声音更加沙哑，他低着头，把嘴唇凑近摆在前面的话筒："她总是喜欢穿着带花的裙子，站在路旁。"

唱着唱着，他唇边的弧度越来越往上扬，节奏也越来越快，整个人容光焕发，像是醒了一般，他把帽子随便丢在一边，长长的刘海倾泻，盖着他所有想要流出来的表情，从远处看来，他还是那个清晨没睡醒的青年，漫不经心地弹着吉他。

"啪啦啪啦。"

"锵——"

吉他声骤然停止，他扭头看向发出噪声的源头。

现在是八点四十分。

"Hey！"她对着他挥了挥手后继续收拾她的画具。他把吉他从脖子上拿下来撑在地上，手臂压在琴头上，又是一副风轻云淡的模样："今天怎么这么迟才来啊？"

她不说话，只是耸了耸肩，匆匆支起画板后，一屁股坐在地上，点燃一根烟。烟雾袅袅升起，笔尖与纸的摩擦声，像是给他伴奏。他没有动身子，依旧是那个姿势撑在吉他上。

临近九点的地铁站，人又散了不少，只是偶尔经过几个步伐稳健的年迈老人，他们的双手背在后面，斜挎的背包中有的插一把大红扇子，有的露出老式收音机的一截天线。老人们好像集体从公园锻炼刚结束，准备借地铁站的空间休息一下，看着手中不断冒着烟雾的她，步履变得缓慢而狐疑，一脸"孺子不可教也"的表情。

"哈哈哈！"在收到无数个老人的白眼后，她却笑出了声，手里的炭笔一顿一顿地画着各种神情的老人，画完了随手丢在画包里。他一直关注着她，见她满脸笑容，也跟着扬了扬眉毛，又弹起了吉他。她听见琴弦声又响起，头也不抬，默默整理着手里的画稿。地铁里风大，她需要按住才能保证画稿不跟着风走。

突然，纸张飞扬。

他扭头，看见她牵着一个孩子走了过来，那孩子哭得抽抽搭搭，说不出一句完整的话，她便抱着孩子坐在自己腿上，从外套里抽出衬在里面的衣角给孩子擦鼻涕。孩子被她安抚好了脾气，擦干眼泪鼻涕后开始扭着身子要去找妈妈，她却抱着孩子蹲在地铁站门口，任凭孩子如何挣扎也不松手。

他握着吉他走到她跟前，她对他投以一笑，有些尴尬地说道："这孩子怕是和父母走散了，留在原地等才是最好的办法。"他点头，蹲下来摸了摸孩子的头，轻轻地说了声："好乖。"

不一会儿，孩子的妈妈找了过来，看见她抱着孩子，也不客气，一把夺过孩子，头也不回地走了，她并不恼，用手梳了梳凌乱的头发，便蹲下身子开始捡画稿，他跟着她一起捡，捡着捡着，他突然站起来说道："我给你唱首歌吧。"

"不用了，"她依旧蹲在地上："我只有一根烟，还要过一天。"

他笑了，还是唱了起来："日子过得就像那些不眠的晚上，她嚼着口香糖，对墙漫谈着理想，哎哟。"

她蹲在地上不言不语，头也不回。

不知怎么的，他想起了西贝的《路人》中的几段话："我的宿命分为两段，未遇见你时，和遇见你以后。你治好我的忧郁，而后赐我悲伤。"地铁呼呼行驶，大风起兮，她挑染的金色头发在不太通亮的地铁过道里竟熠熠生辉。

他转身，偷偷拿了一张她的画稿塞进口袋里。

她是温柔的南方姑娘，可是在烟雾缭绕中，谁又知道她本心向蓝天。

他笑意不减，唱着那首《南方姑娘》。

他耳边喃喃地响起了她与他第一次在地铁站里遇见时她念的诗："忧郁和悲伤之间的片刻欢喜，透支了我生命全部的热情储蓄。想饮一些酒，让灵魂失重，好被风吹走。可一想到终将是你的路人，便觉得，沦为整个世界的路人。"

　　"知道吗？你就是我的南方姑娘！"他在心底咆哮。

　　"风虽大，却只是绕过我的灵魂。"她在心底感叹。

　　　　　　　　　　　　　　（发表于 2019 年第 9 期《金山》）

犹如故人归

在谷里大塘金薰衣草园刚开园的时候，她和他还是大学生。他每天都引开保安，让她成功溜进薰衣草园里，那时她把自己埋进这片烂漫的紫色中，幻想自己身置普罗旺斯。年岁悠长，她从法国留学归来，见识过了真正的普罗旺斯薰衣草田，看遍了新疆、北京、大连、成都等国内薰衣草种植庄园，但在她心中，大塘金的那片薰衣草田，才是她看过、闻过的最好的一片。

兜兜转转，她还是回到了谷里，独自在大塘金开了一家薰衣草咖啡厅，每年五月，看着薰衣草田在天然地形造就下，如同梯田，一层层蓬勃盛开，她的心情就像夏日的清风，美得不可名状。

她喜欢这样的生活方式。

守着花落花开，看着人来人往。

这天一早，咖啡厅里来了个年轻女孩，大概二十岁左右，短发，剪着齐刘海，穿一件白色棉麻连衣裙，一顶宽边草帽简·爱似的斜压着半个脑袋，充满了文艺范儿。

她见女孩抱着相机低着头研究菜单的模样很认真，不禁笑出了声。女孩被她的笑声吸引，抬头看她，睁着清水般的大眼睛朝她莞尔一笑："实在挑不出了，你最喜欢喝什么就给我来一份吧。"

"好啊，"她应声道，便到操作台上做了杯薰衣草咖啡递给女孩，女孩接过咖啡便饮，也不知是被烫了还是被苦到了，秀气的眉毛拧成一团麻花。她不语，笑着给女孩递上一张面纸，女孩接过，低声道谢后又猛地抬头追问："你为什么喜欢喝薰衣草咖啡啊？"

她一愣，手里搅拌咖啡的小勺滑落至杯沿，碰撞后发出清脆的一声，猛地击开她记忆中的某些瞬间，但很快熄灭于脑海，最后她所记得的，还是那大片的薰衣草梯田，温热的风，与陪伴在她身边，却又再也找不到的人。她早已不是当初那个明艳少女，再无快意江湖的勇气，时间所磨平的，不仅仅是她的棱角，更是一份亢奋的心。

"你知道薰衣草的花语吗？"半晌，她开口问女孩。

"守望爱情。"女孩接话的时候，咖啡厅里的背景音乐萨克斯《回家》吹奏得缠绵悱恻、荡气回肠。她看着女孩清亮的眼神，仿佛看到了曾经的自己。

是夜，她破天荒没回家，锁上咖啡店的门后，关闭掉所有的灯光和音响，仅在靠着窗户的桌上开了盏台灯，手里捧着本书默默读着，耳边回荡着咖啡机煮咖啡发出的"咕噜咕噜"的声音，和母亲在家里用电饭煲煮粥发出的闷响一样，有着一股难得的温馨感。

窗外大片寂静的草海沉沉入梦，灯光昏暗，模糊视线，她揉了揉眼睛，试图想起记忆中的那个少年，却发现满脑子里只是从未改变过的大塘金和薰衣草园。她仰头在咖啡厅里仰望黑色瓦片的屋顶，缝隙处依稀看到倾泻出来的光，月亮弯弯，月光穿过烟尘，缥缈在空中，像是在暗夜里表演着舞台剧。

情伤处，高楼望断，灯火已黄昏。

她眼前又浮现出那些日子，她站在大塘金的桥上，桥下河水通明，像古代星火照亮的十三个州府，她在等，在和薰衣草一起等，她没变，和大塘金一样不变。

谁都一样，住进人海，万家灯火有时，星火阑珊有时，海边小镇，山脚小屋。她辗转走过，看遍人世间纷扰，掠过所有花瓣，还是回到原点，枕着薰衣草和他的名字入眠。

她记得薰衣草的花语是等待爱情，所以她开着咖啡店等待着那个归人，就像年少时包容她的薰衣草田，隔了那么多年依旧生长在那里，薰衣草向阳而生，芳香满溢，夕阳西下，薰衣草园如同镀了金边，神秘孤傲的紫色瞬间变得温暖柔和了起来。她穿着长裙，奔跑在紫色花海里，他用相机定格下了她少女时代最美的光与影。

都说一日不见，如隔三秋，那么他们分开的这段时间，恍惚又是多少个秋？仍然是在那片薰衣草田里，他说他要离开这里，去北方。她不吵不闹，不言不语，望着他走的方向，不回头。他在北方的冬天里，冰雪融化，酒馆里，茶室中，与人对酒三两三；她在江南小镇上，水塘边，花田旁，长歌倚楼泪茫茫。

他说他不是归人，是个过客，也许等他一路向前，途经大雪纷飞的北方城市里，在布满星辰的深夜里，也会突然想起了什么。艉殖民地扭头看着来时的方向，再回首时，她已是归人，不是过客。

他分花拂柳而来，似乎还是那个眉眼清澈的少年，似乎岁月的洗涤并没有在他身上留下太多的痕迹，似乎他还是那个站在薰衣草田里，却溅起一地星火的少年，他曾经是火，是光与亮的存在。她也曾在心底叫喊：别离开我……却无人理会，他终究听不见她的心声。现如今再站在这里，望着月色下空无一人的薰衣草田，犹记当年初见。

"你相信薰衣草可以给人带来幸福吗？"

"我只知道，我闻见了幸福的味道。"

（发表于 2016 年第 3 期《雨花文艺》）

须 弥

　　江淮被公司辞退后，一言不发地向外走去，门外阳光刺眼，照得她身边尘埃四起。她突然念起荆山没和她分手时，每次对视，他的眉眼里都有种洗涤过后的纯净。彼时，江淮在江苏大学读书，母亲心心念念都要她回北方，她不想让亲人担心，本科毕业就回乡工作。

　　虽然江淮是个北方姑娘，但她喜欢水。在镇江读书的四年里，一到周末，她就和同学荆山一起去看镇江的山山水水，荆山和古城就此在她心里生了根。回到北方后，闻不到湿润的气息，她"蜷缩"成了一尾脱水的鱼。她感觉自己太干燥了，迫切需要一份纯净的流淌，于是她丢下一切，一张车票，南下。

　　下着小雨，她独自走在湿漉漉的古街，感受着南方的湿冷，目光抚摸着墙根上厚厚的青苔和飞檐下串串鲜亮的灯笼，心里忐忑究竟该不该给他问候。荆山，这个从来没有在她心湖消失的人，不知道现在过得好不好。

　　她想起他们游金山，荆山讲到白娘子水漫金山时，她泪流满面，潜意识中，她把多情的白娘子当成了自己，荆山就是许仙，她最怕母亲变成法海，就算她法力再高，怎能和母亲斗法……

　　突然有人从身后叫她名字，扭头所见，正是她日思夜想的荆山。荆山这两年似乎没变，眸子依旧清澈如水。他向江淮伸出了手，柔声道："来镇江怎么不通知我，还巧给我遇见了，带你去金山吧。"

　　他们绕过碧波荡漾的湖水，登上金山，止步妙高台。江淮搓了搓双手，贴于冰冷的石壁后轻笑了下。雨势渐弱，江淮的笑容却让荆山感觉到眼里一片晴空。他伸手覆于石壁上道："妙高台也叫晒经台，起初建在伽蓝殿后，几经兴废，如今我们所见，不过是个台址。"

　　江淮点头，把手从石壁上抽离开来，双手合十，对着远处的庙宇拜了拜，耳畔清净得只有两人的呼吸。她突然想到，"妙高"是梵语"须弥"之意译。一如佛法所说，我们所住的世界中心是一座大山，叫须弥山。登高有时，蹒跚有时，人生不如意事十之八九，她一路披荆斩棘向前，来不及回望，再回首已物是人非。

　　一路上，他们都在聊着分开后的日子，从金山下来时已经很晚了。江淮坐在荆山的车上往南站驶去，她从车窗往外望去，一片灯火通明，火树银花，绵延般星河灿烂。荆山的侧脸隐没在黑暗中，仿佛仍是当年那个寒风吹彻，只为了给她送杯滚烫的奶茶，一直在宿舍楼下等着她的少年。

　　"在北方过得不如意就回来，我在金山湖畔等你。"荆山在江淮下车时突然冒出了这么一句。江淮愣住，嘴巴张张合合半天也说不出话来，她望着荆山的眼，感觉自己像一尾鱼般溺死在他黑漆漆的瞳孔里。

（发表于 2017 年 5 月 21 日《京江晚报》）

人生余味

余味的日料店开在城东的一角，刚盘下店面的时候，曾邀我去看过。我见地段比较偏僻，行人寥寥，不禁有些担心他未来的生意，于是劝他趁着店铺还未开张，赶紧搬到市口好的地方去。不想余味却笑道："做小日本的东西还开在市中心，等着被砸吧。"其实，我知道他头脑"精"着呢，绝对不是他说的这么回事。

余味是我的高中同学，他是通过借读途径上了小城的重点高中，因此成绩不大好。余味的爷爷是这所学校的退休老师，他便住在与学校一墙之隔的爷爷家，却老迟到，高中三年他的名声真不好。他还特好吃，一对眯眯眼只有在吃的时候放出光芒，身上的衣服总有一股子油腔味。

他的课桌抽屉里一天到晚堆着满满的零食。余味的零食和大家的不一样，不是炸得金黄的薯片就是拌着草莓和西红柿丁的水果沙拉，都是他自己动手做的。他有次烤熟了一只"叫花鸡"，用泥土裹着，荷叶包着，带到班上馋人，引得班主任大发雷霆，要不是看他爷爷的面子，他早就被轰出了校门。

我和余味深厚的革命感情是在某一节晚自习课上瞬间建立起来的。那次我生理期痛经，用热水袋焐着肚子也不管用，同桌急得到处找姜糖。就在四处找姜糖未果时，余味匆匆跑出去，端着一碗热乎乎的红糖生姜水来了，教室里一片沸腾。自此，我开始分享他的薯片和沙拉，知道了他一些不为人知的小秘密。

高考后，我们一个南下，一个北上。大学四年，我学的平面设计，挥霍着家里的生活费，雄心壮志，要做个名扬四海的设计师。和我专业一样的余味，却利用课余时间和假期，穿梭在北方小城里各个不同的餐馆里，养活自己之余，还学得一手好厨艺。

大学毕业后，我们不约而同回到故里，我进了一家设计公司，每天朝九晚五，忙得蓬头垢面，恨不能有三头六臂。而余味穿梭在大大小小的餐馆里，把一把大勺挥得呼呼作响。辗转两年后，余味盘下了我公司对面破烂不堪的一间狭小无比的铺子。那件小铺子闲置了好几年，一直挤在油炸臭豆腐和烧烤铺中间，不仅地方小，位置还偏，价格虽便宜，却一点商业价值都没有。

我几乎是捏着鼻子冲进小铺子里去的，把余味从头到脚骂了一顿。在一番激烈的言语抨击后，他竟然一脸坦然。我觉得余味太消沉了。这天傍晚，余味打来电话，叫我去烧烤摊一叙。穿过马路，我就看见黑成煤球的余味穿着白色小背心，挥着扇子，扭着身子，鼓弄着烧烤。见人来了，他咧开嘴，忙举着刚烤好的羊肉串向我挥着。就座后，余味煞有其事地给我倒了杯茶水，扭着身子凑到我耳边道："我要开个果汁店怎么样？""臭豆腐味的果汁？"我反问。

余味咂嘴，谄媚地向我递来几串羊肉串，一双小眼睛在黑夜里亮闪闪的："我寻思着你们工作忙啊，我可以鲜榨果汁，做水果便当啊，还送货上门。"我接过他递来的羊肉串，内心暗自思量这个主意不靠谱。他究竟是余味，这种小市民的胸襟和格局也只有他有，便懒得搭理他。见我沉默，余味以为是赞同了他的看法，满心欢喜道："我天天给你送果汁去啊！"

第二天，余味果然给我送来果汁和水果便当。他竟然从篮兜里取出好几个水果便当，在所有实习生惊叹的目光中打开。我瞥了一眼，也被震撼得不轻——草莓和车厘子被杧果片包围着，青葡萄散落其中。即便是这样，我也兴趣泛泛，只是用牙签挑了几块杧果后就不再吃了。

同座的几个刚毕业的实习生却两眼放光，口水泛滥。余味见此，又从身后的背包里拿出好几个便当，一一发放至他们手中，一边发着一边掏出手机道："这些就送给你们吃啦，我的店就在对面啊，我们加个微信啊，以后你们想吃什么，就直接微信我啊。"

我坐在隔间里，看着在一群实习生里扭动着黑得发油的"煤球"，哑然笑开。余味的鲜果店生意却越发地好起来，这货还频频在微信里发他低头画画的状态。那忧郁的小模样，更是把公司里的一票实习生迷得晕头转向，整天果汁、水果、便当买个不停。他照例给我留一盒新鲜的水果便当。有时候，我出差回来，几盒水果便当高高摞在桌上，助理说她已经扔了几盒了，不扔全部上霉了。

就这样一连过了好几个月，夏风散尽，冬日清冷。某天我正收拾档案时，余味一个电话打来，神神秘秘地说有个大事要宣布，所以今晚烧烤摊一叙。我在电话这端翻了个白眼，但还是应声下来。

深冬的烧烤摊人烟稀少，烧烤炉也翻不出什么火花。余味穿着一件深红色的呢子服端坐在桌旁。我掀开帘子一屁股坐在余味身边，见他正襟危坐，不禁打趣道："干啥啊？今天穿成这样，要向我求婚啊。"

"这个事情可是比求婚还大。"余味左顾右盼了一番，小心翼翼地靠近我的耳朵，轻轻地说："我贷款了五十万。我要开间餐馆。"余味咧嘴一笑，端起手中的茶杯晃了晃："我想开间档次高点的日料店。"

"你果汁店不是开得好好的嘛？怎么又去开日料店啊？"我还未反应过来，讷讷地问着。

"实话说啊，我当初盘这家店就是想着以后开餐馆向银行贷款的时候有东西抵押。"余味把手摊开，拽了拽上身皱起来的衣服，一双浓眉舒展开来："果汁店太小了，做不大啊。"

我沉默，端着杯子的手抖了抖。风骤起，烧烤摊的营业灯被吹得摇摇晃晃，纤细的电线仿佛下一秒就会断掉一般。我顺着光的方向看见了对面的公司，已是夜深时分，每间格子般大小的窗户都发出亮亮的光，光亮之大，仿佛日夜颠倒。望着窗户，我仿佛看见了自己，穿着正装，踩着高跟鞋，穿梭在宽宽窄窄的过道里。

心弦猛然绷紧。

余味的日料店叫"人生余味"，倒是真的有一股日式风味。开业那天，挂在门口的风铃很少响起，我对他说："生意不好吧，让你把店开到人迹罕至的地方来。"他没吱声，笑笑，临走时送我一套剪纸，这个时候我才知道他居然有剪纸的手艺。

"可以呀，余味！我只知道你是个厨子，没想到你还会剪纸，啥时学的？"我捶了他一拳。

"没办法，靠手吃饭嘛，总归要露两手的啦。"余味还是那样傻笑着。

又过了两年，高中同学聚会，班长说大伙到余味二店集中。当晚，我留在日料店里和同学聊天。余味的二店在小城南边，远离城区的嘈杂，打开窗户，初春花朵的气息随着风飘了进来，闻着细细碎碎的花香，睡意昏沉。第二天虽是周末，但木板硌得我很早就醒来。推开竹门，赤着脚向内堂走去，就看见余味穿着洁白的羽织，在案板上做着寿司。我坐在客座上，盯了他一会儿，捂着脸哀号道："余味你怎么活得这么恣意啊。"

余味不搭腔，继续做着手上的活。

一碟寿司做罢，余味擦干净了手，把寿司递给我后又倒上满满一杯开水："不是恣意，是只专心做一样事。"我抿了口水后，沾着芥末一口吞了个寿司，瞬间，辛辣的味道充斥着整个鼻腔。余味接过他刚刚未说完的话："第一次创业的时候，我就想好做什么，到底要做什么，不受外界影响，专心做这个事情。"

余味所指的，也就是他构思这家料理店时所确立的目标。当时，余味判断小城就快要与省城对接了，偏僻的地方一旦通入轻轨，就是名副其实的后花园，小城通地铁是迟早的事，这也意味着他的生意会蒸蒸日上，最主要的是，他开的日式料理的确是现代青年人喜欢的餐饮。所以，余味的第一个构思就是，通过前几年盘下那间铺子，开果汁店，发展扩大然后连接起他的梦想。

显然，余味是经过认真考虑的，他认为推动小城经济高速发展的是中小企业和民营经济，所以，他大学毕业不读研不工作而是直接把手艺练好开店。余味的这个构思在经过了短暂时间的生意萧条之后，不仅没有动摇，反而更加坚定了，如今一店二店，线上线下，余味忙得像只陀螺。

我望着他，想起自己这几年，耷拉着黑眼圈，头发枯燥无光，成天陷入文案、合同之中，离梦想越来越远。告别余味后，我来到公司，坐在自己的办公室里，并不开灯，只是将身子全部蜷缩在真皮沙发上，两眼放空，仿佛又回到了年少时，余味笑嘻嘻的，一步一步，昂扬地向我走来。

（又名《余味》，发表于 2017 年第 1 期《容花》）

所爱隔山海

一

盛夏，老旧的电风扇在教室的天花板上摇摇晃晃，扇出极其沉闷的风，窗外，一阵阵蝉鸣叫得声嘶力竭，那拖得长长的尾音活像催眠曲，催得教室里仅有的几个学生昏昏欲睡。正在授课的老教授终于忍不住了，站在讲台上，扯着嗓子四处掷粉笔头，江淮在粉笔头的连续攻击下，终于睁开了眼睛。

江淮眼前一片模糊，黑板上的数字与老教授的声音盘旋在她已成糨糊般的脑海中，迸发出一股熟悉的味道。她仿佛回到了高中，撑着书本偷吃泡面的时候。记得班主任循着味道当时就把她抓了个现行，男生跟着起哄，女生则轻蹙眉头满脸的诧异，教室里顿时乱成一片。

就在江淮沦陷于万劫不复之际，同桌衍南一把抢过泡面对班主任说："是我要她泡的，肚子饿了嘛。"剧情当即发生了反转，男生停止打闹，女生诧异的表情变成了冷漠和鄙夷。班主任嘴角抽动了半天，终究没有说出一个字。在这个班上，乃至整个学校，谁不知道她衍南呢？长相甜美到极致，成绩好到极致，处事却也惊世骇俗到极致。

想到衍南，江淮的心猛地收缩了一下。她睁着眼睛看向黑板，放空陷入了长久的回忆。江淮高中时就读的学校，是容城最好的一中，一直被誉为"清华收割机"的省城重点高中，据说这个学校文化班的学生，三年下来，不是进清华就是上北大，但江淮不在其中，她只是背着画板经过琅琅书声的文化班，带着自己不堪入目的数学分数直接来美术班就读。

衍南是在高二小高考过后转来美术班的，据她自己说是因为与班主任爆发了激烈的争吵，怒骂那个"老秃头"后被赶出来的。江淮听完衍南的传奇后一阵大笑，一把勾住衍南的脖子道："我以为你是夫唱妇随来的。"说罢抬眼望向坐在美术班最后面睡得呼噜震天的阿也。衍南脸忽地红到了耳根，生气地把江淮推开。

衍南上高一就和阿也情定终身了，在一中谁不知道啊？江淮没见过这么会装的人，自己捂住嘴吃吃笑个不停。衍南不知道江淮为什么傻笑，不时地晃晃头、抖抖衣服，以为自己头上或是身上有枯叶飘落。那时的衍南留着长发，眼睛像两潭清水，一件橘色的风衣把她发育成熟的身段衬得玲珑有致。她抱着语文书，张口就能背一段平仄分明的古诗词。

二

阿也跟衍南分手那天柳絮漫天。衍南转身的背影非常决绝，像一粒柳花在尘世中飞舞，很快就不见了，如同当初来美术班时的坚定。第二天，江淮拖着画板来到画室，被蹲在角落里削铅笔的衍南那铁青的脸色吓了一跳。画板落地的巨大声响惊到了正在爬楼梯的阿也，他两级并一级地极速跳上来，站在门口，望着蹲在一侧的衍南，半天也不敢推门。黑暗的画室里，江淮分明看见了衍南眼睛里的泪水。

江淮觉得，衍南和阿也之间，隔的不只是一道门，更像是一道鸿沟，一不小心坠落，便是万丈深渊。

那几天，江淮座位旁边空空如也。

衍南隔了一周才来学校，一头及腰的长发被她剪得零零碎碎，勉强才到肩膀那里。江淮看见衍南来上课很高兴，一下握住她的手。衍南的手很是冰凉，陷在江淮的手里半天也暖不起来。就在江淮念念叨叨这些天她不在的日子里阿也多么颓废时，衍南蓦地开口道："我和老三在一起了。"

江淮所有的絮叨就在这一刻戛然而止，抽搐般地猛握住衍南的手臂，她望着衍南的眼神，那股眼神，像是灰烬里零星的光，虽不明显，但存在。

老三是个素质极高的富二代，之所以被称作"老三"，是因为他不管是专业还是成绩都在美术班排第三名，万年不变，所以班上同学干脆就"老三""老三"地叫他。江淮扭头看向睡到一边的阿也和蹙着眉头做题目的老三，慢慢地消化这个消息。半天后，她猛然拍了下桌子，对着衍南道："加油。"

初夏将至，学校里的栀子花结满枝头，芬芳满盈。江淮嚷嚷着热，便把空调打开。冷风袭来，激得睡梦中的阿也翻了个身，桌子与地面碰撞发出的摩擦声惹得江淮回头看去，却意外地发现衍南蹲下身子把阿也高高卷起的裤脚放下，然后，她蹲在那里，肩膀止不住地一阵阵耸动。

江淮赶忙扭头装作没看见，只觉得气氛压抑，便随手打开了手边的窗户。

栀子花真香啊，江淮想。

三

那晚，老三和阿也打了起来，他俩从四楼扭到一楼，江淮看得心惊肉跳，她固执地认为是因为自己开空调惹的麻烦，所以心里一边数落着自己为什么要开空调，一边满学校去找衍南，最后在操场看台上找到了衍南，便立马上气不接下气地对着衍南喊道："阿也跟老三打起来了。"

衍南看她一眼，眼神平淡，与上次蹲在阿也脚边的神情截然不同。临近夜晚，操场上的知了声此起彼伏，衍南坐在一片嘈杂中，像是与世隔绝般，不断地对江淮说："江淮，我不能去，我已经有老三了，老三对我那么好，我不能帮别人。"

阿也在和老三打架的第二天后便消失得无影无踪，江淮笑着对老三开玩笑道："阿也畏罪潜逃了。"老三捂着开裂的嘴角笑了起来，衍南却一本正经对老三道："不许笑！"见江淮目瞪口呆，又对着老三道："江淮，你再逗老三，他的嘴可是会一个月都吃不了东西了啊。"

日子平淡似水，不起波澜。柳絮早已不再漂泊，栀子花也不再芬芳。一个暑假过去后，没心没肺的江淮才若有所思地感觉到她已经读高三了，无数老师和亲友的目光就像无数小鞭子，空气中更有无形的哨声吹起。为了节省时间，她开始住在学校努力学习，她没时间关注衍南，她们几乎一个月都没好好交流了。

晚自习课上，江淮座位旁边习惯性空着。不用猜就知道，衍南又和老三手拉手逛校园，欣赏荷塘月色去了。她想着衍南明艳的笑容，突然鼻头一酸，她在便签纸上写道："收收心，以你这么好的文化成绩，努努力能考上国美！"江淮把纸条三两下对折好塞进隔壁的抽屉中，想想她又把它拿出来，拆开，复又叠成船的形状，小心翼翼地再放进抽屉里。

她希望衍南考上杭州的美院，更希望她们友谊的小船一帆风顺。

四

为了去省城参加外省的美术校考，江淮和衍南、老三做足了功课，衍南和老三把目标锁定在"八大美院"，考虑到考试时间错不开，精力又有限，衍南只报了一所美院和两所"985""211"的重点大学。老三是最先到省城的，他的妈妈开着宝马X5亲自去陪考，在省城豪华的希尔顿大酒店一住就是半个月。老三被妈妈监控了，只能在手机上发信息和衍南说话。

衍南和江淮结伴来到了陌生的城市，刚到省城的第一天，所有的宾馆都满员。她们背着包拖着箱子在大街上徘徊了两个小时，终于在临近考点的一个小旅馆住了下来。小旅馆因陋就简，生意却不差，和旁边的火锅店一样，客来客往，空气里充斥着浓烈的烟熏火燎的味道。

狭小的宾馆，萦绕在鼻间的水粉味和晃动在眼前的名单，构成了两个女孩虽然艰苦却内心春暖花开的半个月。这里的旅客和她们一样，都是来考试的学生，不断有背着画板拖着行李箱的学生来来去去。江淮和衍南挤在唯一的一个单间里。与其说是单间，不如叫杂货间，约莫七平米的房间里堆满了生活用品，两个画架难以撑开，头顶上的空调和灯罩上落了厚厚的灰尘。

江淮坐在行李箱上打量着这勉强称作"房间"的地方。一旁的衍南正弯腰忙碌着收拾，突然放在床上的手机铃声响了，那是老三的短信设置，她一个箭步冲到床前。"考场见。爱你！！！"老三把千言万语浓缩成短短的五个字发送过来了，恰巧隔壁浓烈的火锅味飘过来，熏得衍南两眼酸涩直流泪，泪眼蒙眬中，挽着的头发松散开来了，乱糟糟地搭在肩膀上。江淮心一凛，衍南这种魂不守舍的样子能参加校考吗？

第二天的素描考试并不顺利，江淮手忙脚乱交了卷后才反应过来忘记画细节了，气得一屁股坐在石阶上。衍南却不以为然地说，没事，第一场考试本来就是练手的，接着把一盒铺满了青椒肉丝和鸡蛋的饭递给江淮，说是老三特意从街角的餐馆里排队买来的。

"老三这么快就考完了？"江淮问道。衍南说："他早出来了，买两份饭排了二十分钟队。"江淮又问："那多不过意，他现在人呢？"衍南噘着嘴巴说："跟她妈去吃大餐了。他说了，等最后一天考试结束，他要找借口和我一起留下来，江淮，你说那天我扎辫子好看还是披头发好看，我穿哪件衣服帮着参谋下哈……"

关于老三及她的穿着打扮，衍南还说了些什么，江淮却没有心思再听下去。冰冷的石阶，涌动的人群，鲜美的肉丝，炽烈的阳光，女友上下翕动的红唇，就像一幅意境深远的画，令她不住地颤抖。她突然之间明白，史铁生为什么会拿起钢笔去奋斗，是因为心中有梦。

梦想不是我们要去的地方，而是我们出发的方向。接下来渐渐熟悉了考试的模式，考点从这个校址换到那个校址，两个女孩子不急不慌，老马识途般从容。在那半个月里，衍南和老三每晚都要煲好长时间的"信息粥"，而江淮每次在睡前都要画五张素描练手。

五

校考结束，冬日渐深。老三因为骑自行车没注意和等红灯的汽车擦碰了下，这场车祸来得真不是时候，卧床休养三个月，学校的课程，自然无法来修了。衍南急得像热锅上的蚂蚁，她不敢再去医院探望老三了，因为过于频繁，怕老三的妈妈看出端倪。老三的妈妈是位女强人，在商界赫赫有名，没少请专业老师给老三一对一地"开小灶"。

又是一个大雪纷飞的夜晚，衍南对江淮说："每到下雪的晚上，老三就带我翻墙出去吃火锅。""老三那么久没来学校，你省得翻墙出去混了，正好定定心听课做题。"江淮接过话把子道。"可是，我今天想出去哎，我要去吃火锅，是姐们就陪我翻一次墙头……"衍南仰头望向江淮，两只布满血丝的大眼睛里写满了哀求。

而此刻，窗外的雪花飞舞得像春天的柳絮，校园内外，白茫茫一片。

江淮心一软，两人已成功地越过学校墙头，雪地上留下了她们一串串欢快的脚印。衍南突然间童心大起，从地上撸过一把把雪向房上撒，向墙上投，向树上抛……衍南跺着脚，不断向掌心呵气，她把雪搓成大大的雪团，弯腰把雪团砸向江淮，江淮的红棉袄都被雪团洇湿了。两个女孩借着这场雪将平日高中生涯的紧张与忙碌全部放肆地发泄出来了，以至于多年后江淮还记得她俩清脆的笑声。

两人嘻嘻哈哈走过两条街，穿过一条长长的巷子，来到了热火朝天的火锅店，在一个狭小的包间里坐下。看样子衍南是这家店的老食客了，两人刚一落座，服务员就把锅端进来了，火锅的汤汁翻滚着，小包间里雾气迷茫。

衍南对着菜谱勾勾画画，反复推敲，要了一份青菜，一份粉丝，一份海带，一份贡丸，一份老油条，江淮嚷嚷着要再加两盘羊肉，却被衍南阻止了。江淮愤怒地从衍南的碗里拨出几个丸子道："想吃，干啥不点点儿荤的啊，老三的积蓄不全在你身上裹着吗？"

衍南却一个白眼冲着江淮翻过去："我干吗要花他的钱，我吃的东西还能到他肚子里啊。"江淮无视衍南的白眼："你那么急匆匆拉我出来，我口袋可是布靠布啊。反正你难得请我吃火锅，我要点份羊肉，咱的钱不够结账就拿老三的钱先垫一下呗。"

话音刚落，衍南直接把火锅里的所有东西都捞到自己碗里："告诉你江淮，别打老三钱的主意，我可不是因为他家有钱才跟他好的。他家给他的生活费，我每月都帮他存着，从来不私自动用。"

江淮见此，赶忙把碗里的丸子吞下去，又往火锅里下了点面条，细长的面条在猩红的汤里上下涌动，衍南用筷子搅了搅面条颔首笑道："今天我生日。"江淮听了一愣，嘴里的丸子咽也不是吐也不是，只好尴尬对衍南笑了笑："那咱一会买个蛋糕去？"

衍南并没有回应这个话题，她眼圈红红的，继续说道："我爸妈早就离婚了，妈妈有男朋友了，爸爸娶了新老婆后又生了个女儿，巧的是，那妹妹和我一天生日。他每次陪着新女儿过生日，会不会也想起，他还有一个女儿，也在这个时候过生日？"

说完，衍南已泣不成声。江淮第一次看到衍南落泪，这个一向以坚强示人的女孩也有软弱的一面啊。江淮不知道劝说什么好，只得拿过衍南的碗，捞过面条又浇上滚烫的辣油汤，豪迈地说："没关系，今年生日我跟你一起过，壮士，喝了这碗红油汤，干了这碗长寿面，我祝你以后的人生红红火火！"

吃完火锅后，雪早就停了。衍南和江淮站在马路边上瑟瑟发抖，望着对面通明的灯火，衍南提议去洗澡暖和下身子。在浴室里，江淮拍了拍衍南吃得鼓鼓的肚子，开玩笑道："小姑娘肚子这么大，怀了几个月啦？"衍南道："孩子他爹都走了好几个月了。"江淮立刻收起了笑容："你们真的在一起过了？"

江淮知道衍南的性格，她和男朋友之间要么不好，要好就肝胆相照，赤诚相见。但江淮就是不敢相信，或是说不愿意承认，衍南那么早地成为女人，这在她看来多不自重啊。衍南却不这样想，衍南在学校和老师干仗，和男生谈恋爱，不过是为了在世间寻找安全感，她被父母抛弃了，不想再被其他人看不起，她维护着所谓的自尊与爱情，哪怕需要她用年轻的肉体来供养。

衍南一边慢条斯理地穿衣服，一边向江淮传授人生经验："在一起又怎么了？我不敢保证他对我好一辈子，但我只要当下他对我的好。他对我好，我必对他好。这个世上所有的感情，都是彼此互换来的，要求别人都要对你好之前，先扪心自问，反省自己，该怎样去对待别人。不管是爱情还是友情，如果你丢了真心，忘了感恩，失了诚信，你就什么都不是！"

六

第二天衍南和江淮双双迟到，一起进班后江淮却退了出来，因为她看见空了很久的阿也桌上，坐着阿也本人。衍南却一脸平淡，仿佛看见的是什么不相干的人。阿也也掠过衍南，冲着门口的江淮挥手。就在阿也回来的第二天，老三就拄着拐杖来上课了，衍南竭尽热情，平素清高得要命的她，像伺候老爷的小丫鬟似的低眉顺眼，扶着老三上上下下。

阿也从外地培训回来后，多了一个习惯，他有事没事就站在阳台上发呆。江淮偶尔闲着没事也有此习惯，她凑近阿也问他在想什么，阿也却是撑着栏杆，笑而不语。江淮看着阿也的校服在阳光底下飞扬，望着他的倒影在池塘里熠熠生辉，像是看着一个新的希望。

衍南有时扶着老三经过，只是一瞥，再无反应。

老三的腿也是在这年春天好的，衍南笑着说，这是她的功劳。

五月初的时候，突如其来的一场雷阵雨打断了江淮窗边的一株栀子花，江淮嚷嚷着这是不好的预兆，预示着她高考肯定考不好。衍南却反驳道："说不定是劈坏你所有的坏运气呢。"江淮顺势问她："你和老三准备考一个大学？"

还未等衍南回答，江淮就被一股香水味刺激得一连打了好几个喷嚏，抬眼一看，发现是老三的妈妈独自提着包走进了班主任的办公室，再回头看向衍南，衍南却又是一脸的平淡，回答着她刚才的问题："一个大学又怎么样？以后又不可能在一起。"

高考前一天，江淮早早地就睡了，第二天精神抖擞地参加考试。衍南高考结束后便和所有人都失去了联系，直到快要去大学报到的时候，衍南才给江淮来了电话。江淮接到电话后咆哮着对衍南吼道："你知道老三找你多久吗？你怎么一声不吭就跑了呢？"

衍南淡淡一笑："我去妈妈的老家了，贵州空气真好，柳絮都不飘。"

"废话！"江淮反驳道："大夏天的飘什么柳絮？"

"可是我怎么觉得在此之前，我的世界里一直都飘着柳絮呢？

对了，江淮，你来贵州吧……"

衍南的邀请，让江淮一颗一直想外出旅行的心再度摇摆起来。她试探着打电话给老三："衍南在贵州呢，你去见她吗？"老三说："我在厦大和我妈一起看三角梅呢，我妈说，通知书没下来之前，不准我单独外出……"自始至终，老三没回答她贵州是去还是不去，衍南是见还是不见。

但老三的话语更加坚定了江淮的贵州之行。

七月，贵州多雨。衍南撑伞来贵阳机场接她。衍南的舅舅就住贵阳。衍南对江淮提到了她的外婆，那个一辈子住在毕节山里的老阿婆，她还说起了她这段时间隐匿在山区小学支教的故事。衍南支教的是毕节织金县的一所乡村小学，苗族孩子比较多，这些孩子每天上学要走一两个小时的山路，天不亮就起床，中午回不了家，天黑了才到家，随身都带着电筒和煮熟的土豆、玉米、红薯等干粮。

说起她的学生，衍南满脸堆笑，末了她把嘴一撇说："你没看到过孩子们渴望读书的表情，支教去的老师看一眼就受不了，真的！我童年在这里待过一段时间，虽然生活条件差，但是外婆很娇宠我，舅舅家的孩子都让着我……"

江淮听得一愣一愣的，大张着嘴巴道："从来没听你讲过这些事，原来你在这里度过童年，有这么好的外婆守护你。""可是，我外婆两个月前走了，这世人再也没人疼爱我了！"

当晚，江淮和衍南就住在毕节山里，两人几乎谈了一夜的心。衍南长长的回忆中，有童年，有少年，唯没提及老三，更没有提到阿也。衍南最后真的没和老三在一起，高考后，老三往北，衍南往南，鲁美和国美这两个最好的美院，分隔着这一对曾经如胶似漆的恋人。当江淮通过网络联系到衍南时，衍南正在微信圈上晒她在中国美院获奖的画，江淮看到衍南满满的正能量，一颗心，彻底放了下来了。

江淮忘不掉衍南，那个在高中的校园里，一边谈恋爱一边读书的夸张女生；那个吃火锅的时候，曾经和自己对饮一碗红油汤的少女；那个在毕节的山夜，哀而不伤地叙说幸福童年的女孩；那个在国美的校园里，画作频频获奖的励志女神。江淮每次想衍南，都有想把她的故事写出来的冲动。

"活着，没有权利忽略内心，更没有权利丢弃传统与本真。致那些曾经互为影子、互为恋人的校园情侣……"刚写了开头，一个个模糊的影子开始清晰呈现。最先是衍南，然后是老三，还有阿也。江淮知道，不管是谁，不管是和谁，都会有一道沟壑，跨得过去，或是跨不过去，还是看自己。

（发表于 2016 年第 6 期《上饶文艺》）

不做大哥很多年

　　我刚来这所学校的时候，就听说女生宿舍楼前面有个小门，通向一个小超市，又听说开超市的叔以前是混黑社会的，后来不知道什么原因突然就改行开了这个小超市。因为地理位置得天独厚，所以小超市开得红红火火，惹得周边商贩一众眼红，又忌于叔黑社会的身份，只得压住心头所有的羡慕妒忌恨，看起叔来，眼白翻得像一对卫生球，压根不肯正眼瞧。

　　因为方便，我经常去叔的小超市买烟，小超市别的东西都很便宜，就烟和酒贵得离奇，我和几个兄弟都嚷着叔太不厚道了，叔却打着麻将叼着烟，对我们翻了翻眼皮，双手把麻将牌一推，大喊道："十三幺。"

　　我和叔熟络起来是因为那晚和兄弟们约好了去网吧开黑，结果那几个有异性没人性的家伙纷纷丢下我和女朋友约会去了。迫于无奈，我只好蹲守在叔的超市门口，大冬天的，风吹在人脸上就像刀子割，我的破袄此时完全派不上用场，布靠布两层，棉絮板结得像纸，冻得人直哆嗦，为了掩饰那双在风中瑟瑟发抖的双唇，我决定对来来往往的漂亮女孩吹口哨。

　　没吹几个，叔就一个大耳刮子打得我眼冒金星，我顿时懵了，扭头看向叔，只见他解了一颗衬衫扣子，撸起袖子，臂膀上露出半只老虎脑袋的文身，脖子贴肉的地方挂着一根粗壮的金链子，明晃晃的，刺得我一阵惶恐，还未等我开口对叔求饶，叔又撸起了另一只袖子切齿骂道："小小年纪不学好，要什么流氓！"我一愣，身体却快于脑子，一下子扑向叔的裤腿，嗷嗷地叫着：

"我错了我错了。"

叔见我认错认得诚恳，便领我进了超市后的小房间，又黑又小的房间里亮着一盏灯，照着散乱的一桌麻将、半瓶五粮春和几颗早已脱水的白菜，见我一脸目瞪口呆，叔踹了我一下，丢给我一个小马扎，正声道："坐。"

我慌忙坐下，叔坐在一张海绵与弹簧交错的黑皮沙发上，跷着二郎腿弹着烟灰问："小子学什么专业的？"

我端坐在小马扎上应声道："物理，物理。"说罢双手在薄纸似的袄里摸来摸去，试图摸根香烟贿赂他。

叔却又是反手给了我一全大耳刮子道："尽胡扯，理工科个个都是文质彬彬，哪会有你这号的……"我连连点头附和："是是是。"叔见我一脸惊慌失措不像老油条，便信了我的话。

叔随手从桌子上拿起高脚酒杯，倒了二两五，一饮而尽。酒香味立即四下里漫溢，他的耳朵率先红了起来，叔继续咂巴着嘴，似乎意犹未尽。酒把我肚里的馋虫勾上来了，我舔了舔嘴唇，便伸手跟叔讨一杯喝，而后又遭遇到了今晚的第三个耳刮子伺候。

叔打完耳光后并不看我，仰天吐了口烟圈，目光追随着一个个淡白色烟圈慢慢变小，扩散，最后丝丝缕缕消失在空气中化为无形。这时候，他的目光收回来了，疾声道："当代大学生，不好好学习，整天想着抽烟喝酒泡妞，照你这样，以后怎么找工作？"

而此刻，我痛得龇牙咧嘴，眼角迸发的全是泪水，"霍"地一下站了起来，斜着肩膀冲向他："你不就是个黑社会嘛，装什么好人！"

"坐下！"他声音猛地高起来了，把酒杯放桌上，发出"哐当"一声响："我现在君子坦荡荡。"说完这话，叔便对我进行了半个多小时的思想教育。我端坐在小马扎上，昂着头听着叔洋洋洒洒的一番话，只觉得自己像风筝，在空中飘啊飘的，还没窜入云端，被他扯着线一把拽到了地上。

后来，我每晚都要来叔这里坐坐，买包瓜子和他唠嗑，我坐在小马扎上嗑着瓜子喝着白开水，叔坐在弹簧飞起的黑皮沙发上抽着烟喝着酒抖着腿。有了每晚的会谈，我也不开黑打游戏了，叔也不熬夜打麻将了。同学以为我做了黑社会的小狗腿，见他也是哥啊哥地叫了起来。我很是得意，扭身便告诉叔这个消息，叔却对我扬起手来，我以为叔要给我一个耳光，我太熟悉叔这个姿势了，不承想叔把手高高举起却低低落下，像是在空中画了一道弧，末了抓起一把瓜子边嗑边骂道："你个浪费父母钱的家伙……"

再后来，我每晚来叔这里跟他唠嗑的时候，都带着一本《大学语文》，一边和叔唠着，一边背书。渐渐地，我知道了叔的很多旧事，包括他很小的时候对父亲的仇视。叔说："我爸是个酒鬼，每次喝醉，都要拖着我妈的头发往地板上按，我妈那会顶多才三十来岁，秃发秃得利害，头发早就被他揪光了，后来实在不堪忍受服毒自杀了……"叔说到这段的时候喉头哽咽，眼光闪闪。他拍拍我的肩膀又说："你小子没尝过失去亲人的滋味，我十二岁就没了妈妈，感觉天都塌下来了，我恨我爸更恨我自己，唉，太小了，没能力保护妈妈！"

叔的话给我感触很深。"我的父母都是老实巴交的农民，因为儿子要上大学，家里的粮食和牲畜都卖得差不多了。我这个班大部分都是富二代，为了不想让人知道我是农民的儿子，怕被嘲笑，所以装出一副混混的样子大手大脚，姐姐打工供我读书的钱全用来泡网吧了。"还是叔说得对，不走正道永远都不会强大。后来的期末考试，我的语文分数鲤鱼跃龙门冲到了全校第一，老师在惊讶的同时，立马选我做了班上的语文课代表。

晚上我和叔谈到这件事，叔的眼睛里出现了难得的笑意，他破天荒地让我抿了口酒，拍了拍我的肩膀道："小子，好样的，下次来开始背《近代史纲要》吧。"

恩威之下，我喝光了叔杯子里所有的酒，胃中一阵火辣辣的灼烧感过后，我清醒过来了，挠着脑袋表示抗议，叔却驳回了我所有的话语。

叔抖着烟尾，深深地吐了口烟圈后，语调低沉，声音嘶哑："我后来高中都没读完，一心想着称王称霸，那个时候要是不打打杀杀也能上大学，哎，不谈不谈了，反正你小子现在在我手上，你就好好给我背书。"

还未等我接话，外面就有人叫叔去结账，叔应了声后抬起屁股就走了出去。我望着随手被他丢在地上的烟蒂，短短的一截，冒着青烟，像是叔发怒时的眼睛，冒着绿光。

我本以为会待在小超市里勤勤恳恳背书一直背到大学毕业，没料到，还没到大二，叔就出事了。

那天晚上，我和往常一样，一边背书一边和叔有一搭没一搭地聊着，突然门口传来一阵吵嚷，有个身材高大的醉汉，满嘴胡言乱语地进了超市，叔抖抖烟灰便迎了上去。我一时胆寒，缩紧身子，躲进了小房间旁边的库房。

推开库房的门，仿佛看见了阿里巴巴的宝藏，这是一个与小房间截然不同的房间，明亮的灯，码得整整齐齐的货品，地上铺着的白色瓷砖亮得晃眼，我砸吧着嘴，在货架旁绕来绕去，思考着一会问叔是不是有个田螺姑娘天天给他收拾屋子，还未等我反应过来，就听到"咣当"一声巨响，慌忙跑出去后，便看到叔用背紧紧撑着通往女生宿舍的那扇小门，醉汉躺倒在地上，鲜血流了一地。

叔见我傻站在那里，对我吼道："报警啊！"

我报警了，叔被警察带走，我作为目击人也跟着进了警察局，但是除了反反复复重复着"不知道"外，实在不知道说些什么。警察调来监控录像，黑白的界面像是一部电影，我看见，醉汉指着叔在骂些什么，后一把推开叔，直冲冲地向门那里冲过去，却被叔提起来的一脚给踢飞，头撞到放在一边的货架。

于是我对叔的记忆从此便永远地停留在监控录像上的他，一脚抬起，大地撼动。

醉汉被送到医院后，被诊为脑震荡，住了半个多月医院，醉汉的家人扬言要么赔钱，要么就法庭见。叔便把所有积蓄拿出来一起赔给醉汉，学校也因为此事，把小门封了，超市也不给叔开了。叔也不反抗，默默地收拾好了行李，把货物低价盘了出去，关上门走了。

叔走了后，我变得无所事事了起来，在宿舍打着打着游戏便想起叔教育我的话，于是买了几本习题，抱着书本跑到图书馆里读起了书。图书馆里无声，偶尔有窃窃私语的声音和笔尖划在书本上发出的细微摩擦声。在一片寂静中，我翻开书本，一字一句地默读。

叔在出事的一个多月后打了个电话给我，约我在学校对面的烧烤摊上吃饭，我如约而至，见叔神采奕奕，倒酒的姿势和以前无异，依旧潇洒。叔见我走了进来，便招呼着服务员上菜，我坐在叔的对面，望着叔的脸，心里的话把自个儿噎得生疼，便一口喝干了他刚倒满的啤酒，又重重地把杯子摔到桌上。

叔嚼着花生米的嘴不动了，笑着问我这是在干吗，我也不说，抢了他剥好的花生就是一顿猛吃，叔却笑了，抖着身子拍了拍我的肩膀道："小子，没啥过不去的。"

我沉默半晌后，开口道："叔，到底是怎么回事？"

叔一耸肩，靠在椅背上，一副无所谓的姿态，他扶正我丢在桌上的酒杯道："那人喝多了嘛，死活要走小门出去，我都告诉他那门是通向学校内部的了，他就是不听非要往里冲，这里面可都是女生宿舍啊，就气不过，把他打了一顿。"说完，叔又给自己倒满一杯酒，晃了晃酒杯里的泡沫，笑得寓意不明。

我怔怔地坐在对面，心里五味陈杂，半天说不出话来。

那个晚上我和叔一起喝了很多酒，喝到抬不起头来，像只醉虾似的趴在桌上，话都说不清楚。朦朦胧胧中，我好像听见了叔高昂的声音："小子，要积极向上啊，上孝顺父母，下抚育子女，踏踏实实过日子。"

他一把撸起袖子，露出半个老虎头，拍了拍我的脑袋说："当初我辍学，发誓要进黑社会，去文身，结果太疼，纹了一半就跑了，哈哈哈，所以就预示了我的一生，永远不可能有出息！你不同啊，你是大学生，未来坦荡光明。我为什么把烟酒卖那么贵啊，因为我不想祸害你们啊，好好一孩子，抽什么烟，喝什么酒呢，有我在，一条街都不敢卖你们烟酒，你们啊，你们啊。"

我昏沉沉地点了点头后，醉倒在饭桌上。

叔走了，他补齐了另外半个老虎文身，一张火车票去了北方。临走的时候，我塞给叔一条烟，他先是惊讶，后点头，收下了这条烟。叔说："好好读书，努力上进，我当年要是看得清楚，孩子也该像你这么大了。"

我沉默，抱了抱叔，仿佛在叔身上，闻见了父亲的味道。

后来我认真学习，不逃课，不打游戏，只是烟瘾越来越重。

很多时候，当我叼着烟，路过那扇被封了的小门时，仿佛都能看见，叔坐在那张破烂的黑皮沙发上抖着腿，指着我，质问我为什么抽烟，今天有没有背书。

我对着小门笑了笑，踩灭了烟。

（发表于 2016 年第 3 期《百固楼》）

总有温暖的光芒在闪耀

一

六一前夕，我所供职的北京一只船教育科技公司收集了四川凉山彝族自治州大凉山地区两所学校400个孩子的微心愿，特意在楼下布置心愿墙，上面贴满了写着孩子的心愿卡片，布置完毕后，又在群里号召同事们分批认领心愿，做山区孩子们的圆梦人。

"400个心愿有点多啊。"我有点担忧。

馨馨是这次圆梦活动的主力军，她看向我的眼神中也透出些许不安。

"你要相信公司员工的爱心。"这次活动的策划人汪老师敲击着键盘，语气中满是笃定，仿佛400个心愿已经安排妥当。

果然是我低估了同事们的爱心，不到一下午的时间，心愿墙上的心愿就已经被大家认领得差不多了。更有位爱心同事一下子领了十个篮球心愿，扬言要送给他们一个篮球队。我在布置心愿墙的时候也留意孩子们的心愿，见到合适的就贴在袖口上，念叨着要圆他们的梦，并将心愿卡片小心撕下来贴在自己的桌板上，也算是留个纪念。

同事们准备的礼物陆续送到馨馨的工位上，半天不到，她就身陷各种各样的礼物中。汪老师从门口匆匆赶来，说预约了一个会议室摆放礼物，我想象了400个礼物堆满会议室的场景，情不自禁发出赞叹。

接下来的两天都是在统计、整理、打包中度过的，馨馨买了40个大纸箱用来快递给孩子们的礼物。把礼物按学校和班级整理分好后，整个会议室拥挤得走不进人，贴在包装袋上的祝福卡片被空调风吹得微微翘起，露出了透明袋子里同事精心准备的礼物。

老板浩哥说，只有我们亲自去送礼物，这个儿童节才更有意义。于是，由八名志愿者组成的圆梦小分队在六月一日出发，计划去大凉山和孩子们度过一个不一样的儿童节。

夏天的雨下得匆忙，雨水落在玻璃上模糊一片，感觉生命在摇曳，这是凌晨三点夜雨初停的北京机场，早起的旅人，抖落了眉眼上的淡漠与哀愁。

我深陷在机场的椅子中，抱着志愿者旗子身体疲惫不堪，脑海却清明一片。

想到孩子们的400个心愿发送到公司邮箱的那个下午，我们都挤在电脑旁围观着他们小小的心愿，看到了篮球、书包、衣物等，有个想要40码男鞋的心愿着实让大家好奇起来。后来听老师说才知道，这个孩子是个孤儿，是被她的叔叔抚养长大的，所以她的心愿不是满足自己小小的渴望，而是给辛苦的叔叔一双鞋。

六点的早班机，到州府西昌市才上午九点，在海拔一千多米的高原上，耳膜鼓动，不敢大口呼吸，除了自己的心跳，再也听不见其他的声音。坐在汽车上，我把窗户开到最大，任由阳光在脸上肆意侵略，恍惚万籁俱寂，灵魂被抽空。

一个小时颠簸的车程，终于辗转到了目的地。支教老师们早早就在门口等着，见我们从车上下来，他们发出喜悦的呼唤，他们脸上明艳的笑容是这座灰蒙蒙的城市里璀璨的光彩。此时正值下课，孩子们都躲在铁门栏杆后面好奇地打量着我们，又在经历几次对视后尖叫着跑开。操场上活蹦乱跳的孩子们也停下手上的运动，跳起来冲我们大喊："老师好！"

二

"在这里，有很多孩子都不愿意上学，偷跑出去打工，这几年随着九年义务教育的普及，他们又被校长找回来继续读书。"老师领着我们向支教班级走去，边走跟我们说明班级情况："所以这里有十几岁的孩子还在上小学。"

老师介绍完我们后，就到了发礼物环节。第一个被叫到名字的孩子的礼物是个玩具小熊，认领这个心愿的同事直接买了个一米六的大熊。大熊的包装袋被拆开，熊手臂瞬间弹开像烟花般绽放在小女孩眼前。伴随着班级里其他学生兴奋的尖叫声，她的表情有些困惑，接礼物的动作也有些迟缓，但很快被惊喜替代了，从讲台回座位的路上，她的背影逐渐轻快，扭头看我们的眼睛亮晶晶的。

坐在办公室里，老师向我们解释那些在角落的作业本就是那些跑出去打工的孩子们留下的，那一摞摞的作业本更像是他们生活的佐证，沉默地积压在墙角，封面上落着的灰尘好像也落在他们的皮肤上。它们就这样日复一日地堆积起来，熬过静默的一生。

也许那些被叫回来继续读书的孩子们也会感到烦闷，可他们只能望着天。天上的云彩变化多端，看着云彩，他们也许会觉得自己的未来有无限可能。有时大凉山会突降暴雨，乌黑的云团压过所有光，风卷着土腥气扑面而来，他们折身向山顶跑去，雨在后面追，泥点溅得满身都是。那些遥不可及的梦想被雨水浇得细碎，湮灭在烟雾朦胧的山里。

《卡桑德拉大桥》中有这么一段，瘟疫在车厢里爆发，外面有人把窗户钉死。现在，大凉山的孩子仿佛也坐在火车里，疾驰的火车正往危险的地方撞去，在此起彼伏的尖叫声中，支教老师却勇敢地站了出来，用手拔掉一个个钉在车窗木板上的钉子。

有人说苦难是种财富，其实不然，被苦难历练出的人生经历才是财富。就像支教老师们，他们面对生活的苦难，毫无怨言，任由生活的困境碾压自己。他们身无长物，却心怀天下。拿着微薄的生活补贴，住在简陋的房子里，做着不被父母认同、自己却认为是天下第一重要的事情。他们用三尺讲台，支撑起遥远的梦想和坚定的信念。

也许他们有过犹豫，但他们更相信心中的答案。

我们和他们不同，终日奋斗在烟雾缭绕的城市里，怀揣着不再炙热的梦想和庸人自扰的烦恼，我们把日复一日的平淡生活视为寻常，不知道什么叫无常。殊不知我们所谓的平常，却是别人渴望许久的幸福。而他们拥有常人无法理解的奉献精神，就像立在云天之间的山脉，深藏不露且难以触及。

三

被家访的孩子住在离学校很远的山上，步行要一个多小时。老师在前头领路，走读的孩子结伴回家，大家行走在湛蓝的天空和白云之下，抬头见山穿过云层矗立在天边，阳光把土地晒得滚烫。孩子们都背着磨得看不出颜色的书包，穿着不合时宜的棉袄，迈过高高的土坡，走得飞快。有些大胆的孩子贴着山边走，摇摇晃晃的，让人心惊。

孩子父亲一早就在家门口的土坡上等我们了，用彝族话招呼我们进屋，又搬出家里的所有板凳，小心翼翼地请我们坐下，自己却局促地搓着手指，站在被雨水泡得松软的大门旁，仔细观察着我们的表情。

女孩拿着一筐西红柿从黑漆漆的家里跑出来，蹲在门口用水洗干净后递给我们，我接过时手掌触碰到她柔软温热的手指，她也感觉到了我的温度，冲我露出了腼腆的笑容。

孩子父亲在听到老师对孩子的夸奖后落泪，眼泪消失在皱纹里。临走时，我们递给他从市里买的牛奶和生活物品，他再次落泪，用他如山间泥泞小路的手指擦干后，露出短暂的笑容。女孩望着父亲，不懂他为什么喜，又为什么悲，咬着被啃得稀碎的西红柿，跑出老远。

下山的路上，老师说，之前他们曾特设几个女童班，因为他们觉得女童是希望，通过几年的学习，哪怕并没有让她们学到很多知识，只是让她们养成好的生活习惯，也足够改变一个家庭了。

她们可以用勤奋提高自己的学习能力，用时间塑造自己的文化修养。就像长在路边的梧桐树，可以通过后天的修剪变成自己想要的模样。外面的世界飞速发展，忘却了这些住在山里的彝族人，可他们依旧对山外的生活有着热烈的向往。他们忽略了生活所有的阴影，怀揣着十分坚韧的生活态度，坦然接受所有的颠沛流离，任由时代和命运的车轮碾压自己的生活。

我站在学校新修缮的水泥地面上，眺望着远处高山盘旋处隐没着与山色融为一体的土色房子，仿佛望见无数个彝族孩子顶着风雪一路走来。若想一件事的价值得到所有人的认同，则需要经历长时间百转千折的洗礼，无论是千里而来的支教老师，还是一直扶持、补贴他们的政策，都是百转千折中美好的存在。美好的东西都是脆弱的，我们应该全力守护它们。

"千般荒凉，以此为梦，万里蹀躞，以此为行。"这是余秋雨在《文化苦旅》中的一段话。我想，大概只有在悬崖高歌，在雪山诵经，在戈壁望月，在海上泛舟，去看不一样的风景，做一些不可思议的事，才能分外感受灵魂的自由，才会知道人与人的不同，才明白世界的不一样，这或许才是我们行万里路的理由。

我们终究会在阳光灿烂的地方相见。

（发表于 2020 年 6 月 16 日《北京青年报》）

雨打蘅芜深

　　岁月是一场浩劫，我们粉身碎骨。林清玄说："即使世界粉碎成微尘，人仍然要在情爱里走过漫漫长夜，哭过茫茫旷野。"读完这句话，体内情感在翻涌，胸腔里沸腾着血液，冲向头顶，我又想起阿衡来。

　　　　　　　　　　　　　　　　　　——题记

一

　　临睡前和阿衡聊天，互道晚安放下手机后，江淮头刚刚靠枕，却见放在床头柜上的手机震动得像青蛙游，她一个激灵坐了起来。是阿衡。阿衡在手机那端不停地轰炸着她："江淮，我觉得我被'绿'了。"

　　很少听阿衡提起她的男朋友，猛地收到这个"灾难"的消息，难免有些消化不掉。江淮还没来得及措辞安慰她，她又发了大段语音来，点开，放在耳边，却发现她声音平静，和往常无异："他一个多月没理我，我还想，他为了考研这么拼命，有点心疼他，现在想来，真是心疼我自己。"

　　江淮无言，合上手机，揉了揉干涩的眼睛，又打开手机，翻着和阿衡的聊天记录，无端地，就落下泪来。

　　时间领着两个女孩在岁月的隧道里不停地穿梭，无选择，无退路。日历上离去的日子被撕去，堆积起厚厚的灰尘，江淮拨开老旧的门窗，在里面看见了过去的阿衡。她和自己随着人流挤在回家的路上，灯光昏暗，她的眼睛闪闪发亮。

江淮和阿衡在一场作文讲座中认识，阿衡坐在江淮身边，咬着笔杆眉头紧皱，高高的丸子头把她每一寸发丝都勒得光滑平整，老师在台上慷慨激昂，吐沫似乎能飞到天上去，江淮却一点都没听进去，只想帮身边这个眉头紧皱的妹子松散开她的头发。

于是，江淮靠近阿衡，向她发出邀请："你的头发要不要拆下来？"阿衡扭头看江淮，眉头依旧紧锁，拿她咬着的笔挠了挠头发，道："不行，我头发拆下来会'爆炸'的。"说罢，又把笔塞进嘴里。于是，在下半场的讲座里，江淮都在幻想阿衡爆炸头的模样。

后来初中毕业，上了高中，江淮和阿衡相遇在小区门口，阿衡骑着她的小黄自行车，停在江淮身边，指了指离学校总共不超过三百米的距离问道："要不然我带你？"说罢，热情地拍了拍还没有江淮屁股大的后座，冲着江淮挥挥手。

江淮应声坐下，半个屁股空在外面，阿衡猛踩着踏板，屁股离开车垫，背部因用力紧紧地崩成一条直线，和她紧紧扎着的丸子头一样，如此用力，车轮才缓慢地转动了一圈。江淮生怕下一秒小黄车连带着阿衡紧绷的丸子头一起爆炸，慌忙跳了下来。

阿衡有些惋惜，挪动着车子追上江淮的步伐还想说些什么，江淮慌乱地抓住阿衡的车龙头，稳住摇摇欲坠的她，目光诚恳："要不然我们以后一起回家吧。"阿衡点头，从小黄车上跳下来，跟江淮并肩走到学校。

而后三年的每天晚上，江淮都和阿衡并肩走在从学校到小区那条短短的路上，明明五分钟就可以到家的路程，却被她们无限地延长，仿佛这么一直走下去，就可以走出时间，走到尽头。

高一过得波澜不惊，那时的江淮已经下定决心要学美术，所以活得自在轻盈。阿衡在纠结理科班和文科班的同时，见江淮恣意潇洒，眼睛冒出细碎的光来："我以前也一直学美术，要不然我们一起学美术吧？"

"你这个成绩学美术简直'暴殄天物'啊。"江淮没把阿衡的问题放在心上，随意扯了个别的话题就掩盖了过去，阿衡先是沉默，然后停下小黄车，把身体靠在车前，盯着江淮看。江淮被盯得浑身发毛，鸡皮疙瘩丛生。阿衡表情凝重，磕磕绊绊地又从车上下来，拍着江淮的肩膀道："我想学美术，我下个星期跟你一起去老师家画画吧。"

后来阿衡出现在美术班的时候，吓得在打瞌睡的专业老师猛地站起，捏着铅笔在堆满石膏的画室里踱步，感慨道："'暴殄天物'，'暴殄天物'啊！"

即景流年几载，记忆都被时间割成碎片，江淮回想起来，总觉得虚幻的比真实的要多。恍惚间，江淮看见了年少的自己，不知生活多灾多难，笑哭即是心中所想。而今年岁渐长，诸事都露出了原本惨白的模样，些时才明白，原来，笑是苦，哭亦是苦，所谓的人生欢闹，其实很不堪。

诸行无常，诸法无我，涅槃寂静。

二

那时候，画室在地下室里，拉下生锈的卷闸帘，俨然是一个封闭的世界。画稿被随意丢弃在早已布满铅笔灰的瓷砖上，再次为画画事业做出了贡献。昏黄的打光灯斜靠在楼梯扶手上，拉出了石膏长长的投影，在纸上勾画出弥补的阴影。阿衡坐在江淮身边，眯着眼睛量着比例，铅笔来回拉扯，橡皮屑飞扬。

江淮和阿衡像革命同志般携手，风里来雨里去，学了这一个短暂而珍贵的学期专业。每次回忆起一起去学画的场景，有个画面总会在江淮眼前定格：她们彼时最喜欢合吃一块手抓饼，在去画室的路上总会买一块，加了足够辣酱的那种。

阿衡撕饼的时候就像撕一张 A4 纸，左右两手的食指和拇指微微一靠，中指、无名指和小指翘着兰花指，看上去非常优雅。

轮到江淮撕手抓饼，常常是十指纠缠，往往因用力过猛，溅得画包上全是酱汁。

阿衡不擅吃辣，每每被辣得涕泪交流，江淮就笑得蹲下身子，然后阿衡开始捶打她，一边背过身子捶打她，一边对着画室相反的方向咳嗽。江淮时而蹲，时而站，时而扭头就跑，手里的饼早已掉光了内容，她边跑边对着风大口嚼着，连同残缺的饼和风全部吞咽到了胃里，很长一段时间，江淮都觉得胃里火烧火燎地疼。

然而，最后阿衡还是没有学美术。她被文科班的班主任劝回去了，她匆忙地来，急促地走，像一阵风，更像一缕轻烟。但江淮画包上手抓饼的酱味却难以消散，那种辣到流泪的感觉一直陪伴到她统考结束。

冬日来得很快，气温渐渐锋利起来。进入高三后，生活节奏变得紧张起来。江淮每晚留在画室里画画，提着水桶几步走到水房去换水，水落入水桶，声音沉甸甸的。学校里的画室离文化班的班级很远，站在水房边上才能隐约看见点点灯火和穿梭的人影。江淮偶尔会有一个愣神：不知道那里的阿衡学得怎么样了？阿衡似乎从来不对她提学习上的事儿。

江淮站在黑暗中，看着窗外的灯光，风呼啸而过，墙上的画发出窸窣的响声，散落在空旷的水房里。因为天气寒冷，丙烯颜料大块凝结在一起，附着在调色板上，她把手伸进水池里，指甲与调色板刮擦，发出了刺耳的响声，如同机械损坏时发出的号叫声，割得人心口生疼。

回家的路上，江淮抱怨着水太冰，再这么无止境地洗着调色盘，恐怕还没到统考，手上的冻疮就已经肿胀得连画笔都握不住了。江淮一路上都在絮絮叨叨，咒骂着天气寒冷，哀号着画不到老师心里去。阿衡很安静，默默地听着江淮的胡言乱语，偶尔附和几句，却绝口不提她在文科班有多压抑。

阿衡和江淮最终各自为学业奔赴，并肩走的路上脚步沉重起来。

时间于她们，是残忍的存在。它会把所有的熟悉之物从你身上狠狠地剥开，让你重新长出柔软的壳来，让你再次被黑暗吞噬。你在黑暗中沉沦，昂头看着头顶的唯一光亮，你无言，只是望着，深深地望着。

高考毕业后，江淮往北，阿衡向南，此后的所有联系都靠手机。江淮和阿衡高考都不得意，最后都很狼狈。大概正是因为如此，她俩仿佛一夕间长大起来，绝口不提往日的岁月。

北方的冬天向来彪悍，卷席着风雪说来就来。学校放假早，江淮闲着无事，就买了票去南方找阿衡。路上火车颠簸，暖气烘干了江淮对南方所有的湿润的思念。阿衡从教学楼里奔出来，散开的一头长发已及腰，在这冰天雪地里显得分外温柔。

江淮望着她由远及近对着她笑的脸，却发现，她们之间似乎有很多话要说，但又不知如何说起，她们之间想相互靠近，但相见时还是忍住了互相拥抱的欲望。

阿衡环住江淮向她伸出的手，跟着她走在两排栽着松树的路上。树木常青，偶有细碎的叶子落下，踩在脚下，吱呀作响。阿衡走在江淮身侧，仿佛时间穿梭，她们还走在回家的路上。

南方多水乡，阿衡所读的大学也在烟雨朦胧中，曲水弯弯，小船竹篙深。

她带江淮迈过石桥，踩在青石板上，穿梭在略带萧瑟的小巷中。深巷里有好几间面馆，大锅支在门口，袅袅地升腾着烟雾，巷子越走越深，最后落入人家。阿衡不知从哪买来一块手抓饼，用她标志性的"兰花指撕法"将饼一分为二，扭头对江淮笑道："像不像家乡？"

饼上的酱汁、忠实的味蕾又把江淮带回了那段岁月，故景与现实重叠，光阴如酒，一夜鱼龙舞，画船听雨眠。她俩相视一笑，万事万物的悲苦都在这对视的笑容中泯灭了。

是的，她们都有着对现实的愤懑，随着时间的推移，却又都学会了把这些埋在心底，仿佛世事于她们，只不过一场雪，融化后，天晴依旧。

三

阿衡作为一个中文系才女，感情一直波折不堪，两次恋爱，过程跟跄，结果悲戚。

中文系从来都是狼少肉多，有的男生大学毕业了都没有认全班上的女生。开学初期，专业老师要求自行组成读书小组，阿衡正欲和舍友组合时，坐在她身后的男生拍了下她的肩膀："我叫言，我能跟你一组吗，阿衡？"

阿衡回头，对上一张清秀的脸，在阴雨绵绵的天气里，他咬着嘴唇叫出的"阿衡"二字平仄分明，像极了许久未见而又重逢的老友。于是，在舍友的打趣下，素来内敛的阿衡破天荒地没有拒绝这个男生的请求。

两人在相处中熟悉起来，意料之中地，言向阿衡告白。不出意外地，阿衡点头答应。

阿衡不是个话多的女孩子，好在言有着不同于其他男生的安静。两人时常在图书馆约会，相对地坐在靠窗户的桌子上。四月的春风是妖媚多情的，吹在人脸上跟挠痒痒似的。阿衡戴着耳机摊开书，背靠在椅子上，抬眼就看见以同样姿势在读书的言，满眼都是比春风更蜜的柔情。

像春风般的小女子每晚必向江淮汇报恋爱进展，和言约会的点点滴滴，吃饭、看电影、在图书馆里沉默读书，以及在月下说长一句短一句的情话。江淮回复阿衡说：你这颗珍珠在一群鱼目中显得灼灼光华了啊。不过要注意，但凡过分热烈的恋情来得快去得也快。江淮不知道为什么要说那样一句薄凉的话，可能是安妮宝贝的书看多了，她总感觉阿衡发来的两人合影里，言的眼神有些躲闪。

果真，这段恋情并没有持续多久。五月还没来，天气就有些微微燥热起来，言和阿衡从图书馆出来，不知怎么地就走到了湖边。言站住，蠕动着嘴唇半天憋不出话来。阿衡习惯了他平日里的安静与沉默，所以并不觉得此时的他有什么奇怪。便向前一步，想要摸他的额头。言一惊，猛地往后退了好几步，惊恐的模样提醒阿衡事情的不对劲。

"我的初恋回来找我了，我很爱她，我想，我们还是分开吧。"言始终保持着刚才的距离，语气平坦，像是在诉说一件和自己无关的事情。

阿衡心里陡然升腾起一把火，烧得她浑身燥热。她说不出话，只能对着言飘忽的眼睛，质疑事情的真实性。言咬着嘴唇叫出阿衡的名字，带着不容拒绝的强硬。他们站在校园里的湖边，柳树的枝条随着夜风徐徐地挥动，掠过湖面荡起涟漪。

阿衡不吭声，想开口时却发现自己喉头发涩，干脆点头。扭身就走的姿态潇洒，披肩长发散落在空中，如柳条拂水面。这时的湖面上，一串串肥皂泡般的气泡冒了出来，可能天气闷热，潜藏在水底下的游鱼都上来透气了，阿衡扭过头不想去看，她更不想让自己的眼泪掉入湖中。

分手以后，阿衡也会在湖边遇见言和言的初恋女朋友。他拂柳而来，清澈的眼眸如初见，手里牵着的人却早已不是自己。从最初的慌乱到最后的平静，阿衡总结了一个最适用的办法，那就是不再去看他的眼睛。消沉的阿衡只得给江淮打电话，又怕打扰到舍友，便跑到阳台上跟江淮哭诉。

阳台上风大，吹得阿衡的声音零零碎碎。江淮虽听不真切，却深切地感受到阿衡心里的悲苦。怒火中烧起来，江淮说言就是一块必须分一半的手抓饼，你不该用那优雅的方法去撕……江淮扬言要加言的微信，把他骂得狗血喷头。

阿衡却阻止了她，哭声渐渐停止。

江淮和阿衡不同，她独身前往北方，早已把儿女情长丢弃于脑后，用大把的时间去行走。她一直坚信北岛的一句话："一个人行走的范围，就是他的全世界。"她没有更多的感情交给别人，也更没有勇气去和陌生人相处，仿佛只有行走，路过不同的、新鲜的场景，才是她的全世界。

因此，江淮活得越来越像个蜗牛，凭借坚硬的壳，躲在自己的一方小天地里独善其身。阿衡却是个善良柔软的人，付出了自己的全世界，即使只是路人。阿衡和言分手后，万念俱灰，反反复复想到江淮曾经提醒的话：过分热烈的恋情来得快去得也快。当初，她对江淮的话不屑一顾，但几个月后，她彻底同意了。

根除失恋的痛苦唯有再次恋爱。不知道这是谁对阿衡说的，以这种方式来解读大学恋爱，听上去很荒谬，却极具真实性。校园里不缺玫瑰和蛋糕，阿衡再次恋爱了，她需要一个追求者来唤起失恋的自信。

为了证明自我，阿衡对恋爱这门功课开始死磕。对她而言，每一次恋情都是初恋。然而，由于诸多因素，大学恋爱很难修成正果，就像绝大多数创业都会失败一样。那次失恋，阿衡对江淮说的一句话让人刻骨铭心："我曾把我所有的柔情与希望寄托在他身上，不求以后真的可以结婚生子，只希望可以在这异乡中寻得安慰。"

四

大学毕业后，江淮回到家乡，安安静静地当了个初中学校的美术老师。阿衡扎进出版社，当了个文字编辑。巧的是阿衡所在的单位就在江淮所在的学校的对面，可即使是这样，江淮和阿衡三天也见不到两面。江淮课程轻松，一个星期只有五节课，而阿衡手上带了几个专栏作家，每天催稿把她逼得焦头烂额，很长时间没有扎着的头发再次被她紧紧揪在一起。

那天，天气阴郁，学生从班级赶到美术教室来的过程中被突如其来的大雨给淋得浑身湿透，教室里闹哄哄的，乱作一团。

江淮起身，扯着嗓子叫了几声"安静"后并没有得到回应，干脆坐下翻开书本自顾自地在黑板上写下今天要讲的几个人物。

即使是这样，学生们也没有要安静下来的意思。气氛变得沉闷起来，江淮走到窗前，窗外雨丝绵延，点滴落在窗台上，溅到脸上冰凉无比。她望着对面出版社里热火朝天的模样，想到几日没见的阿衡，心中难免感慨起来，曾经和自己并肩走在路上的恬静少女，最终也出落成与社会紧密相连的女子，为了生活，步履不停。

突然，江淮听见一声怯怯的"老师"。

江淮扭头，发现是坐在第一排的女学生，见江淮扭头看她，她也不扭捏了，起身问："老师，你是高中就学的美术吗？"江淮点头，她接着问道："那老师，你那个时候为什么要学美术呢，没想过还是学文科之类的靠谱吗？"

"那我现在就教不到你们了。"江淮说完话后，才发现教室里已安静下来，不少学生正拿着绘画本面目狰狞地扣着线条结构。淅淅沥沥的雨声和笔尖摩擦的声音充斥着江淮的耳朵，一时间有种置身于高中画室的错觉。画室里满是林立的画架，地面上满是一层又一层的颜料和笔灰。阿衡就坐在江淮旁边，冰冷的打光灯打在她安静的侧脸上，江淮满手的铅笔灰，拍在墙上，落下手印，仿佛时间就此永恒。

这天下班后，江淮居然在校门口遇见了抱着一摞文件袋急奔而过的阿衡。她急忙追上去叫住，阿衡回头，两条娟秀的眉毛紧紧缠在一起。江淮伸手帮阿衡抹干净鼻头上密布的汗水，阿衡才渐渐舒展开眉头，冲着她笑。

已经停了许久的雨骤然又下了起来，江淮拉着阿衡躲进学校附近的小吃店坐下。阿衡见文件袋上沾上了雨迹，便脱下围在脖间的围巾包在文件袋上。

江淮招呼服务员上两碗小馄饨，阿衡张张嘴，像是要说些什么，却又吞咽进去。江淮往阿衡面前的塑料杯倒满了热水，透明的塑料杯迅速扭成一团，里面的水波澜起伏，差点全部涌出来。

大概因为是雨天，小吃店里的人渐渐多了起来，服务员呼啸着端了两碗馄饨向她们走来。阿衡端起碗吸溜了一口汤，眼镜上便蒙了层薄薄的雾。

江淮笑着给她递了张纸，随口跟她聊着："今天我有个学生，问我怎么坚持画画的，现在想想，当初怎么坚持下来的，我自己都不知道。"

阿衡的动作顿住了，接过江淮递来的纸，擦干了眼镜，她的眉眼清晰了起来。在江淮低头吸溜馄饨的时候，阿衡突然问道："那你知道我那个时候为什么不继续走下去吗？"

"你走下去才是傻子呢。"江淮含糊不清道。

"我画得不够好，也没有足够的金钱去支撑我那渺小的梦想。"阿衡握着塑料杯，看着江淮的眼睛说道。

江淮沉默，把手放在碗边上，温热的汤汁熨得人心口发烫。

吃完饭后，江淮和阿衡又并肩走在回家的路上，雨后气温降得很快，江淮被冷风吹得瑟瑟发抖。阿衡抱着文件袋走得飞快，江淮差点跟不上她的脚步。

到家后，江淮发现阿衡给她的微信上发了段话："你随命运颠簸，去往那繁华之地，看遍了姹紫嫣红，繁花似锦。是否会在风烛残年之际想起途中遇见的一朵小花？可是，若不是能看破红尘放下一颗痴心，你又怎么舍得这世界的人声鼎沸、光怪陆离，又怎会念念不忘一朵柔软的小花。花开花落，两不相负，容南不晚，此生长安。"

命运如洪流，一泻千里。我们如浮萍，跌宕起伏。你我相遇、相处，记忆随着时间慢慢加深，如同空旷山谷里的一道回响，在心头反复循环。记忆饱和到最高点，炸裂的瞬间仿佛烟花绽放。火树银花中，时间定格，江淮和阿衡走在回家的路上，那条路，似乎永远走不到尽头。

雨打蘅芜深。

（豆瓣阅读青春专栏连载）

唯是少年时

一

从辅导员办公室出来，木禾就蹲了下来，直直的长发像黑缎子一样从背部滑向前胸。她把头勾得更低了，脸几乎就要埋进手里捧着的大叠资料中。良久，她才抬起头来，头发陆续滑向后背，原本秀气的五官经过长时间的挤压，扭曲成一团，乍看上去像是没有捏好的汤圆般，扁扁的，毫无生气。

环境艺术楼的楼道里的声控灯倏地灭了，只有她身后的辅导员办公室里还亮着灯，漆黑中就只有办公室窗口透出一丝光线，楼梯口借着这隐隐的光，一步一步的台阶竟也能看个八九不离十。木禾扭头再次看了眼办公室，捏紧了手里抓着的一叠资料，撒腿就往楼道口跑去。

初冬的天总是黑得很快，木禾在天黑透了之前把宿舍里最胖的舍友胡安从床上拽了起来，嚷着要去校门口吃关东煮，胡安一手捋着短发一边套着毛衣，口中不住地嘟囔："大冬天的，谁出来卖关东煮啊？"

木禾听此眉头一扬，猛地掀开胡安的被子嚷道："谁卖？这个字要是再签不下来，我就去咱学校门口卖关东煮！"胡安刚把头从毛衣领子里拱出来，听见木禾的"豪言壮语"，大惊，又把头缩了回去。

没想到胡安一语成谶，校门口冷冷清清的，没有一个小商贩。木禾气不过，拉着胡安走过两条马路，窜过几条小巷，终于在一家超市里找到了关东煮。两人挑挑拣拣买了一碗关东煮，又舀了满满一碗汤后，站在空调底下吃了起来。

胡安拨动着空调叶片，试图让暖风吹下来点，却惹来站在柜台里面服务员的不满："不买东西还站在这里，真会享受。"胡安听此，猛地把空调叶片全部打了上去，再一把夺过木禾手里的关东煮碗，箭步到卖关东煮的地方，狠狠地舀了好几勺子汤。一系列动作一气呵成，看得木禾目瞪口呆，张着嘴哈着白气的模样着实可笑。

胡安一手叉腰一手高举着满满的关东煮对着那个服务员得意扬扬道："我不仅不买东西，我还把你家汤全部喝光，怎么样？"服务员见此，骂骂咧咧地就撸起袖子，一副要钻过柜台来打胡安的架势。而胡安在一旁不嫌事大，摩拳擦掌，叫嚣着要和服务员鱼死网破，惊得木禾抢过关东煮拉着胡安就夺门而出。

俩人疯狂地跑了一会，木禾扭头见服务员没有追出来围堵的意图，就对着胡安比"没问题"的手势。胡安气喘吁吁，坐在街头的阶梯上直喘粗气。木禾甩甩头发，靠在柱子上，左手伸进自己的棉毛衫里，整理了一下汗湿的内衣，右手依然端着装关东煮的小碗，惊魂之余还不忘吃一口碗里的"甜不辣"。

胡安顺过气来才缓缓起身，晃了几步走向木禾，跟着她一起靠着柱子，用手臂捅了她一下道："快说说你今天怎么回事啊！""嗨，"木禾咬下鱼丸，在嘴里嚼着，含糊不清地道："辅导员说经过调查，我的思想觉悟不高、态度十分恶劣，所以这个推荐生的名额不给我了。"

"不给你给谁啊？谁有你厉害啊？"胡安显然没有领会到木禾话里的深意，一双眼睛在黑夜里亮亮的。木禾对上了胡安的眸子，想起大学四年来的辛苦，憋在胸口里的一口气终于叹了出来。

木禾手里的关东煮渐渐凉了下来，原本清澈的汤上面飘着一层油。她见着难过，想把关东煮尽数倒进前面的垃圾桶里，走了几步又觉得浪费，便又把关东煮端在手里，准备带回去热热给舍友邱葵吃。

胡安似乎还沉浸在木禾刚刚的话里，跟在木禾后面有一搭没一搭地拍着她的肩膀。木禾走在前面，觉得胡安在后面走路的步伐沉重，沉甸甸的手掌如同一座山似的压在她的心头，于是折身把胡安放在她肩上的手臂拿了下来道："有什么大不了的，就像你说的，就算没有那个推荐生的名额，找工作也没问题。"

胡安挠了挠头，怔怔地"嗯"了一声后又不再言语。

二

寒风呼起，咆哮着撕扯着空气，堵住了木禾心里所有的话。街边路灯的灯光似乎被风吹散开了，影影绰绰投下来，路上一片混沌几乎看不清。就在木禾准备伸手揽车时，一辆黑色的奥迪停在了她俩前面，车窗缓缓下降，露出了她们另一个舍友秦子衿的脸。秦子衿皱着画得精致的柳叶眉催促道："起风了，上来一起走吧。"

车里暖气开得很足，皮革味混合着香水味惹得木禾喷嚏连连。秦子衿穿着黑色针织连衣裙，烫着大波浪的头发用一把金光闪闪的发饰给别了上去，耳边垂挂着两小绺头发，跟珍珠耳坠一起摇摇晃晃。木禾只觉得自己的喷嚏声在这狭小的空间里太过刺耳，尴尬地轻咳几声后，轻声地问秦子衿："你今天干啥去了啊？"

"去要实习的公司转了一圈。"秦子衿抿了唇，漫不经心地说道，又扫了眼灰头土脸、端着关东煮端的木禾，问："你呢，字签下来了吗？"

"出了点小问题。"木禾如实答后，还想补充些什么，却不料突然刹车，她和手里的关东煮猝不及防地往前冲去。结果她人没事，但关东煮的汤尽数洒在了车里铺着的厚厚地毯上。吸收了饱满汤汁的地毯孜孜不倦地散发着浓烈而廉价的汤料味道。

木禾慌忙道歉，尴尬地抬眼，对上了司机在后视镜里向她投来不满的视线。胡安坐在另一边忙接过木禾手里的关东煮。秦子衿眼都没抬，只是把自己的身子往边上挪了挪，不忘抽过压在抱枕底下的抽纸递给木禾。木禾接过，刚准备去擦溅在汽车后座上的汤时，就被秦子衿出声阻止道："纸给你擦手啦。"

木禾尴尬地笑着擦干净了手，顺手把脏纸团塞进了自己的口袋里。

沉默中，车子开到了学校。胡安一溜烟跑下车，木禾站在车门口等着秦子衿。秦子衿降下车窗，对着木禾一摆手道："我不回学校，就是送你们过来。"说完又迅速把车窗升了上去，抛下一句："要变天了，明天肯定会下雪，姐们 BYE……"

车子很快便驶出去，转变就不见了。木禾捂着关东煮，扯了扯胡安的袖子，俩人便匆匆向宿舍跑去。

宿舍里暖气大开，邱葵正披散着头发开着一盏小夜灯坐在书桌前背书。木禾推门而入，噼里啪啦地把所有灯都打开后跑向邱葵，一边拍打着她的背一边跳着道："小葵，快快快把关东煮热一下吃！"

"你的字签下来了？"邱葵扶正眼镜，合上书问。又是听到这个问题，木禾一下子难过起来，一屁股坐在邱葵旁边，捂着自己的脸委屈道："啊啊啊，没有啊，辅导员说名额不给我了，因为我态度有问题，啊啊啊啊啊……"

"你这个迟到的态度的确是有很大的问题。"邱葵起身打了杯热水递给木禾，见木禾还是撇着嘴不高兴，便蹭了蹭她的脑袋道："其中肯定有误会啊，你改天请辅导员吃个饭表明你的态度，再说，你当团支书当了四年，帮大家逃过的课、作过的弊连起来可以绕学校三圈，谁会说你不好呢？"

"是啊，找他去！"胡安又开始摩拳擦掌。

木禾呆立着，一脸的迷茫。"要下雪了！"秦子衿那句飘荡在风中的话不时在她耳边响起，她赶紧找了个玻璃杯，倒了一杯滚烫的水，双手握着杯壁，手指被热水烫得熨帖地舒展开来，手指头汲取的热度迅速传到心里，她感觉自己又复活了。

此时，邱葵的话仿佛使她如梦初醒，对啊，自己在学校风里来雨里去，哪样工作不是配合得很好啊？为什么不再去找辅导员谈谈？哪怕他不同意，也要有个明确的说法。

木禾越想越欢快，跳起来就抱住邱葵，顺带绊倒了放在旁边的椅子，动作之大，惊得在一边偷吃关东煮的胡安手一颤抖，掉落了一地的鱼丸和"甜不辣"。

三

这里就是鲁城东方艺术学院了。鲁城东方艺术学院是北方最好的一所综合性艺术院校，也是我国几个著名的高等艺术学府之一，设有美术学院、音乐学院、设计学院、影视学院、舞蹈学院、传媒学院、流行音乐学院、工业设计学院、人文学院、文化产业学院等十来个二级学院，其中的美术学院非常牛，全国的艺术生都想往这里挤。

鲁城的冬天很漫长，能从 11 月一直冷到来年 3 月。往往"小雪"的节气还没到，雪就开始上场了，就像南方淅淅沥沥的雨一样，雪在北国冰城的冬天永远是主角。这不，昨天上半夜狂风呼号，下半夜便飘起了雪花。清晨美术学院的校园里已是白茫茫一片了。

木禾穿了一件红棉袄站在雪中，像凝固的雕塑一般，环境设计系的那些新生都认识她，纷纷对她打招呼"学姐好！"木禾只是象征性地点头，她左顾右盼，都这个点了，辅导员就快来了吧。此时，远处有个人影离环艺办公楼越来越近，那不就是辅导员吗？

木禾辅导员是个年近五十的中年男人，穿一件厚厚的深色羽绒服，满脸的胡子拉碴，看上去就是个非常随意的人。他见木禾出现在办公室门口，吓得络腮胡子一震，转身就要走。木禾几步走上前笑着拦住他道："辅导员啊，马上不是要放假了吗，咱班里同学想聚会，您看您这周末有空吗？"

辅导员听此，松了口气，扭头忙对着木禾连连点头："有空有空。"

木禾得逞了之后也不久留，跟辅导员道别后就往宿舍走去。刚走到宿舍楼底下就遇见了准备上楼的秦子衿，秦子衿今天换了件毛毛的白色大衣，脚下的漆皮高跟靴步步生风，大地色的眼影更把她一双狭长的丹凤眼衬得风情万种。木禾冲着秦子衿打了个招呼后便揽过她的胳膊一起上楼。

秦子衿见木禾眉眼带笑的，便问道："怎么了，昨天的小问题处理好了？"

"差不多了吧，我决定周末单独请辅导员吃个饭，把问题说清楚。"木禾压低了声音附在秦子衿耳边偷偷道。

秦子衿嗯了声，嗅了下鼻子质问道："木禾，你几天没洗头了？"木禾哈哈笑开，把头往秦子衿白色大衣上蹭去，随后撒腿就跑。秦子衿提着包站在楼梯口目瞪口呆，随后笑着提脚跟了上去。

邱葵一早就去自习室背书了，宿舍里只剩胡安一个人抱着被子看剧。木禾大刺刺进来的时候带着一股凛冽的寒气，刺激得胡安猛地打了几个喷嚏，在几次闭眼睁眼后，秦子衿也推门而入。胡安见到她，眼前一亮，猛地从床上跳下来，抱着秦子衿蹭着她衣服领上的毛毛，舒服地眯起了眼睛，不住地发出"呼噜、呼噜"的声响，像一只懒懒的小猫。

一阵摩挲后，胡安略带羡慕地拍了下秦子衿的衣服道："哎呀，你家老王对你真好，好吃好喝伺候着，工作也找到了，你快说你是不是毕业就要跟他结婚啊？"

秦子衿不说话，把胡安的手臂从她衣服上拂下。木禾收拾好了洗头的用具，火烧火燎地就去洗头了？

胡安见秦子衿半天不理她，便又重新跳上床窝在被窝里看剧。秦子衿走到自己的桌前，从包里拿出一小瓶香水，东喷西喷、喷了半天才坐下。坐下后又打开粉饼，仔仔细细地往脸上补齐了妆后提着包又要出去。

胡安从被窝里冒出个头叫着秦子衿道："你今晚回来吗？明天小葵的男友就走了，所以要请咱宿舍的一起吃个饭，要不要我们等你啊？"听此，秦子衿握着门把的手顿了下，对着胡安露出半个脸庞摇了摇头。见秦子衿如此冷淡，胡安便作罢，想不作声地把头埋进被子里，却意外闻见秦子衿刚刚喷的香水味，于是她便昂着头仔细一闻，发现是很好闻的果香味，便不由得多吸了几下鼻子，就在她恍惚沉浸在香水味里的时候，秦子衿走了。

邱葵和她男友周从彼此年少时就在一起，这是木禾一直羡慕的。周是校园里的佼佼者，惊艳了邱葵所有的平淡时光。直到现在，周的存在就是邱葵所有努力向上的理由。上了大学后，周学的是商务管理，凭借优异的成绩，很容易找到了实习的工作。最近，因为临近放假，所以他想提前走，趁着过年把老家的事情了结，从此就扎根在省城，做一个积极向上的奋斗者。

四

这顿带着离别味道的饭，大家吃得索然无味。木禾看着周只身一件薄薄的白衬衫，手腕上戴着的浪琴手表在明亮的灯光下熠熠生辉，一副金丝眼镜架在鼻梁上，举手投足间俨然一股商务精英的味道。

而她握着的玻璃杯反射出自己凌乱的发丝和苍白的脸庞，再想到那半路夭折的推荐生名额，心里更是一阵酸涩，干脆别过眼去，不再看周一眼。

胡安大大咧咧地没有察觉到木禾的小情绪，端着杯子晃着酒嚷着要不醉不归。邱葵先是不说话，后被胡安怂恿，一起喝了起来。酒至半酣时，邱葵突然起身，拿着酒杯的手抖得不停，举到周的嘴边非要周喝下去。周推拒，却被邱葵恶狠狠的眼神给吓住了，便起身一手搂住邱葵，一手端过酒杯趁着邱葵不注意就把酒全部倒在脚底。

　　邱葵喝得迷糊，眼镜也滑落至鼻下，红唇上上下下起伏抖动着，半天也说不出话来。周见邱葵如此醉态，无奈地摇摇了头。胡安在一旁也不清醒，眨眼间的功夫就窜到饭店前面去买烤串了。木禾端坐在周的对面，咬着筷子看着扭成一团的邱葵和冷静喝茶的周，问道："老周，你手上这个手表挺值钱的吧。"

　　"哎呀，都能瞒过你的眼，那我这个高仿买的还是很值钱的啊。"周扬起自己的手表，对着木禾笑了笑。木禾听此，也不揭穿，抿了口茶后继续吃菜，邱葵靠在周身上渐渐入睡，发出小小的鼾声。周摸了摸邱葵毛茸茸的脑袋，小心地抽动手臂给自己面前的茶杯续上了热茶。

　　木禾望着脸颊通红、穿着深蓝色羽绒服鼓鼓囊囊的邱葵，又看了眼自顾自喝茶的周，只觉得邱葵佩剑未妥，徘徊路口，而周身影翩跹，早已置身江湖。现在两人看似还在一起，但难以想象，多年以后，又是怎样的光景。木禾深陷思绪，打开手机播放梅艳芳的《似是故人来》。

　　"俗尘渺渺，天意茫茫，将你共我分开，断肠字点点，风雨声连连，似是故人来。"

　　门口透明的玻璃门上贴着的招牌菜的纸被风吹成两半，一半残留在玻璃门上，一半不知道飘到哪里去了。胡安把围巾系在头上，和卖烤串的小哥站在一起对着烧烤架上的烤串扇着风，扇到兴处，扭头想叫木禾，回头处灯火通明，木禾的脸埋在影影绰绰的灯光中反射出朦胧的光，缥缈得像梦中人。

饭席散后，周看了眼表，说有急事，把邱葵送到宿舍楼底下就匆匆走了。谁料周刚走，邱葵就如同脱缰了的野马般，一个劲地往操场的方向跑去。胡安不甘示弱，撒开木禾的手也跟着邱葵跑走了。宿舍楼洞里的一阵暖气袭来，吹得木禾摇摇晃晃，她一咬牙一跺脚撒腿就追着她们跑去。

操场上的雪已经被铲净。跑道被雪水清洗过，显得格外干净，有零星的几个跑步者正坚持夜跑，邱葵一头闯入，跌跌撞撞，并且越跑越快，让在后面跟着追的木禾心惊肉跳。胡安叫着倒着跑，几圈下来，还跑到木禾身边笑得嘻嘻哈哈。木禾差点被胡安的满嘴酒味和烤串味熏到昏厥，"肇事者"还没意识到，继续哈着白气绕着木禾转悠。木禾拉过挣扎不休的胡安追上了邱葵，还未等木禾开口，却发现邱葵满脸泪水。木禾心神一懔，恍惚间松开了手，邱葵就瘫倒在了草坪上。

胡安"哇"地哭出声来，跪倒在地上抱着邱葵抖动着肩膀。邱葵原本在抽抽搭搭地小声哭泣，听见胡安如炸雷般的嚎叫，也跟着嗷嗷地哭起来。木禾站在她俩上方，看着抱在一起的胡安和邱葵，只觉得鼻头酸涩，喉头发哽，慌忙别过脸去，却有眼泪热热地喷涌而出。

"哇啊啊，周要走了，他不要我了。"邱葵越说声音越大，最后的几个字像是吼出来般，吓得抱着她的胡安一抖，也跟着邱葵叫了出来："哇啊啊，老周没有不要你啊，他就是去上班啊！"

"没有了，没有了。"邱葵的声音渐渐小了下来，最后消失在寂静的操场里，"真的没有了"。

"我也没有了啊，我的名额也没有了，"木禾拉起邱葵，拍干净她满身的枯草："四年了，我天天跟着老师后面转，到后来呢，说不给就不给了，我也没有了。"

胡安听完她俩的话，哭得半天喘不上气来，捂着脸上气不接下气道："我，我考不上研，我只能出国，我连家都没有了。"

五

木禾做了一个绵长的梦。

她梦见这四年来所有的悲欢离合，梦见炎炎夏日，太阳底下与胡安和邱葵回首道别，拖着各自的行李箱不回头。梦见自己站在礼堂的最高处，手里捧着沉甸甸的"优秀毕业生"的奖状，台下黑压压，是看不清楚的寂静。

后来木禾睁开了眼睛，窗帘压住窗外所有的光亮，她盯着窗帘一角怔怔地看了半天，直到眼睛酸涩，才收回目光，使劲地眨巴了几下眼睛，又随手抹了把脸，竟然摸得满手湿润，于是她起身下床，端着洗漱用品踩着拖鞋推开门，径直走向卫生间。

还未走进卫生间，木禾衣服口袋里的手机便开始震动起来，她忙掏出手机，屏幕上显示的是一个不熟悉的电话号码，于是她接起电话压低声音道："你好？"

电话那端十分嘈杂，几句不真切的话零星进入木禾的耳朵里，等她全部拼凑成一段完整的话时，手里的洗漱用品已经不受控制地尽数滑落跌至地上，发出巨大的声响，在空荡的走廊里久久不散。

宿醉难醒，睁眼便是正午。邱葵因此没有赶在周走前见到他。她原本被酒精麻痹的心也跟着周离去的脚步一寸一寸、飞快地跳动起来，跳到喉头处，刺激得味蕾泛苦，眼角酸涩。

邱葵轻声唤了几声木禾，都没有得到回应，干脆翻身下床，端着洗漱用品走进卫生间，进了卫生间后发现木禾的牙刷、牙膏、洗面奶撒了一池，于是就扯着嗓子又叫了几声木禾。邱葵端着洗脸盆怔怔地站了会，猜想木禾肯定是去忙名额的事情了，便也不多想，打开水龙头冲刷着满脸疲惫。

木禾到很晚才回来。到宿舍时，邱葵和胡安正在宿舍里围在锅子旁煮着面条。见木禾进来后忙给她腾了个座位添了双筷子。

木禾脸色苍白，嘴唇干涩，发际线旁一排细细密密的汗珠，身上浓浓的消毒水的味道刺激得胡安咬着大白菜嚷着吃不下去了。邱葵丢下碗，用手搓了搓木禾冻得发僵的脸道："你怎么了，不舒服？"

"感冒啊，"木禾别过邱葵略带担忧的目光，笑容闪躲："昨天你们俩跟疯了一般，我用尽了洪荒之力又是拖又是拽的才把你们拖回了宿舍，你说说，我能不重感冒吗？"说完佯装要打喷嚏的模样，推开邱葵道："你快走啊，要不然我传染给你了啊。"

邱葵见此，只能取消盘问木禾的想法，坐回去吃面条的心思也没了，呆坐在板凳上发怔。又想起周这时大概已经到家，便掏出手机想打给周，问问他的情况如何。可一连几通电话都显示无人接听，电话里机械声惹得她心中的火烧了起来，猛地把手机反扣在桌面上，震得碗里的汤汁四溅。

胡安自顾自地吃着面条不发表任何意见，整个宿舍里就只听见锅子"咕噜咕噜"冒泡的声音。木禾换上了睡衣后像是突然想起了什么般扭头看向胡安："老胡，你昨天说你要出国？是怎么回事啊？"

胡安正在嚼牛肉丸，听到木禾的问题后大惊，猛地吸气又被嘴里嚼的细碎的牛肉丸呛到，噎得喘不过去来，只能一个劲地咳嗽。邱葵和木禾一个给她顺气一个给她端水，忙得整个宿舍鸡飞狗跳。

半天后，胡安捧着杯子小口小口地喝着水，逃避似的把脸埋在宽大的阔口杯里吹着泡泡。木禾拍着胡安的后背，把脸凑到胡安的杯子旁，道："你到底什么意思？"胡安见瞒不过，干脆就实话实说："我，我家里人想把我送到国外去考研，手续都办好了。"说罢，舔了下嘴唇，却被残留的辣椒酱给辣到，两眼瞬间泪汪汪。

木禾半天说不出话来，硬生生挤出一个笑容道："国外好啊，你以后回来的时候别忘了给我们带点特产啊什么的，哈哈哈。""我就不回来了，我妈妈说，马上要放假了，就趁着过年的时候走。"胡安也对着木禾挤出一个笑容。

"那，也好。"木禾有些语无伦次，坐立难安地挠了挠头后，起身，手足无措地把手再次放在她的脑袋上使劲地抓着，绕着桌子走着："也好啊，对不对啊？小葵。"

"好，好，都好。"邱葵坐在床上，双手捂住自己的脸，声音闷闷地从指缝里传来，带着一股哭腔："周走了，子衿从来没来过，现在你也走了。"木禾听见后，心像是被狠狠抓了后又急剧松开般，连呼吸都带着疼痛。

木禾站在桌子旁，紧紧闭上眼，恍惚又是四年前的夏至，也是这张桌子，围了四个在此之前素未谋面的女孩子，那时的胡安依旧是一头短发，张扬的性格，洪亮的大嗓门，像个神采奕奕的男孩子，嚷着自我介绍道："我叫胡安，古月胡，平平安安的安，信胡哥，得平安啊姐妹们。"

接着是邱葵，她穿着一件起球的短袖和牛仔长裤，拘谨地推了下眼镜笑得腼腆："我叫邱葵，不是吃的秋葵哦，是土丘上长的向日葵。"再是秦子衿，那时她还是个素面朝天的少女，披散着一头的长发，穿着一条简单的浅蓝色连衣裙和一双乳白色的小皮鞋，她笑起来两眼弯弯："青青子衿，悠悠我心。我是秦子衿。"

最后是木禾，她从包里抽出一张纸来，再在上面认认真真地写了"木禾"两个字后张开双臂紧紧环绕住了剩下的三个女孩，笑意盎然道："我叫木禾，木是木禾的木，禾是木禾的禾。"

说完，胡安就挣脱开木禾的手臂道："你这个自我介绍太烂啦，要请吃饭的啊。"

六

那天早上那个让木禾心跳骤然停止的电话其实是医院打来的。电话那端的声音机械又冷漠，配合着滴滴答答的声音，点点撞击着木禾的心理防线。电话那端说："是秦子衿的家人吗？她药流流得不干净，马上就要做清宫手术，你赶紧来签个字吧。"

木禾也不知道是怀揣着什么样的心情在通知单上签上字的，拿通知单给她的护士见她来了，眼皮抬了下就让她签字了，也没有确认木禾到底是不是秦子衿的亲属。匆匆赶来的她急切地问护士秦子衿的状况，护士却轻描淡写地一句带过："需要刮宫。"说罢，又重新戴上口罩别过身子向里走去。

木禾隔着透明的玻璃看着灯火通明的急诊室，看着那个护士合上通知单后转身就走的背影，听着小孩的嚎叫声，听着老人们咒骂自己的孩子，听着时钟滴滴答答走动的声音。

最后，"滴"的一声巨响，木禾头顶上传来清晰的报时声："现在，上午，八点，整。"

秦子衿被包养的事情木禾是知道的，只是木禾怎么也想不通，那么通透明亮的一个女孩子，怎么会甘愿用自己的青春去供养物质生活。她如果过得好也可以啊，可是她那日渐冷漠的眉眼和冰封的言语，似乎透露出了她的不如意。像是一尾鱼，深陷泥潭无法呼吸，只有在嘴唇不停地张合中寻求生的希望。

木禾手脚发麻地蹲在地上，一头散发凌乱不堪。她低着头盯着光洁瓷砖上的手术指示灯，盯到红彤彤的灯转瞬便成绿色。于是手术室的门被打开，滚轮滑动地面的声音刺激着她的耳膜不停地鼓动，像是有什么东西要喷涌而出。于是她捂着耳朵起身，满眼的白色，像极了初见秦子衿时，她穿的那件白色连衣裙。

那些纷飞的记忆就像大海，步步往深处走去，海浪滔天，滚滚惊雷，我们泪流满面，回不了头。

回到学校已经是下午，木禾心神不宁，长发陷在大衣领里，被压出道道痕迹。她扯着被拉得生疼的头发，后来干脆捞过所有头发尽数扎了起来。

倏地大风忽作，突然冷风扑面，惹得木禾哆嗦着搂紧了大衣。她抬眼望向天空，只觉得黑云压城，心里躁动不安的情绪喷涌而出。

木禾这几日过得浑浑噩噩，秦子衿的事情压在她的心里，说不得，想不清，压抑着她所有的情绪。胡安自从那天和她们吐露出国的事情后，自觉得羞愧，干脆提了行李就回了老家。邱葵依旧整天忙着考研的事情，与木禾见面时也只是点头作罢，只有在深夜，木禾翻身醒来，望着邱葵起伏的背影，想起近来发生的琐事，热热的眼泪便落下来。

医院打来电话，告诉木禾，秦子衿不肯进食，身子虚弱，再这么下去，出院简直遥遥无期。听此，木禾第二天一早便提着保温桶去医院。秦子衿睡在双人病房里，另一个床位住着的是个年纪不大，刚刚生完孩子的妇女，木禾推门进去的时候，那位妇女的老公正给睡眼惺忪的妇女喂饭。

睡在另一张床上的秦子衿沐浴在一大片阳光里，光落在她的脸上，明亮中，她的睫毛颤抖，抖抖合合，半天也没睁开。

"起来啦，给你带了鸡汤，是我从咱最喜欢吃的学校门口那家小餐馆买的。"木禾顿了顿，把鸡汤从保温桶里倒在碗里，端到秦子衿的面前，煞有其事地挥动着碗上飘荡着的热气，发出赞叹："你闻闻啊，是老板娘一早起来煲的呢。"

秦子衿不说话，也没睁眼，把头侧了过去。木禾丢下捧着的鸡汤，掀开秦子衿的被子，脱了外套就挤到床上。木禾把自己扭曲成一个团，把头靠在秦子衿的腰上，消毒水的味道浓郁，刺激得她的鼻头酸涩。

两人睡在一起，松软的被子包裹着睡眠。木禾环住秦子衿的腰，热热的脑袋泪泪地冒着汗。秦子衿侧卧在床边，只觉得自己像是在母亲的怀抱里，心里一阵颤抖，反手紧紧回握着木禾的手。

最后，秦子衿还是没有喝下鸡汤。木禾也不强求她，稍作整理后提着保温桶便折返学校。临走前，秦子衿猛地起身，扯得点滴勾着吊瓶叮当作响。木禾停止整理大衣的手，扭头看向秦子衿，只见秦子衿面色惨白，双唇抖抖索索："不管发生什么事情，你一定会回来的是吗？"

那绵软的声音一下子撞击到木禾闭塞的胸膛里，像是漆黑的夜里突然划过的闪电，是让人猝不及防的软弱。

木禾点头，伸出手，帮秦子衿挂好吊瓶："我会的。"

七

当辅导员发现偌大的包间里只有木禾独身一人时，心里警铃大作，立马转身就要走，木禾飞步上前，拉住辅导员的胳膊，笑道："老班，你照顾我四年了，我请你吃顿饭还不是在情理之中啊。"辅导员尴尬地咳嗽着，试图挣脱被木禾牢牢禁锢的手臂，几番挣扎后，无果，一张皱纹横生的脸瞬间涨成酱紫色。

木禾把辅导员安抚坐在主座上，给他倒上茶，又递给他。辅导员也不接茶，木禾也不放下，俩人就这么僵持了几分钟，辅导员败下阵来。他接过木禾手里的茶杯，又随手放置在一边，捏着筷子上上下下的摩挲道："木禾，事情不是这样办的。"

"辅导员，这资料什么的都备齐了，就差您的签字了。学校里不是说了吗，每个系都有一个优秀毕业生的名额，您和其他几个辅导员不也是一致决定要给我的嘛，怎么就突然间变卦了？"

木禾端坐在辅导员对面，言辞激烈，语调起伏，一脸慷慨就义的表情灼灼逼人。辅导员听此，拨了拨头发，抿了抿嘴唇："不是我不给你，是人家秦子衿，人家上面打好招呼了，你说我们能怎么办啊?"

木禾觉得自己仿佛被辅导员迎头砍中眉心,心跳加速,浑身颤抖,她的脑子在急速转动着,身子却像是被固定住,转动牵扯时,都能把心绞碎。

她恍惚间听见了辅导员慢悠悠的话:"木禾啊,人家秦子衿有的,你也可以有啊。"辅导员把杯子又推回木禾的手边,捏着她的手道:"你说是这个道理吗?"

木禾抽回被辅导员捏着的手,再抬眼望向辅导员的眼神已经变得清冷。

"对不起,我不需要。"

当人类袒露出自己的胸膛,露出自己的本性时,自己本身都会被这些赤裸裸的现实给惊悚得汗毛倒竖。更绝望的是,这种贪婪而又赤裸的本性是潜藏在人心底最深处的地方,只要稍加挖掘便会喷涌而出,一发不可收拾。

木禾多么想冲进医院跟秦子衿闹个鱼死网破,这个想法起起伏伏环绕在她的心头,时不时地,若有若无地刺激一下她不堪重负的心。可是,每当她举起手机时,都会想起初见秦子衿的模样,一转身,一回眸,一个笑容,都是能洗涤人内心的平静。

青青子衿,悠悠我心,但为君故,沉吟至今。

"邱葵,邱葵。"木禾冲进图书馆里,不顾旁人的侧目,大声呼唤着邱葵的名字,邱葵应声而出,在木禾蹒跚跌倒的最后一秒紧紧拖住了她的臂膀。木禾握住邱葵的手,像是沉溺于沙海里的人突然接触到坚硬的土地。

她抱着邱葵,泪如雨下:"邱葵,我们走吧,带我走吧。"

邱葵带着木禾回了她的大西北老家,一路火车颠簸,等换乘客车时,早已大雪纷飞。车窗外冰封万仞,寒风用尖利的爪子在和车厢争夺着每一扇车窗玻璃。木禾靠在邱葵的肩膀上,厚厚的围巾绕在她的脖子上,只留眉眼。邱葵捧着一本英语单词书念念有词，头发随着车的颠簸一点一点倾泻下来，最后，盖住了她整张脸。

到家已是傍晚时分，邱葵的家人对于她和木禾的突然到来十分惊喜。欢笑之余，邱葵的妈妈抱着邱葵一边抹着眼泪，一边抱怨道："你还知道回来，还知道回来啊！"

邱葵的镜片上升起热热的雾气，融化了她一路走来所有的冰冷哀怨。

家人团聚之时，木禾喉头发哽，转头推门而出，独身去离邱葵家不远的寺庙。她几步攀爬上去，只觉得呼吸困难，仿佛灵魂被抽离。她歇息了片刻，又抬脚向上爬去。登到顶处，便见五彩经幡摇动，白塔鲜明，偶有灰鸽飞过，簌簌之声后，再无声响。

天地苍茫，穿着深红色袈裟的喇嘛步履缓缓，向更高处攀爬。木禾呆站在这片雪域里，眼底迷离。记忆颠簸在脑海里，波澜不起。往事倾倒在心事里，一泻千里。

天地苍茫，铅云暗沉。

回头万里，故人长绝。

八

接到胡安的电话时，木禾还在山上，高原上信号不稳定，胡安的声音在电话那端刺啦作响，木禾举着手机，一跃蹦上了一块高石，奋力地扯着嗓子嚷着："什么什么？"

"老周，我看见老周了，在……和……"胡安也叫嚣着什么，木禾捏着滚烫的手机，隐约听见的几个词纠缠在一起，灌入喉头，辣得喉咙发不出声来，手机听筒依旧在不绝地传送着什么。木禾手指颤抖，仿佛捏了一块灼烧的木炭在手里。

恍惚间，她想起邱葵还在家中，瞬间思绪清明，来不及挂断电话就往回去的路狂奔，一路上跌跌撞撞，风雪满头，终于跑回邱葵家，气喘吁吁推门而入，就看见邱葵坐在沙发上，如磐石般坚硬。

　　房间内灯光昏暗，把邱葵的身影糅合在黑暗里。木禾急促的呼吸声在这个静悄悄的房间里像是时钟的秒针，一秒一秒地转动，仿佛攥紧了所有人妄图留住时间的想法。

　　"我妈告诉我老周没回来过，我想他肯定是工作忙。"邱葵依旧保持着僵硬的姿势深陷黑暗，声若游丝，单薄的话语有气无力地飘忽在空气里，是一戳就破的脆弱。

　　即便是深深地感受到了邱葵的逃避与懦弱，木禾还是想试图把邱葵从自己的壳里拉出来。于是，她蠕动着嘴唇，压抑住所有的急促和不安，试图用最柔软的声音，开口道："邱葵，胡安在省城里，她看见老周……"

　　"老周在上班，肯定很辛苦吧，我还是不要打扰他了。"邱葵仿佛没有听见木禾的话，仍然置身于自己的思绪里。木禾舌头发苦，刚刚说出去的话像是砸在软绵绵的棉花上。

　　她望着邱葵僵硬的身影，倏地眼眶发胀，扭过身去，不再言语。

　　西北的晚上总是冰冷刺骨。木禾把头埋在枕头里，嗅了满鼻缠缠绵绵的熏香，吸得久了，头竟有些昏沉。邱葵坐在一边，脚边的火炉冒着烟，她撩过落在脸颊边的碎发，用小木棍戳着埋在火炉里的地瓜。木禾睡眼蒙眬时，冷不丁被邱葵叫起，挣扎着起身，裹着大袄几步窜到火炉旁边。邱葵用木棍挑出地瓜，掰开，香味扑鼻，驱走了木禾满脑子的睡意。木禾小心翼翼地捏着地瓜皮，撕掉，丢进火炉里，发出一声轻响。

　　"小葵，你相信人是会变的吧？"木禾撕扯着地瓜皮，有一搭没一搭地问。

　　"不会。"邱葵继续拿着小木棍扒拉着火炉里的炉灰，两个字斩钉截铁，把木禾所有的话给打了回去。木棍戳在火里，发出清脆的烧焦声。

"我现在才想明白，我似乎对秦子衿的印象一直停留在最初的时候，以至于到现在，无论她对自己做了什么事情，或者是对我做了什么事情，我都在想，她是秦子衿啊，她从纯真变得市侩，肯定是有原因的。"木禾话语一顿，舒展开自己的双臂，似要把邱葵搂进怀里："因为我珍惜我们之前的友情，老周于你来说，也是那样吧，最爱的人在我们记忆里，永远停留在最爱的模样。"

撑着邱葵身体大部门重量的木棍蓦地被折断，惹得她身形向前一顿，长长的头发差点落入火里。邱葵一阵心悸，反手撩过所有头发后，双手捂住脸庞，肩膀耸动，有泪从指缝中流出。

半夜，邱葵妈妈举着小灯进来给她们的暖炉添柴火，帮邱葵掖好被子以后又把她糊了满脸的头发别到耳后。邱葵露出来的脸上有着点点泪迹，在微暗的光下一闪一闪。

与这世界，相逢不晚，聚散分离，如露水般短暂。相聚后再离开，才发现，我们之间所隔的距离，是天南地北的广袤，但我们之间的距离，从来不是身体的距离，而是心意的远近，我们永远行走在一条直线上，曲折婉转，无穷尽。

第二天醒来的时候，睁眼看见的是西北第一个清晨。

邱葵推窗，白塔上回荡着喇嘛们喃喃的梵音，入耳，如絮语，听得心神平静。一群鸽子飞散在空中，翅膀簌簌作响。她背着光，双手合十，对着窗外祈祷着什么。

她不聪明，但也不傻，早在老周的只言片语中和木禾小心翼翼的试探中已明白，老周，已经不是当初的那个老周了。可是，这么多年的感情，是散不掉的执念。年少的感情来得及，又不受大脑控制，自由得像是风，吹聚吹散，不由自己。

她突然就想起一首歌来："许多年前，你有一双清澈的双眼，奔跑起来，像是一道春天的闪电。"

"许多年前，你曾是个朴素的少年，爱上一个人，就不怕付出自己一生。"

九

日子过得飞快。转眼到了暮春。暮春的天气或冷或热。有时候，两天之内就有一二十度的起伏。前几日一场雨把周遭淋得透湿，心神还没来得及回暖，南风就携带着干燥的气流跌跌撞撞地来了。南风就是一种季节暗示，它和子规鸟一样，是春日谢幕的奏鸣。

此刻的木禾就好像暮春，真的是穷途末路了。近来生活烦琐事太多，让木禾心生厌倦，情绪崩溃时，难免对生活起了杀心，可手无寸铁，只得暗自揣摩独自消化所有怨气。深夜难眠时，木禾总是萌生出去海边的想法，想象自己赤脚踩着粗粝的沙子，任由海风吹乱头发，万千思绪随风而散。

她把想去海边的想法告诉邱葵时，邱葵抬起看书看得昏花的双眼，脱去眼镜，与木禾足足对视了五分钟后道："坐火车，去青岛！"八个小时，她们在绿皮火车上讲讲悄悄话，还没觉得呢，就从鲁城到了青岛。木禾小时候跟爸爸来过青岛，印象中，青岛依山傍海，风光秀丽，红瓦、绿树、碧海、蓝天交相映出这座海边城市美丽的身姿。

然而，她最念念不忘的是由赤礁、细浪、彩帆、金色沙滩构成的风景线。她带邱葵去看栈桥，不到栈桥等于没到过青岛。火车站出来不远处，就能见到那片海。碧波拍打着礁石冲上了沙滩，卷起雪白的浪花。

邱葵靠在旁边的石块上，抬眼望向大海的眼神清远单纯，没有其他。木禾的记忆变得潮湿起来，不禁想起以前带她来这里的父亲。想到父亲，木禾就一阵揪心，从小到大学习成绩好的她都是父亲的骄傲，而现在，大学都要毕业了，她却没有了推荐名额，她怎么和父亲开口？自己的前程又在哪里？

四月天里，海边已经人头攒动，踏浪的、嬉闹的，还有在沙滩上闲逛的，有的拎着小桶，有的带着小铲锹，一个劲地在沙滩上、礁石中寻找着贝类，各自享受着乐趣。宽阔笔直的栈桥伸向海的深处，滚滚涌来的浪花，拍打着桥身，溅起了水花，似乎将所有的心事全部击碎。

突然间，木禾醒悟，大多的愤懑情绪都来自生活的不如意和内心的不坚定。做一块沉寂的石头，任海风怎么也吹不散。木禾几乎瞬间决定了，和邱葵一样考研，而邱葵也愿意等这次考试结束后就把所有的资料留下来，给木禾带回家去复习。她要木禾跟自己考一样的"工艺美术"，因为她知道木禾是那块料。

十

五月的风吹得学校骚动了起来。实习的、考研的大四毕业生都在满学校地窜，叫嚣着自己的青春。临近面试，邱葵又陷入一摊如墨水般浓稠的黑暗，每天死守在图书馆里，对着电脑一遍一遍地抄录着那些面试视频。

原本热闹的宿舍里日渐清冷，木禾把杂乱的东西一股脑地塞进大包里，收拾完毕后，却发现行李箱的盖子合不上了，无奈，只好再次打开，重新整理这一包东西。

那些她一股脑塞进去的东西，都是她不敢触碰的记忆。再次打开，仿佛以前的生活翻跹而至——邱葵坐在窗户边，朗诵着英文书籍；她和胡安贴着面膜，前言不搭后语地翻译着邱葵念的英文；秦子衿推门而入，抱着一盆衣服抱怨着这是她这个月第三次帮着木禾还有胡安洗衣服了。

曾几何时，她们亲密无间。

但又自何时，她们斑驳疏离。

木禾使劲压了压行李箱，直到行李箱发出清脆的响声，她才恍惚抽离般清醒，望着一片压碎的杂物，仿佛是满箱碎了的心。

等到邱葵从图书馆里回来，木禾已经把东西收拾完毕，呆坐在窗台旁。邱葵吸了吸鼻子，笑道："怎么着，你走了还要把一地灰尘留给我啊？"

"尘世茫茫如灰尘，这一片尘土，即是老衲对施主深沉的爱。"木禾双手合十，对着邱葵作势一拜："不出百年，施主必能飞黄腾达，届时，不要忘了给江南深处的老衲添一炷香。"

"百年？我的孩子都要考研了。"邱葵捏过木禾的双手，捂在她的手中，再对着窗外一拜："若是真的祈福有用，我倒希望多年以后再见时，恰若当时初见。"

"老周，最近忙吗？"木禾试探性地问了句。

果然，邱葵的笑容又挂不住了，她低头轻咳了下，再抬头时笑容又恢复往常："忙啊，我也没问。"

木禾也不再问，伸手抱住了邱葵。

多年以后，相逢一笑，恰若初见。

邱葵送木禾去机场，一路绿灯畅通无阻。木禾枕在邱葵的肩上，闭眼沐着阳光，闻着她身上淡淡的洗衣粉味，原本沉浸在回忆里的心渐渐抽离开来。再睁开眼时，对上了出租车后视镜里邱葵对她投来的目光，那眼神温暖潮湿，像是江南水乡绵延细雨的雾霭天。

过安检前，邱葵塞给她一张明信片。木禾刚接手就被身后的人潮涌着向前移动，无奈只好把它揣到口袋里，揣好后，便扭头对着邱葵挥手。邱葵背光而立在人潮拥挤的机场大厅里，混合着各种广播播报声，纹丝不动，仿佛一座雕塑。眨眼间，深深刻在了木禾的脑海里。

等坐上飞机后，木禾翻过邱葵的明信片，上面字迹潦草：

"许多年前，你有一双清澈的双眼，奔跑起来，像是一道春天的闪电。"

"许多年前，你曾是个朴素的少年，爱上一个人，就不怕付出自己一生。"

读着读着，木禾的眼眶湿润了，不禁浮现出邱葵那日与自己在海边的对话的神情。邱葵说，万事万物都离不开大自然。邱葵还说，无论如何，我们仍需与世界的繁华相爱，即使岁月以刻薄相待。

十一

飞机冲破云霄的一瞬间，压迫式的窒息感让木禾想到在邱葵家待的一段日子，虽短暂不快，但只要想起苍茫天地间的白塔，想起红衣喇嘛叩跪祈福的场景，呼吸就变得顺畅了起来。捏着薄薄的明信片，指节发白。

不知怎的，猛然间想起佛经里的一句话："得未曾有，心净踊跃。"

木禾的老家是一个江南小镇，小镇上的风熏染田地里的庄稼，从春天的青涩逐渐成熟为夏天热烈的颜色。油菜绿浪一般，金黄的花朵结成了籽，在枝节间翘首阳光。麦子摇曳着沉实的穗子，根根触须在风中伸展。子规鸟也在"不如归去，不如归去"地叫着，一声一声像是木禾内心的独白。

一个愣神之间，小镇上的蔷薇带着刺和芬芳，肆意地开了。粉的白的，一朵朵，一丛丛，一层层地开在家家户户的墙角边上，灿烂又蓬勃，伴着深深浅浅的绿叶背景，活脱脱一幅色彩明艳的油画。

突然想起了黄庭坚的《清平乐·春归何处》："春归何处？寂寞无行路。若有人知春去处，唤取归来同住。 春无踪迹谁知，除非问取黄鹂。百啭无人能解，因风飞过蔷薇。"

蔷薇，难道就是来给春天画句号的么？那么，又是什么给木禾的青春画上了句号？如此想着，木禾的心一凛，木禾老爸骄傲的神情一点点闪现在她脑海之中。

木禾的爸爸老木是个小镇上退休的企业工人，每月拿着固定的工资，上午喝喝茶遛遛鸟，下午聊聊天喝喝酒，日子过得很道遥。妈妈是个幼儿园园长，工作非常敬业，还有一年就退休了，依然是早晨第一个进校园，下午最后一个离校，从不迟到早退。她最看不惯老木的慵懒，她的人生观就是做有意义的事，工作于她而言，最有意义。

老木不喜欢烦神，他不想研究妻子口里的所谓人生意义，他只是觉得有份工资拿着，被共产党养着，已经很幸福了。况且女儿木禾从小到大都聪明能干，家里的奖状两面墙壁都贴不完，这孩子上学从来不让大人操心，找工作也不让他烦神，他觉得自己这辈子是平庸了，但有个好女儿让他自豪。

一到傍晚，老木就喜欢炒两个菜，请以前教授自己手艺的师傅来家里喝两杯。师傅年轻的时候就好喝几口，现在年纪大了，儿女都在省城，平常老伴又管得严，所以，最爱往老木家跑了。两人喝酒能喝到月上柳梢，相互涨着红通通的脸神侃。

师傅多半聊他的子女，内容无非是儿子的儿子又有出息了，去哪里读研了，女儿的女儿上班了，已经在上海混得有房有车云云。老木吹的材料要少得多，因为他就一个女儿，但一个女儿也不影响他发挥，他穿着大汗衫坐在竹编的小板凳上，一边摇着扇子一边吹嘘："木禾拿到推荐生名额后就可以留在大城市里工作喽。"吹到兴头时，起身抚平自己汗衫上的褶皱，眉宇间都是灼灼的光芒。

那天，老木又在和师傅吹嘘着木禾，只是一个转身的功夫，就看见木禾提着行李箱穿过胡同，迈过楼梯，正往他的方向走来。风穿堂而来，吓得老木哆嗦了起来。师傅见老木抖动着扇子就往木禾所在的方向冲去，笑着打趣道："小木啊，姑娘回来，我得走了。记得'苟富贵，莫相忘'啊。"老木挥扇示意，几步跨到木禾身边，一把帮她提起行李箱，一双笑意盈盈的眼睛对着木禾眨动着："女儿啊，怎么回来了啊？"

"老木，我推荐生的名额没了，面试了好几家又都被退回来，也没来得及准备考研，我就打算回来陪在你们身边了。"木禾又从老木手里抢过他刚刚提起的箱子，摇摇晃晃地走了几步路后，仰着头对着天空长叹道。

老木听此，把手里的扇子又挥动了起来："嗨，没有没有呗，不考不考呗，只要你过得好，什么都好，我还怕你走得太远，忘记回家的路了。"接着他有些气喘地再次开口道："你撒手，我帮你提着行李回家。"

木禾松开手，晚风拂面，暖洋洋地吹散了满头乱发。她望向老木的背影，望着他丛生的白发，那宽大的汗衫在风里飘荡，衬得他的肩膀更加佝偻，记忆里的那个挺拔的身姿哗然倒下，父亲年轻的影像碎了一地，这一切，都是岁月侵蚀的痕迹啊。

"老木，这么多年来，你觉得什么才是真理啊？"

"唯是少年时，浮沉后，回家的路才更加清明。"

（豆瓣阅读青春专栏连载）

冷冬不过一棵树

赵四苟是我室友，和我头靠头睡了四年，其间她磨牙打呼噜，我翻身说梦话。每当我俩半夜难眠时，她会讽刺我几天不洗衣服，我则嘲笑她半个月不洗澡，互相叫嚣后，她轰然倒下，呼噜声绵延不断，大有把天捅出个窟窿的架势。

即使是这样，在毕业那天，她还是坚持要送我。

快登机时，她站在登机口的玻璃门外，我站在玻璃门里面，我扭头看她，她冲我挥着手，咧嘴笑的模样和她每晚打呼噜的姿势无异。我紧紧握着行李箱的拉杆，背过身去，对着滚动航班的大屏幕流下泪来。

在这一场俗世洪流中，我庆幸我们曾同舟共济，即使归岸各奔东西，在河流上飘荡的日子，许是最寂静的时候。

一

四年前，我高中毕业，高考考得惨不忍睹，填完志愿后跑到乡下老房子里把自己封闭起来，不想见任何人。老屋还是祖父在世时所建，老式的木楼，有天井和小院，却因为常年没人住显得破旧而冷清，平常都是婶婶帮着打扫、照看，毕竟每年清明，父亲要回去祭祖。

整个暑假我都在老屋里看书、写字、练书法，基本足不出户，却也越过越心安，直到报道前一天才打算离开。我拉开厚厚的窗帘，瞬间被刺眼的阳光刺得流出泪来，而院子里滴水观音的心形的叶片上，也仿佛有泪珠在滚动，那悬在叶尖上的水滴在阳光下闪着明亮的光泽，我心里更添了些许离别的惆怅滋味。

仍记得那天早餐吃的是白粥，婶婶端了碗粥给我后就不断打喷嚏，我没吸溜几口粥，提醒的闹钟就响了起来。这时，婶婶的脑袋从卧室门前探出来，冲着我笑了下，道："外面不比家里，自己注意，对你爸好一点，不管发生了什么事情，婶子和老屋都欢迎你。"

我"嗯"了声，拉着行李箱就走出院门。

自打三年前我妈出车祸离世后，我和父亲的关系就莫名地冷了下来，特别是在他迅速娶了个女人回来后，我几乎就没和他沟通过。他只负责给我钱，而且一给就很多，仿佛是种弥补。然而，除了钱之外，我感觉自己一无所有，像一丛浮萍，是个名副其实的放养孩子。

父亲往我卡里打了一万块钱，他派司机把我送到机场，说是要开会没办法送我。我坐在前往山城的飞机上，望着点点变小的家乡故土和逐渐稀薄的云朵，突然就有种窒息的错觉。这种不真切的窒息感一直伴随我进了校门。我摸进宿舍，看见坐在空床板上光着脚的赵四苟，这股窒息感才让我真切地意识到并且紧紧压在我心口。

宿舍是按姓氏拼音首字母顺序排的，我和赵四苟这两个万年首字母排序靠后的人，像两个多余的人一样，被分到走廊最顶头的那间，和一个大三学姐凑成一间。而那个大三学姐忙着实习，一个学期都住不了几天，于是我和东北胖妞赵四苟两人占着四人间的，宿舍，大得吓人。

一进宿舍就撞见被一件超宽大的波点T恤包裹得像个熊猫似的赵四苟在搓脚丫子。她搓得专心致志，两头几乎环成一头。我关上宿舍门之后，她才把肥厚的手从脚丫子里撤离出来，"哎哟"一声从床板上霍然坐起，站在我的对面，用刚刚与脚亲密接触的那只手撑在旁边的桌上，甩甩她的短头发，咧嘴朝我笑道：

"你想睡哪张床啊？"

我看了眼迎着阳光的床上摆满了赵四苟的杂物，只得叹了口气，随手指着旁边那张靠着门的床说："这张吧。"

赵四苟见我做出了选择后，精神抖擞地又坐上了她的光板床，这回不搓脚了，她把手机横在桌上放电影看，边看边从布包里掏出把瓜子，边吃边笑，肩膀抖个不停。那副旁若无人的模样使得正在收拾东西的我一阵恍惚，干脆停下来看她。

此刻，电影情节大概转换了，她不笑了，凝视着坐在床板中央，我这才发现她的眼睛又大又圆，与她的胖脸很般配。她依旧嗑瓜子，发出清脆的声响，阳光正好从窗户投射进来，瓜子从她嘴里蹦出来的细碎絮状灰尘被阳光放大了千倍，看得我喉头干涩。

赵四苟的电影终于看完了，她开始饶有兴趣地做自我介绍。她说，她名字是爷爷起的，"苟"是假如的意思。她的爷爷当过私塾先生，所以让她"苟富贵，勿相忘"。她父亲是做房地产的，她家住着四层别墅，欧式装修。我嗯了一声，顺口问她是哪里人，她却哽咽了下，半天不答。我狐疑地看她，她反问我："你是哪里人啊？"

"京都的。"我干脆地答道。

赵四苟听闻后，举着把瓜子冲我比画出个大小："我们那地跟你们那地虽然不是一个等次的，但是也有钱，到处都是高楼大厦，晚上车水马龙，广告灯镭光瓦亮的。"

我心里嗤笑了下，半天没回她。见我没反应，她也不吭声。我收拾完东西后，见她依旧维持着嗑瓜子的姿势不动，忍不住问她："你不收拾吗？"

"我等太阳晒晒床板和东西，这宿舍两个月不住人了，多少灰尘啊，可惜我的除脏器没带过来，要不然我早收拾了。"赵四苟应声道，继续那个姿势不动。我从包里掏出除螨仪递给她：

"要用吗?""哎呀,谢谢了。"

说实话,我对赵四苟的最初印象很不好,这种不好的印象和那股窒息感足足伴随我飘荡在以后的日子里。她皮肤偏黄,枯燥的头发总是扎成一团绕在后面,除了在吃东西的时候,她的眼睛滚圆之外,平常双眼眯缝着,仿佛许久不曾见过甘霖的土地。嘴里一直念叨着一些所谓"负能量"的话,似乎周遭的世界总是对她有着极大的恶意,似乎生活总能引起她的不满,似乎她就是个公主,从小活在辉煌的城堡里,连喝的水都是经过层层过滤的。可是她又活得如此普通,泯然于众人间,经不起一个回眸。

二

发现赵四苟不爱洗澡是在军训那会,踢正步站军姿的"虐待"让我恨不得一天洗八百次澡,而她成天拿着那个从屈臣氏买的十块钱的爽肤水喷来喷去,军训完了就躺在床上,并且死活不让我开空调,说她的汗贴在身体上,吹空调会感冒的。

我自然是受不了在这炎热的天气里不开空调的,所以忍了两天后,我冷着脸把空调遥控器拿到我抽屉里,再也不理会她发出的阵阵尖叫。

"赵四苟你不洗澡吗?"再一个星期过后,我站在门口都能闻见她身上那股头油的味道,忍无可忍地质问她。"老洗头老洗澡对头发和皮肤不好。"赵四苟穿着军训服躺在床上,长袖袖口处依稀可见点点跳远时落下的黄沙,和她土黄色的床单融合在一起,竟莫名和谐。

她见我横眉冷眼对她没有好脸色,摆出一副给我面子的表情,拿起挂在床头的毛巾往洗浴间走去,走到一半扭头对我道:"我还没来得及买洗漱用品,你的先借我用下行吗?"

洗完澡后的赵四苟带着水汽满宿舍找吹风机,最后捏着我的吹风机问我能不能借她用,得到我的同意后,她就站在窗户前吹起了头发，边吹头发边说些什么，我提声问她怎么了，她也提声，拨着头发对我道："啊呀，你洗头膏什么牌子的啊，没我以前用得好。等下次我买了，你用我的。"

我被噎住了，摔门出去。

就这样直到学期结束，我也没见赵四苟买过洗头膏，仿佛那句"下次你用我的"是句笑话，过眼就烟消云散。偶尔回来住的学姐发现了这个情况，提点了她几句，她仿佛听不见般，打着哈哈就过去了。

山城和京都隔着跨越南北的距离，正好学校琐事繁多，我很少回家。赵四苟平时嫌山城这个不好那个不好，也没见她回家添置些东西。我大一进了学生会和其他社团，活动多起来的时候忙得不见人影，自然就和这个平时只是睡觉才能见到的室友感情淡薄。赵四苟和我对此都不以为意，我是懒得在意这种人，她趁我不在的时候肆意地用我的化妆品和生活用品，小日子过得也是美滋滋的。

虽说我在物质上对赵四苟有诸多不满，和友人提及此事时恨不得用世上最恶毒的语言，来中伤这个活得恬不知耻的人，但那些话语总盘旋在嘴边，最后还是咽进肚子里腹诽。

赵四苟还是对我好的。

大二那年，我身边琐碎的流言多了起来。有次上公共课，坐在我前面的几个同学聚在一起窃窃私语，言语中听见了我的名字。我还没来得及反应，赵四苟就已经站了起来，用手戳着前面两个女生的脊梁骨道："你们俩刚刚说江淮什么，现在大声说出来！"

"关你什么事？"其中一个女生扭头跟赵四苟呛了起来。

我看见赵四苟缓缓站了起来，昨天刚洗的毛躁头发和以往一样梳成马尾甩在后背，圆眼瞪得像牛眼，嘴巴张张合合仿佛毒蛇嘶嘶地喷着毒液："敢说不敢承认？江淮怎么样和你有关系吗？

恐怕也只有像你们这样闲得没事干的'咸鱼'才会津津乐道别人的事情，自己过得不好羡慕别人的生活就嫉妒就造谣？你是怎么考上大学的？还是你们考大学不需要人品？"说完后，把围在脖子里的围巾大力摔在桌上，大有一副等着她们回应的架势。

还是如初见般的烈日当空，赵四苟起身时带起板凳上的细碎灰尘四散，飘落在空气里，她表情松散，像极了那天她嗑瓜子时的惬意。

前面两个女生没给赵四苟回应，扭头坐正了，不再言语。赵四苟在我激烈地拉动她的衣袖后，从鼻子里发出冷哼声，缓缓坐下。

"谢谢你啊。"我冲着赵四苟笑着。

她把手拍在桌上，震得整条桌子都晃动起来。在一片晃动和众人的咂嘴声中，她稳如磐石，把松散的头发又紧紧束成团塞在毛衣里面。她拽着我一路小跑，就在她牵我跑的瞬间，我猛然对赵四苟的印象改观了，仿佛她是踏马飞燕而来的女侠，抽出剑，挥舞着血洗贼府，末了把剑塞回行囊里，转身上马，任由身后屋舍坍塌，她继续走自己的路。

跑到宿舍，没等我坐定，她就开始对我翻白眼了，边翻边轻蔑道："你脾气真好，这要是我，要是在我们那，我撕烂她们的嘴。"

"赵四苟，你要撕烂谁的嘴啊？"突然学姐的声音从宿舍里传出。我和赵四苟对望了下，原来学姐在上卫生间。

赵四苟顿了一下，继续慷慨道："就撕那群讲江淮坏话的人！你刚才不在现场，那些人好恶心，各方面比不过江淮就造谣中伤……"学姐对着卫生间的镜子抹完口红，没等赵四苟复述完就说："你以为你是谁？救世主吗？大二了，还当自己是幼稚园的娃娃。哪个人前不说人，哪个背后不被人说，这点心理承受力都没有，以后怎么做大事！"说完她用力抱了我一下道："江淮，要知道被别人说也证明了你够优秀。"说罢背着包昂首离去。

三

自那以后，我慢慢抽身学校大小琐事，缓缓回归宿舍教室两点一线的日子。赵四苟对我此举动不屑一顾，她说："江淮，这是你，这要是我，我就继续往上干，干到学生会正主席，气死旁人。"

我笑着摇头，一生中总有很多日夜并不欢愉，怀揣着被人认同的渴望去坚持做某件事情，极少数人有顽强的斗志，风雨兼程，最终能登上山顶的妙音台。许是我天性懒散没有信念，经历了些琐事之后仿佛如同有了理由般，更加不愿意触碰更深的内在。只是偶尔想起路途中的悲伤与激情，也算不辜负青春了。

所以，即使生活琐碎如尘，但仍要起身。岁月如歌，不过是对生活装饰过后的美好幻想而已。

冬至那天，赵四苟拥有北方人的执念，叫嚣着要去买饺子。我懒得起身，只想把自己埋在厚厚的羽绒被里。赵四苟不依，跳上我的床就和我撕扯起来，哀号中，同住的学姐推门进来，见我和赵四苟纠缠在一起，愣了下，又随即反应过来，指着门外道："下周我就正式拿实习工资了，3000元一个月。学姐请你们吃烧烤哈，就当作同住一年的散伙饭。"

"我们请你吧，学姐。"我接过学姐的话，并给她递上个暖水袋："这一年多里，我们也麻烦你，还要感谢学姐这段日子对我们的照顾。"话音刚落，赵四苟就笑出了声，抖了抖外套就从我床上起身。学姐也是笑了笑，把暖水袋交还给我时捏着我的手道："江淮啊，你就是这样，我又不是外人，你这话说得未免也太客套了。"

校门口的烧烤摊一如既往地热闹，掀开盖在门口的厚重布帘，我们三个挤在拐角处矮小的桌子上，被时不时掀开来的布帘下窜进来的风冻得嗷嗷直叫。学姐点了些烤串后又叫了三瓶啤酒。啤酒上来的瞬间，透着飘在杯子上的泡沫，我看见学姐眼里隐隐的泪光。

"哎呀这肉不新鲜，杯子和碗筷也没有洗干净，哎呀呀，吃不下去。"赵四苟率先打破了沉寂，拿张纸巾包裹着勺子柄舀着碗里的汤喝，边喝边把眼睛紧紧闭着，仿佛这不是番茄鸡蛋汤，而是毒药。

"赵四苟，我刚刚说江淮活得太客套，太假，我现在就要说你，活得太不客气，太作。"学姐抿了口啤酒，对着赵四苟毫不客气地批评道，我听见学姐叫了声我的名字，打哈哈地把头缩了进去。赵四苟大概是给学姐面子，不仅没有反讽出声，反而静静地听着学姐下面的话。

"你们俩，一个疯狂地客套，一个疯狂地不客气。江淮你在学校里混了两年多了吧，然后呢，近乎被扫地出门吧，那次的事我也听说了，要不是赵四苟，谁还替你说话？反正你客套你无所谓。"

学姐说得我有些尴尬，我举起杯子冲着学姐敬了下。学姐也回举杯子，扭头对着赵四苟噼里啪啦就是一顿说："你呢，赵四苟？这两年里你啥时候自己买过东西？就差连袜子都穿江淮的了，听说你家四层别墅，是不是摆满了你不用的东西啊？"

赵四苟面色冷凝，半天也不说话。学姐端起杯子一饮而尽，把它掷到油光满面的桌子上，撑着头叹了口气。我移动板凳靠近学姐，搂过她的头，笑着对赵四苟道："学姐喝多了，喝多了。"

这时，老板端着热气腾腾的炒菜来了，热气熏得我看不清坐在对面赵四苟的神情。我也无暇揣测她此时有着什么样的表情，毕竟她毫不客气地用我的东西也是事实。学姐夹着菜放到我的碗里，叹了口气。

这顿传说中的散伙饭吃得不欢而散。学姐说要收拾新租的房子，随手招了辆出租车就走了，留下阵阵尾气和大眼对小眼的我们。赵四苟拉着我的手走得飞快，钻进街边的小超市里买了洗漱用品又和我并肩走向学校。

走到半路，突然下雪了。我毛茸茸的大衣上都是细碎的雪花。空气迅速湿润起来，带着冬天的寒气窜入我的肺部，冰得我呼吸不畅，咳嗽咳得昏天黑地。赵四苟拉着我的手冰凉，比这冬天的雪还要冷。

很久以后，直到我们都大学快毕业，都去实习了，再和学姐聚会、提到那顿散伙饭时，学姐问赵四苟："哎，我那时在想，我当时那么说你，你怎么不怀疑是不是江淮在我面前说你坏话啊？"

我们坐在开着空调的包厢里，铺着绸缎的圆桌上还醒着红酒。赵四苟晃着高脚杯里的红酒，笑着对学姐说道："从开学第一天她没有让我把床铺上的东西拿走，我就知道，江淮啊，不过是个心软到极点的人。那张铺朝阳呐。"

那次聚会是在冬天，山城的大风把窗户外面的树枝刮得乱晃，张牙舞爪吓人。玻璃窗户上蒙着热气，滚滚落下，骤然划出道道竖线，露出窗外灯红酒绿的世界。

四

大三后，课业减少，我和赵四苟商量着要不要去哪里旅游一趟，最后特价机票翻了个遍，也没找到两个人都愿意去的地方。我找得烦了，把手机扔在床上，问赵四苟："要不然你跟我回京都吧？"赵四苟沉默了会，摇头："不然还是随便去个地方吧，京都太远了，一来一回就要好多钱的。"

我听此，想说你家四层别墅还在乎这个吗？想了想又把话咽了进去，随便在地图上找了个古镇，随口问她去不去。结果，没曾想她居然同意了。于是我俩简单收拾了行李，当天下午就坐上了去古镇的大巴车。

那个古镇说是古镇，其实也就是个靠后期人工修旧的一些山水。买了贵得咋舌的门票后，我和赵四苟便认真逛起了古镇。

京都是水乡人家，从小长在那里的我自然对这些提不起兴趣，扫过几眼就不想再看。烈日当空，此刻背着包的我只想随便找个咖啡厅坐下。而赵四苟不这样想，她认真逛着，连喝杯奶茶的时间都不舍得浪费，端着杯子到处跑。

赵四苟逛到一个寺庙前，终于停下了脚步，她跨过门槛进入庙里，对着佛像深深叩首，嘴里念念有词。站在旁边的僧人见此，冲着赵四苟鞠躬合十，他把赵四苟的目光引到旁边的小桌子上，笑容满面道："施主要不要求个平安灵符？"

我从小经书典故看多了，自然知道平安符肯定是道教更胜一筹。便抱拳冲着僧人一举，道："师傅，我修道，皈依茅山上清派，茅山灵符是口口相传的，符箓也是非物质文化遗产，您这里的灵符呢？""

"出处不好随便说，和你们不一样吧。"僧人收了赵四苟的钱后又转身问我："你呢？要不要也求一个，反正佛道一家。"我无言，扭头就往别处走去。赵四苟依旧站在那里，虔诚拜佛，手里捏着火红的长条平安符，念念有词。

僧人领着赵四苟，把她带到后面的小庙里，我不放心，便跟着他们一起走过去。原来，僧人是想让赵四苟捐钱修缮庙宇，说什么修缮了以后会得到佛祖的庇佑云云。赵四苟听此，连忙掏出钱包就要给钱，被我一把拉住。我把她拉到外面，让她适可而止，可赵四苟依旧天真道："可是我要修缮庙宇啊，能积福呢。"她说完，怕我阻止般，塞给僧人几张钞票。我见此，差点昏厥过去，气得半天没和她说话。

旅途因为这个插曲，我俩都有些不愉快，回到学校后的大半个月，赵四苟过得很拮据，有时一天只喝碗豆浆。我懒得管她，觉得她是自找的。

晚上做梦，梦见大片庙宇。我站在山头，倚楼望远，有风拂面，飞檐上挂着的铃铛清脆。放眼望去，长廊上的信徒们对着佛像叩首，像是生活幸福美满的证据。他们紧紧靠在一起，如此坚实，如此沉默，灰尘黏在衣服上，与皮肤密不可分。远处传来某种神秘的歌声，伴随着阵阵铃声，逐渐消失。

起床后我给靠在床上嗑瓜子的赵四苟说了这个梦，意料之中地引起了她的不屑，她往我手里塞了一大把瓜子，摸着我的脑袋道："多嗑点瓜子，免得做梦说梦话打扰我睡眠。"我恼火地掀起她垫在床上放瓜子壳的纸巾。瞬间，瓜子壳细细密密插在了她身下毛茸茸的毯子上，她叫嚣着坐起来说要揍我，我却闪身溜走，半天不敢回宿舍。

五

我时常想拿赵四苟家是四层别墅的事情"怼"她，却又不敢开口。因为我觉得，她努力用言语构建出的堡垒，其实不堪一击。说白了，我不相信她家是做房地产的。她平常的穿着打扮、消费理念，都不足以使我相信她来自一个富裕的家庭，我甚至怀疑，她家有些穷。

直到那天赵四苟的妈妈来了，才证实了我的想法。

她妈妈一头短发被烫得蓬松，几缕头发在后面纠结成团状。穿着深绿色的褂子和脱了皮的皮鞋，背着满满蛇皮袋子的东西站在宿舍门口，冲着向她走来的我和赵四苟笑。她脸上的皱纹里积满了阳光和泥土，望着赵四苟的眼神浑浊而干涸，她擦去头上的汗水，如同擦去身上的稻草。

还有段距离的时候，赵四苟停下了脚步，看向我的眼神是罕见的湿润，仿佛下一秒就会流下眼泪。我收到她类似哀求的眼神，抱着书本对着她妈妈笑了下后又沿着原路返回。一路上遇见无数熟人，问我怎么又往回走，我生生遏制住了想回头的冲动，挥了挥手里的书本答道："作业丢班上啦。"

　　在学校里晃了很久才回宿舍，果然赵四苟的妈妈已经离开了。推门的瞬间就看见她蜷缩成一团，挤在床上的角落里。宿舍的灯不知道什么时候坏了，挣扎地亮了会儿又熄灭了。

　　我摸黑爬上床，半天不吭声。"你是不是觉得很好笑?"赵四苟的声音有些坚硬，像拴在铁链上的石头般。我忙缴械投降，把头用被子蒙住："我可没说。"

　　"如你所见，我妈是农民，爸爸也不做房地产。我从小就跟着我妈干农活。我原来上面有三个哥哥，都分别得脐带风死了。我妈怕生了我也活不长，就叫我'四狗'，农村孩子取贱名好养嘛……"赵四苟无视我逃避般的行为，继续说着她内心深处的秘密："我家住在靠近铁路的乡下，小时候的我就喜欢站在田埂上看着呼啸而过的火车，仿佛靠近火车，就可以接近城市生活。所以我拼命学习，终于来到山城，我怕你们看出来我是乡下人……"

　　"两回事。"我在黑暗中摸索着打开了小夜灯，昏黄的灯光照亮了我床角的一隅，暖暖地洒在赵四苟的脸上，衬得她面色朦胧，连话语都带着不真切的真实感。我打断了赵四苟接近自暴自弃的语句："我觉得你没有必要这样，真的，就像你很久以前帮我出头那次说的话，你说，恐怕也只有像那些闲得没事干的'咸鱼'才会津津乐道别人的事情，每个人都很忙，没有空去在意别人从哪里来，每天过得如何，开心与否，说白了，人不就是个自私的动物吗?"

　　"你不明白的。"赵四苟并没有被我安慰她的话给打动，依旧维持那个姿势不动，语调轻柔，抬眼看我的时候还带着些许笑意，可她在黑暗中露出来的强撑着的笑容，冒着森森的冷气，看得我头皮发麻。

她接着说："京都很美吧，每年玉兰花都会开得很茂盛，那时的京都是不是充满花香呢？从你进宿舍门的时候我就感觉到，你和我不是一类人，你大概永远不明白，插秧插累了，站立休息时看着呼啸而过的火车是什么感觉。那些永远不停的火车，承载着我的梦想。我用不起你买的那些东西，可是我很怕被你们看不起，我想过得好。"

我被矛盾的赵四苟刺激得半天说不出话，只得再一次把头藏进被子里。赵四苟见我不搭腔，也不再说话了。黑暗中悄无声息，我除了听见我乱跳的心脏声外，还听见赵四苟平缓的呼吸声。

沉默的时候，窗外透进风来，清澈如歌。

第二天，我是被赵四苟鼓弄灯的声音给吵醒的，在换了灯泡和反复敲击开关后，老旧的灯终于透出光来，我抬眼和赵四苟对视，又匆匆别过眼去，我很怕和赵四苟继续昨天的话题，因为对此，我真的无话可说。"有空去趟我家吧，小镇，晚上星空密布，听得见虫声。"赵四苟靠在窗户旁，擦着刚刚踩在脚下的桌子，缓缓道。我翻了个身，半天才听见自己从胸腔里发出的声音，不大，却震得我舌根发麻："好。"

六

小镇和赵四苟描述的一样，从繁华的城市里扯来一条铁路隔空竖穿小镇，列车带着风呼啸而过，吹动农田里劳动农民的衣衫，吹醒年幼孩子心中对城市繁华的向往。赵四苟的母亲见我们回来了，连忙把压在衣橱底下的棉花被拿到晒稻场上去暴晒，她迎着太阳猛烈地拍击着厚厚的棉花被。棉花被发出阵阵闷响，灰尘飞扬，迎着阳光飞舞。

赵四苟家的房子是个瓦屋院子，矮墙泛青，靠在门前的大水缸里养着几条青色的鲫鱼，水缸后面是扎成堆的稻草，层层叠叠地盖在墙上，老远看去，软绵绵的一片。门口挂着褪色的灯笼，红黄不辨，稀疏的穗随风飘荡，散发着乡土气息。我和赵四苟坐在院子里的长条板凳上，对着门前开着的野花发呆。

我半天不知道说什么，感慨万千，又怕说出来的话刺激到她，最后吞吞吐吐地说了句："空气真好。"赵四苟应了声后，扭头看我："说说你们那吧。""很大的城市。"我思考半天才给出个答案，见赵四苟看我的眼神发亮，只得继续描绘道："小时候就觉得京都很大，怎么也逛不到头，一条街上就有很多想要的东西，长大后骑着车子半天就能把京都城绕一圈，就不觉得大了，看着以前留恋的店铺，再也没有进去的激情。"

赵四苟倏地起身，差点把和她坐一条板凳的我弄得人仰马翻。她从房子里拿出块发硬的馒头，碾得细碎倒入水缸里，水缸里的鲫鱼立马骚动起来，争先恐后地去抢漂浮在水面上的馒头屑。赵四苟指着鱼扭头看我，眉毛上挑，嘴角下撇，语气中终于带着我熟悉的气息："你看这些鱼，就跟当初我考大学一样，最后也只有我考上大学。"

我看着她笑了，她也对着我笑了。

赵四苟家晚饭吃得早，下午四点她母亲就炒了菜端上桌，看得出这是四苟妈精心安排的一顿晚饭。炒得金黄的鸡蛋，焙得干干的辣椒，大青菜，蒸腊肉，一海碗馒头。我和赵四苟刚刚坐定，她母亲就挎着一个篮子，从桌上抓了几个馒头塞了进去，又拿块深蓝色的布盖上，冲着我和赵四苟咧嘴笑开："我去镇上给你爸爸送饭，你照顾好你同学。"说罢，往头上包起一块洗得发白的旧方巾，撩过垂在额前的头发就走了。

我嘴里叼着馒头用询问的目光看着赵四苟。赵四苟往馒头上夹菜，也不看我，缓缓道："我爸爸出车祸两年了，现在还在医院里躺着。"顿时，我就明白了那次在古镇的庙宇里，赵四苟虔诚跪在佛前叩首，和掏出钱坚持修缮庙宇的举动。望着赵四苟沉静的脸庞，我眼前浮现出那座庙宇，苍松、飞廊，宽窄不一的巷子，高低不平的房屋，都隐没在里面。

时光如刀，戳得人心口疼，但总是能被寺庙里悠远的的钟声磨平，叩首间，望着佛像不听不语，仿佛时光流转，依稀可闻远古的梵音。庙宇香火四起，熏得人心平和柔软。花开花落，年年岁岁，古刹偏居一隅，苍松翠翠，渔樵问答。

人生不论繁华或清苦，都如同第一遍茶，切勿倒掉。细品之后，或喜或悲，最后都会不悲不喜。临睡前，赵四苟帮我掖好被角。棉被散发着清香的太阳味，熏得人暖洋洋的。赵四苟见我迅速进入睡眠状态，又嗤笑了下："你上次问我跟不跟你回京都，其实我是想去的，但是我又觉得，去了之后怎么把你带回家呢？没想到现在可以坦然地和你一起挤在这张小床上，也是真的不可思议。"

"无所谓的，我觉得挺好。"我有些瞇，声音有些嘤嘤的。赵四苟听见后，依旧是那副不屑的表情："可拉倒吧，你这个人就喜欢假客套，你们城里人哪里能长时间地住在这里。但你吧，确实和别人不一样，我用了你这么多化妆品你也没和我计较。"

我哼了一下，不知道再说些什么，便假装睡去。赵四苟半天得不到回应，也翻身睡去。睡意蒙胧中，我只觉得赵四苟这个人真奇怪，细想半天后，我又宽慰自己，就当这三年多的化妆品和其他东西资助了一个贫困生。想到此，又翻了个身，大学三年多我也从来没收拾过宿舍卫生，连垃圾也没倒过一次，赵四苟总是默默收拾宿舍，帮我晒被子洗衣服，久而久之，我反而坦然接受了这种安排。现在想来，赵四苟也许是靠这种方式来回馈我这些年接济她的物质生活。

我们以一种奇怪的生活方式相处了三年，也未有过争吵。室友真的是种奇怪的关系，命运把两个完全陌生的人用强硬的方式捆绑在一起，即使两人矛盾重重，也只能相伴左右，仿佛就本该如此亲密。回首看来，无论是初见的那个下午还是今天晚上，我的心情都犹如跌宕起伏的山峦般，其间沟壑丛生，云深不知处。

七

大四的实习期间，我又和赵四苟绑在一起。实习单位是山城本地最大的一家德资企业，学姐介绍过去的，听赵四苟说，学姐曾在那家实习过，工资挺高的。如今她被派到德国总部去了，据说回来就升山城总代理。不知为何，学姐现在和赵四苟走得近，可能我这人就这种性格吧，跟谁都不咸不淡的。

赵四苟真孝顺，实习工资到账立刻打给她妈，她爸这几年来躺在医院里的所有医药费都是她妈赚的。我无法想象一个没有一技之长的乡下妇女，是如何把这个家撑起来。赵四苟曾告诉我，赵家都劝她妈放弃了，当时出车祸时遇到无良司机，一分赔偿没有，政府看着可怜，帮她家办了低保。

从此，为了病床上的那个植物人，四苟妈除了料理家里的农活，还在镇上服装厂三班倒，拣塑料瓶子帮饭店洗碗，什么活都干。她日夜操劳，憔悴得就像四苟奶奶。四苟只要一有假期就回家陪妈妈，她每次都在山城带礼物回去，不是新衣服，就是颜色鲜艳的包头巾，或者麦片和牛奶，都是给妈妈买的。她也去镇上的医院看爸爸，和爸爸说说话，虽然这个躺着的人不能给她回应，但就像妈妈说的，只要老赵有一口气，就不能放弃，活一天，赵家都是完整的，一家三口都是团圆的。

我对四苟妈充满了敬意。在四苟不知道的情况下，朝她妈的账户上匿名汇过十几次款，有时三百，有时五百，汇多了怕赵四苟看出来。因为与父亲积怨深厚，坚持不去他公司实习，也拒绝接收他的生活费。我吃住都在公司，平时开销不大，养活自己是绰绰有余。每每想家时，窗外灯影璀璨如河，冷暖交替的霓虹灯光落在眼前，刺目耀眼，仿佛割出深浅不一的伤口，刺骨得冰冷。

赵四苟接了很多私活，连小饭店的菜品设计稿她也接。她直言不讳地向我诉说着她对大城市的渴望，想拥有世间一切美好东西。而我常常觉得生而无望，似乎世界都与我无关，这种感觉从母亲去世的那一天起就有了，直到现在我都无法释怀。

其实，我也知道不该怪父亲的，但总是忍不住在想，假如母亲被车撞的第一时间，父亲在场救助，母亲肯定能多活几天，哪怕也像四苟爸一样躺在医院里，哪怕她是植物人，我也好歹有妈啊。但是，父亲那天在新西兰，我除了哭，什么也不知道。直到外公外婆赶来医院，在重症监护室里，母亲还是停止了呼吸。我无法消除心中的执念，固执地认为在大洋彼岸的父亲耽误了母亲的生命。随着年岁增长，也曾试图理解父亲，但和他之间总有一道鸿沟，无法逾越。

细细想来，可能是我想要的太多，而真实拥有的又太少。我坦然，羡慕赵四苟一家三口，即便活得那般不容易。我一直貌似活得恣意潇洒，过着不被金钱束缚的日子，但内心总有一种缺失，因此越发渴望圆满的家庭。而这于我来说，是多么昂贵的期望啊。人的一生冥冥之中早就有了定数，就像《断头王后》中的那句话一样："她那时候还太年轻，不知道所有命运赠送的礼物，早已在暗中标好了价格。"

我懂了，不知道赵四苟明不明白。

日子过得真快，没在意呢，我们的实习期满了。我和赵四苟谁都不想留在山城，学姐一心想要赵四苟留下来，开出很高的佣金，但赵四苟还是选择回老家。她也让我回老家，并说，你对你爸爸好一点。她说这话的语气和神态，像极了我的婶子。她怕我不肯回家，坚持送我先走。快登机时，她站在登机口的玻璃门外，我站在玻璃门里面。我扭头看她，她冲我挥着手，咧嘴笑的模样和她每晚打呼噜的姿势无异。我紧紧握着行李箱的拉杆，背过身去，对着滚动航班的大屏幕流下泪来。

（发表于 2018 年第 8 期《青春》）

土豆小姐的爱情

一

土豆小姐是和我合租一室的舍友，酷爱吃薯条，所以我干脆叫她土豆小姐。

或许是我叫她"土豆"叫多了，她不仅长相圆滚滚的，脾气也像熟土豆一样软糯，又或许是因为她年岁比我小，头发也不束起来，总喜欢披散着并抓袋薯条把自己陷在沙发里，总是一副懒懒散散的样子。除了工作日踩着 ofo 单车去她爹给她找的学校教书，剩下的日子就宅在家里，做一枚发芽的土豆。我见不得她如此，总是劝她多出去走动，却换来她的白眼和敷衍："再说，再说。"

几次劝说无果，我便放弃这个想法。出版社工作忙，我加班排杂志忙到深夜才回家。土豆十点之前必睡美容觉，但她在睡前会给我留灯，客厅亮堂堂的，餐桌上的粥也被碟子反扣住，端在手里，还有点温度。

就在我渐渐习惯了土豆的宅女生活模式后，她又猝不及防地改变了。

那天我难得回来得早，却意外地发现土豆不在家。然而这种"她终于有社交活动"的喜悦之情还没有维持多久，就被逐渐昏暗下来的月色所带来的担忧给替代了。客厅里的时钟走到九点，我抱着抱枕团在沙发上，手机开开关关，思考着要不要给土豆打电话。

还没把电话拨出去，钥匙转动的声音就从门口传来。我急忙窜到门口，映入眼帘的是和平时截然不同的土豆，她居然把一头柔顺的黑长发剪掉了，并烫成几段大卷，蓬松地垂到肩膀。我大惊，捏着她的头发结巴道："你怎么舍得把到腰的头发剪掉啦？"

"啊？"土豆有些茫然，说话的声音像是从胸腔里传出来，朦朦胧胧地："不知道，他说好看我就剪了。"

"谁啊？"我敏锐地抓住了土豆话里不同寻常的语气，逼问道。

"就理发店里的小哥哥。"土豆也不避开我的回答，抓着自己的头发散开献宝似的给我看："我还烫了呢，传说中的网红睡不醒卷。"

我对烫发这类毫无兴趣，见土豆平安回家后，提着的心就松懈下来，不对土豆的新发型发表意见，自顾自地原路返回沙发，继续抱着抱枕团在角落看着电视上播着的无聊爱情喜剧。

喜剧播到高潮时，土豆也洗好澡擦着头发在我身边坐下。我顺势躺到土豆的膝盖上，嚼着薯片指着电视给土豆说着剧情："女主和这个酒吧里的酒保在一起了，然后被她妈妈知道了，被强迫分了手。"

土豆没有接我的话，继续有一下没一下地擦着头发，我自觉无趣，又补充道："怎么着也要找个跟自己学历啊工作差不多的吧，要不然你在'红楼'，他在'西游'，日子过不到一起去。"

话音刚落，广告就插播进来，突然而来的音乐把还沉浸在刚刚话题中的我吓得浑身一抖，半包薯片就这么撒在沙发前的地毯上。我心虚地起身去厨房找扫把，却发现土豆并没有察觉我的举动，便不由得凑近她，问道："你想什么呢？"

"我想我要不要去染个色。"土豆缓缓地把头转过来，与我对视，眼神坚定。我以为她跟我闹着玩，抓着头发边去厨房边接过她的话道："你去染呗。"

于是，第二天，依旧是晚上九点，土豆再次带着浓浓的理发店药水味回到家，鞋子也不换，直冲冲地冲到在厨房喝水的我面前，转着圈问道："好看吗?"

我扭头看她，差点被水给呛到。土豆的卷发被染成绿色，那模样堪比青青草原。我稳定了情绪后，拍着土豆的肩膀认真道："土豆啊，是我老了跟不上你们年轻人了吗? 你为什么觉得自己适合绿色的头发? 你染成绿色后你学校给你进吗?"

"啊?"土豆再次露出和昨晚一样的表情，茫然而又不知所措，躲避过我望着她的眼神，心虚道："给进的吧。"

听此回答，我也无话可说，冲她摆手后就进了房间，留她一人站在厨房里思考明天怎么顶着这头绿毛去学校教书。

临睡前，我收到了土豆的微信，她说："我决定了，戴个帽子就好了。"然后附上自己的自拍。我点开她的自拍看了会后，发现昨天还卷着的头发今天已经趋于直线，于是就认真回复道："请问土豆老师，您的'睡不醒卷'是'睡醒'了吗?"

土豆没有回我，大概是生气了。

二

自土豆迷恋上做头发后，回家越发晚了。我担心她的安全，可电话接二连三地打过去都是忙音。等土豆回来后，我质问她为什么不接电话，她却说是理发店信号不好。听此，我震惊，实在是想不到在这个通信迅速发展的时代，有哪个地方是移动网络布不到的。

"哎呀，小哥哥自己开的店，创业初期，能租到哪个好市口啊。"土豆是这么跟我解释的。我却越想越恐怖，坚持让土豆明天下了班去找我，我开车和她一起去理发店。

第二天土豆按时出现在出版社门口，她端着炸薯条对着商场大屏上的广告看得目不转睛。我拽着她准备去停车场取车，却被她拦住了。

"那个地方开车不方便。"土豆吃完最后一根薯条后，抿着嘴对我正色道："坐地铁方便，下了地铁拐几个巷子就到了。"

我只好放弃了开车的想法，踩着高跟鞋跟着土豆挤地铁。正值下班高峰期，川流不息的马路上汽车飞驰，我眼里塞满了车轮碾压地面的灰尘。地铁通道里大风呼啸，流浪歌手站在光鲜亮丽的广告牌下唱着歌，断断续续地，被风吹到每个人的耳朵里。

正如土豆所说，理发店地处马路边上里面的巷子里，隔壁的几个摊子堵在门口，占据了最佳位置，不注意看还真不出来里面有还有家店。土豆察觉到我怪异的神情，尴尬地解释道："酒香不怕巷子深嘛。"

我没有回应她，直接推门进去。

理发店迫于现实的原因，很窄，却很深。或许是墙壁是灰蓝色，灯光又是亮白色，我总感觉这间屋子正阴森森地冒着寒气。门口蹲着的洗发小哥穿着紧身的淡色西服，踩着黑色尖头皮鞋，见有生意上门忙起身迎上来，顶着一张描着细眉的脸冲我软绵绵地叫道："姐，你来了呀，剪发还是烫发还是护理啊？"

而土豆已经在洗发小哥围上我的瞬间大步向里面走去了。

"刚刚和我一起来的那个女孩呢？"我在被放倒在洗发床之前，仍不死心地向洗发小哥询问土豆的踪迹。

"她是我们店里的 VIP 呀，在里面的 VIP 室做护理呢。"洗发小哥从容不迫地把我放倒在洗发床上，打湿我的长发，回答道。

"她是我朋友，我可以进去吗？"我躺在床上倒着看着洗发小哥的脸，果然，洗发小哥在听完我的话后，细细的眉毛纠结成一团，冲我略带歉意道："哎呀，你可以办一张 VIP 卡，就可以享受我们的尊贵服务，现在充 500 送 20，很划算啊。"

"打住打住，我就剪个头发。"洗发小哥识相地闭了嘴。我掏出手机，给土豆发微信，让她赶紧出来。

谁知土豆却果断地给我回了个"no"。我咬牙切齿刚准备打电话破口大骂时，从我对面的一扇隐形门里走出来一位很高的男人，穿着理发店同款西服，踩着同款尖头小皮鞋，笑着向我走来。

"土豆的朋友啊，一会来我们 VIP 室里啊，我让我们总监给你剪头发。"那位很高的男人站在我前面说道。我耳朵里充斥着水声，额头上都是泡沫，倒着看这位很高的理发师，喉咙哽得说不出话来。

洗完头后，我被拉进了所谓的 VIP 室里。土豆的头发被分成几缕，刷上厚厚的白色的药膏，又用保鲜膜裹住，像扎了一头脏辫。我被领着坐在土豆的对面，与她在镜子里遥遥相望。

在剪头发的过程中，我透过镜子看见那位很高的理发师坐在凳子上给土豆护理着头发，一边护理着，一边说道："你这个头发得护理啊，前几天又烫又染的，太伤害发质了，你办个月卡，600 块，天天来，我给你做护理。"

土豆没说话，透过镜子偷偷地看了我一眼。我丢给她一个鄙夷的目光后，就低下头玩起了手机。

于是，我听见土豆软软的声音在这间屋子里响起："要不然再说吧。"

"我还能骗你吗，我肯定是为你好啊，你看你这头发干枯的，肯定要护理啊。"理发师把头埋在土豆的耳边，做出和她说悄悄话的模样："我不会骗你的，办吧，我还想天天看见你呢。"

土豆为难地再从镜子里偷偷看我，见我没有反应，便悄悄点了头。理发师见土豆答应了，拍了下她的肩膀就走出房门签单去了。再进来的时候手里端着两杯水，一杯递给土豆，一杯递给我。

见我接过水后，他抓了把我的头发，看似漫不经心道："你这个头发也是啊，要不我给你做个保养吧，免费的。"

我装作没听见，只顾着低头玩手机。高个理发师自讨没趣，又走向土豆，拽出凳子坐在土豆旁边和她闲聊起来。

做完头发后，土豆要去签单，我按住了她，走到收银台结了我俩的单，扭头对土豆道："要不你这卡下次再来办？"

"是啊，明天来办呗，到时候和你朋友一人办一张。"理发师话接得倒是快，笑容维持在脸上依旧没变。

"你会后悔的。"出了理发店门，我冲着土豆斩钉截铁道。

土豆不语，扣着手指别过我的目光，她褪了色的卷发露出微黄的底色，随着夜色中的微风轻飞。过了半天，她才梳着头发扭头对上我的视线，理发店的门头上悬挂着的招牌散发出的红色灯光笼罩着这片狭小的区域，在沉默中，我发现她的眼底赤红一片。

三

第二天土豆还是去了理发店做头发护理，回来时边换鞋子边对我欲盖弥彰道："我今天可没办卡啊。"

我坐在沙发上对她挥手，示意她赶紧去洗澡休息。土豆仿佛没有接收到我的讯号似的，顶着一头乱发滚到沙发上哀号，见我丝毫没有反应，她变本加厉地坐在电视前头，挡住我所有目光。

"干吗？"我不耐道。

"我真的好喜欢他啊。"土豆没头没脑冒出这句话。

"喜欢就喜欢呗，你不是在他家疯狂办卡吗？"我把土豆从面前提溜到身侧的沙发上，盯着电视机不急不缓道。

"可是他对我也好啊。"土豆再次哀号出声，捂着脸卧倒在沙发上。

"你要想清楚，他是对你好，还是对你这个顾客好。"我关闭了电视，盘腿坐在沙发上正对着土豆，大有一副好好跟她谈的模样。

"我不知道。"土豆茫然地看着我，把手放在自己的胸口道：

"真是抓心挠肝啊。"

前一天被土豆闹得没睡好，懒得赖床，干脆开车提前去上班。在理发店相距不远的路边，我突然瞥见早饭摊子上坐着个高大且熟悉的身影，心中顿时警铃大作，忙打开车窗往外看去。即使隔着很远，我也能确认那位坐在矮小的板凳上，两边插着的腿比桌子高出一大截的人，就是土豆暗恋并为他疯狂花钱的理发师。他穿着宽大的 T 恤衫，没有被发胶定型的头发被风吹得乱糟糟的，我望着他笑着和女生共喝一碗馄饨，笑得软绵绵的。

我对着他们的身影拍了张照片，默默地升起车窗。

结果这件事还没等我开口，土豆就率先戳破了理发师的恋情。我还在加班，就被土豆的电话轮番轰炸，让我赶快回家。

于是，还是昨天的时间点，我还是老样子盘坐在沙发上，对面依旧是捂着脸哀号的土豆，可心境大不相同。土豆的声音藏在指缝里，说话时候语气湿润："他居然已经三十啦，和女朋友就要结婚了，要不是我今天抢他手机看见了他的屏保，我都不知道他有女朋友，我太尴尬了，我再也不做头发了。"

"别啊，"我拉开土豆盖在脸上的手，缓缓道："你短头发挺好看的呀。"

"还是原来好看吧。"土豆说得哽咽，眼里闪闪的，和我对视一眼后又把手盖在自己脸上，愤恨道："我再也不出门了。"

"那我给你点两份薯条外卖，你出去拿吗？"我掏出手机，作势要点独食的模样。

土豆立刻翻身坐起来，吸着鼻子点头道："拿，吃，我要三盒。"说罢后从沙发上一跃而起，叉着腰对我正色道："我去洗掉这几个月的记忆，出来后又是条好汉。"

就像在寒冷的冬天，接触到滚烫的热茶，你就会发现自己原来身处寒冷。可热茶终究会凉，那残留在指尖的一点温热，却是最致命的一击。世间万物皆是如此，无可奈何，我们能做的也只有山后相逢，报以一笑，自此泯恩仇。

"二十年后你会后悔的。"我和土豆并肩盘坐在阳台上吹着风，我搂紧了裹在自己身上的毯子，缓缓道。

土豆插着腿吃着刚送过来的已经软趴趴的薯条，毫不在意地接过我的话含糊不清道："后悔又怎么样，二十年后的我，再回到二十年前，也愿意一头扎进他的洗发药水里。"

刚洗完头，她的头发还在滴着水，顺着风吹也丝毫不见她有冷意。我伸手握住她的手，却发现她的掌心滚烫，在这个凉气四溢的初秋，像个火炉般炙热。

我扭头看向窗外，月色朦胧，星辰隐没在雾气中。高楼丛立的城市喧嚣无比，吵闹得听不见身边人的声音。我希望时间还没有溜走，眼里的世界滞留在当下，朦胧的月光还照在回家路上昏暗的巷子里，我开车而过，看见奋力蹬着 ofo 单车的土豆，她还是梳着长发，为刚炸出来滚烫的薯条欢呼，笑容明媚。而那些剪得有些傻气的头发，和掩埋在心底的感情，统统被洗刷。

即使岁月写不成歌，我也愿你眉眼如初。

（发表于 2019 年第 6 期《金山》，有删节）

落南山

一

清宿舍清到一半，在头顶上飞转着的风扇骤然失去生命，原本就不凉快的宿舍顿时被翻涌的热浪袭击。伴随着舍友接二连三的哀号声，江南冷静地丢下手里的收纳箱，把束在脑后的马尾辫扎成团，绑在头顶。

床帘早就拆卸下来，蚊帐因为当初图省事，直接打成死结绕在栏杆上，现在怎么扯也扯不下来。江南干脆放弃拆蚊帐的想法，坐在叠在一起的床垫上，拿着手机充当扇子扇风，企图赶走这突如其来的闷热。

还没扇动几下，手机就震动起来，她翻过手机，发现是男朋友锦年给她发来微信："一会校门口见，吃个饭。"

江南回了个"好"字后再次把手机充当扇子，扇了会后发现这细微的风并不能给她带来实质性的凉爽，干脆起身，用水简单地洗了把脸，也没换衣服，随便套了双球鞋就出门了。

走到门口，江南发现锦年已经在那里了，她顿了下，还是提脚，加快了步伐。

"吃什么？"锦年等江南走近后，侧过脸问道。

"门口牛肉面店吧。"江南懒得挑选，不等锦年再做决定，自顾自地就往学校对面的牛肉面店走去。

牛肉面店里开着空调，上午十点半，还没下课，牛肉面店里只坐着老板。江南显然是这里的熟客，冲着老板笑了下后就找了张靠着空调的桌子坐下。锦年皱着眉头坐在江南对面，从筷子篓里抽出双筷子，用纸巾擦干净后递给江南。

江南没有接，随后撕开放置在旁边的一次性筷子。锦年见此，把筷子收回手中，放在桌上。俩人自顾自地刷微博，也不说话，直到老板把热气腾腾的牛肉面送上来，锦年才开口，打破了这份安静："老板又给你加香菜了。"

　　"帮我挑了吧。"江南头也不抬，继续刷着微博。锦年应了声，把香菜全部挑到自己碗里。

　　锦年见江南还在刷微博，就帮她把有些团着的面条搅开，催促道："快吃饭吧。"

　　江南把眼睛从手机屏幕上移开，或许是看得太久，她的眼眶红红的。对面的锦年那时还不知道，毕业季也成了江南和他的分手季。

　　或许是天气太热，即使放置很久，面条入口依旧滚烫。江南搅动着面条半天也不动口，锦年见她有些懵，以为是天气太热的原因，便起身，把江南头顶的电风扇打开。

　　风把面条吹凉，可江南已经没有吃的欲望。她捏着筷子闷闷地说："我们分手吧！"

　　"为什么？"锦年语气坚定地问，把吃完的面碗往前面推了下。

　　"不为什么。你吃完就先走吧。"江南还在搅拌着碗里的面，淡淡道。

　　锦年应了声，推开椅子时声音刺耳，引得老板探出头来寻望，见没事后，又把头收回厨房。

　　江南回到宿舍时，舍友还在收拾东西，尘烟四起。宿舍热气腾腾，犹如火炉。江南询问舍友："电卡呢？"

　　"搬完就走了，还交什么电费？"舍友边把小玩意装在袋子里，边回江南，末了又添上句："不想再让学校赚钱了。"

　　看着满屋的狼藉，江南坐在板凳上，没有了继续收拾的欲望。舍友见江南有些发愣，想开口询问什么，却又把话吞咽回去。

打开的窗户缝隙里透进来一丝丝风，清透如歌。

二

几年后路过学校，看到这家牛肉面店，江南和友人吐槽道："这家店怎么还不关门？"友人不解，笑着反驳她："人家开得好好的，你干吗诅咒人关门啊？"

"啊？"江南像是被问住了，张着嘴巴有些发蒙，最后把目光落到牛肉店的招牌上，半天才开口道："也没什么，就是以前谈了个男朋友，最后分手的那顿饭也是在这家牛肉面店里解决的。"说罢，江南又看了眼那家牛肉面店，老板站在门口的炉子旁煨着牛肉，手里的蒲扇把牛肉的香气扇开，熏得人鼻子痒痒的。

那时的江南，不知天高地厚，只想着只要两个人相爱了，就能在一起。每次和锦年来吃牛肉面时都会幻想今后的生活，锦年说："我要努力地赚钱，我们就在这座繁华的城市里生活，清晨我开车载你去大厦上班，午后请你喝杯咖啡，晚上我们枕着月光入眠。"

然而，锦年母亲在微信里对她说："你不跟锦年分手会耽误他的。"江南的梦里，从此月色如露水般清凉。

原来，毕业那年，锦年父亲生意失利，倾家荡产。锦年被 IT 上市公司总裁看中，总裁的女儿除了因小儿麻痹症有点腿疾外，长相斯文乖巧。锦年受不了江南的负心，慢慢接受联姻的事实。

往事依稀混似梦，都随风雨到心头。

江南想，她所有拥有的缘分太稀薄了，倒在酒杯中，半天也尝不出其中的味道来。寡淡的就像她的一生，平淡如水，往后也不会有更浓的味道。

这几年，她都不曾想起过锦年，而今天路过这家牛肉面店，往日的琐碎皆浮上心头。毕业后，江南虽然和锦年同在一座城市，却是很少能见上一面。她仔细回忆，上次所谓的见面还是在十字路口处，她开着车等红灯，看见锦年牵着太太的手，步履轻缓地过马路。

她捏着方向盘，差点把喇叭按出声。那些青涩的梦想、得不到的爱情、被掩埋的痛苦，都融化在自己渐渐远去的背影里。以前总觉得来日方长，凡事都有机会，而现在才知道，一切皆是虚幻，挥手作别的再见，也许就是最后的见面。

江南最后还是把车开到学校附近，下车步行走到牛肉面馆里，老板挥动着蒲扇指着她，"啊啊啊"了半天，用手拍着脑袋道："我想起你了，毕业有三年了吧，我还以为你不在这里工作呢。"

"你每次都给我放香菜，毕业了我才不想来呢。"江南笑着答道，推门进去前，听见老板憨笑出声："怎么不记得呢，你那时候不是有男朋友吗？喊他每次给你挑不好吗？"

江南听此，推门的动作顿了下，又扭头对着还在扇着风的老板，佯装愤怒道："你话痨啊，今天记得不要给我放香菜。"

"好好好，不说了。"老板挥着蒲扇，给嘴做了个上锁的姿势，笑得眉眼弯弯。

牛肉面馆没有什么变化，桌椅油腻腻的，蒙上了塑料桌布，发黄的玻璃折射出的阳光发出眩晕的光芒，江南和往常一样坐在墙边，高跟鞋不小心蹭上去，瞬间踢落一大片墙皮。

等面条的时候，她顺手打开手机，发现微博给她推送了一条消息："只要一想到人生中最后悔的事，梅花就落满了南山。"

她没说话，合上手机后，从筷子篓里抽出双筷子，拿纸把它擦得干干净净。

（发表于 2018 年《青豆》秋季版）

百合的春天

一

母亲晒了一天的被子软软的，松松的，散发出柔柔的暖阳味道。因为这个周末难得清闲，百合继续将头深埋被窝，呼吸之中，阳光似乎也拥有了可被品鉴，甚至如蜜糖一般甜的滋味。然而，当她妄图用这虚无的甜蜜来对抗母亲在厨房里发出的噪音时，明显还是败下阵来了。

厨房里的动静，哪怕细小如蛋壳敲碎的脆响，都会在她脑海中无限放大，甚至闭着眼睛还能感受到，砂锅里的粥翻滚着冒着滚滚热气。最终百合还是踩着拖鞋几步走到洗手间，在清冷冷的水苏醒了她身体里全部的细胞后，百合探出头，对着厨间忙碌的母亲问道："妈在忙什么呢？今天有什么人来吗？"

"有啊有啊，你姨妈带着孙女小百合来啊，说是要给小百合报舞蹈班的名。"母亲的声音和嗡嗡的油烟机声夹杂在一起，朦朦胧胧传来，有股不真切的陌生感。百合在洗手间里"哦"了一声，扯着头发潦草地扎着辫子，脑海中又窜出些什么事，便再次把头扭出去，对着母亲叫道："昨天我班上有两个孩子家长来接得迟了，我居然听见他们在讨论家里有几处房产，外婆家爷爷家内部亲戚关系如何。"

"现在的小孩精明啊。对了，百合，你赶紧去盛粥吃吧。"母亲敷衍地回了句话，又开始忙碌了。百合洗漱完毕，跟着母亲的节奏进了厨房。煤气灶上，果真煮着她最爱吃的皮蛋瘦肉粥，另一个砂锅里煲着小百合喜欢喝的鸽子汤。此刻，母亲系着围裙，正拿起手边的刀，按住鱼尾，火光电石间就把鱼头给剁下来。百合看着掉落在水池里的鱼头一阵心惊，干脆离开这个血腥味十足的厨房。

百合是个诗意的名字。从百合一出生起，母亲就给起了这么个诗意的名字。但她这三十年活得一点也不诗意，上学出来就参加工作，到现在恋爱都没谈过。也不是她要求高，多读了几年书的女生，总归是有点思想激进，看不惯同龄里那些妈宝一样的男生，而那些成熟的有志青年呢，早就名草有主，也有想一脚踏两船的，百合的自尊和素养也不允许，犯不上跟这类人打着"情"字号灯笼的人扯关系。

百合相信，爱情是缘，同时也是"宁缺毋滥"的。

小百合是百合姨妈的孙女。七年前，孩子刚出生时，表哥就打电话，让百合给孩子起个名字。"就叫小百合吧。"没经思考，百合脱口而出。表哥一脸惊喜："这名字不错，沾妹子的光了。""那是。"握着话筒，她不无骄傲："百合不仅有诗意还特有内涵，百合没有玫瑰鲜艳，但是绝对纯洁、清澈；没有水仙娇嫩细腻，却坚强有耐力，低调内敛，香息悠远。"姨妈一家人当即就"小百合，小百合"地叫开来了。

姨妈是个土生土长的庄稼人，和传统的农村女孩一样，早早地生儿育女。百合的母亲在农村女孩中比较有思想，她做家务、念书样样不落，外婆不想给她上学也挑不了她的毛病，牙关一咬紧，供母亲读完了中师。至此，母亲跳出农门走到城里当上了教师。像是家里的传统，百合表哥紧步姨妈的后尘，老老实实地与土地为伍，娶妻生子；百合大学毕业后也迷恋上了三尺讲台，和母亲一样当了老师。

眨眼过去了好几年，小百合都到了读小学的年纪，可百合连异性的手都没牵过。每每想到这里，百合就嗓子眼堵得慌。为了避免姨妈关心她的婚姻大事，借口去超市出门，一直晃到饭点才回家。果然，刚到家就被姨妈拉着手坐到沙发上，她问："百合，你不小了，女人心气太高不是好事……""快了，快了，姨妈，到时候会带到你门上去的。"寒暄过后，百合赶紧逃回房间，却发现原本装在化妆盒里的玫红色眼影碎成了粉末。

这盒眼影是同事到日本特意帮她代购的，除了参加一些活动外，平常也不大用到它。但即便如此，百合也要知道，到底是谁打碎了它。

百合走出房间，冲着和姨妈谈着正起劲的母亲嚷道："妈，谁进我房间了？""没谁啊，就小百合。"母亲潦草地回了话后接着和姨妈聊起来。百合提着眼影盒泼泼洒洒了一路走到母亲和姨妈面前，扬声问道："那小百合呢？是不是她弄碎了我的眼影？"姨妈愣住，握在杯子上的手僵住，水杯晃出几滴水溅在淡黄色的桌布上，落下浅浅的痕迹。母亲打掩护般地接过百合手里的眼影，对着洗手间唤着小百合的名字。

百合倚在沙发上，准备等小百合出来后好好问问她。其实，上周逛童装店，百合才给她买了件民族风的小袄和阔腿裤。这丫头身材高挑，脸模子又生得好，不跳舞可惜了。小百合从洗手间出来，小脸红通通的，她把双手揣在衣服口袋里，笔直地站在我面前，昂着脑袋，瞪大眼睛冲着我凶道："干吗？"百合见她一脸坦然，竟有些噎住。母亲见此，便在旁轻声细语道："小百合啊，你有没有弄坏姑妈的东西呀？"

小百合摇头，嘴角很无辜地往下撇撇，扭身坐在沙发旁的小板凳上，随手拿起电视遥控器准备换台。这时候，百合看见她满手的红，和化妆盒里碎的那块颜色一致。顿时，脑门充血，怪不得原来和自己亲亲热热的孩子一下子变得这么冷漠。这里头，大有原因。百合起身把她另一个手从她口袋里拖出，厉声质问道："姑不怪你，就问你一声，我眼影是不是你弄碎的？"

"我没有。"小百合跟着起身，挣脱开百合的控制，把手继续塞到口袋里，对着她小嘴动得不停："你怎么就说是我弄碎的呢？我早上明明在看书，姨奶奶是知道的，你为什么冤枉我，你是不是因为我是农村人看不起我？你是不是不喜欢我？你以前不是这样对我的，你变了，你变了……"然后，小百合跑到姨妈跟前，不住地摇她奶奶的臂膀："奶奶你说句公道话嘛，姑妈这么凶，冤枉我……"说罢，捂着脸呜呜地哭起来。

百合顿时哑然，脑袋里轰鸣声阵阵，胸腔里的一颗心猛烈地跳动着，似乎下秒就会喷薄而出。当老师当了这么多年，已经习惯只要对学生们沉下脸来，他们就会乖乖认错的模式。可谁知这个方法在小百合身上毫无用处，百合被这个七岁的小孩子逼得哑口无言。母亲在旁边打着哈哈，把手里的眼影盒又塞回百合的手里，暗示性地拍了下她的腿，示意她赶紧回房间去。又抱起小百合，把她放在自己腿上，亲昵地把脸靠在她的脸上道："哎呀，姑妈跟你开玩笑呢，我们喜欢你还来不及呢。"

百合挤进姨妈和母亲中间，握着姨妈的手，迫使她看向自己的眼睛道："姨妈，我是个幼儿园教师，我一直跟我的孩子们说，做错事不可怕，一定要认错，不能说谎。我每次开家长会的时候也跟家长强调，在孩子小的时候必须要树立正确的价值观，以免以后走了弯路。"姨妈尴尬地把手在腰间来回地搓了几下，又抬起手把额间的几缕头发别回耳后，也不理她，只端着杯子喝水。

"姨妈，我说认真的，你说小百合这些话像是她这个年纪说出来的吗？小百合的生长环境是多么恶劣才能把她塑造成这样？你是不是对她和对表哥一样？不闻不问？"百合拍了下桌子，准备继续说下去的时候，姨妈却把手里的杯子猛地掷在桌上，把手从她手里抽出来，眼里尽是烦恼和怨恨："干什么，你把我当你教得学生？还是学生家长？我是你长辈？你懂不懂尊重啊？你跟我说这些？你结婚了吗？你生孩子了吗？这么大个姑娘不结婚来跟我说这些也不害臊。"

"我？我没结婚也没生孩子，但是我幼儿教育心理学和心理学知识都考过的。"百合脑海里原本平息的滔天巨浪又一次翻滚起来，眼里胀胀的，仿佛有什么东西要落下来。姨妈对着她摆摆手，越过百合对着母亲说道："你教得好女儿啊，长本事了。"母亲也不说话，只是尴尬地笑了笑，推搡着百合就让她走。

二

百合在外面闲逛到天黑才磨蹭往回走，钥匙在手里转了几圈才塞进锁眼里。推开门就看见母亲抱着靠枕坐在沙发上看着电视，不时地发出笑声。百合拉开餐桌旁的椅子坐下，伸手摸了下放在桌子中央的砂锅，还是温热的。她端着碗吸了几口粥后，母亲挑眼望过去，正与她投去的视线相撞。

"不生气了？"母亲关闭电视，侧过身子问道。"不是气，是怕。小百合还是一知半解的年龄，就懂得如此伪装，情商高得可怕。"百合回答道。母亲却摇摇头，起身走到她身边，拉开离她最近的一把椅子坐下，帮百合盛满了粥后，又把她塞在衣领里的卫衣带子给拽出来，笑道："还是个老师呢，你平时就这么对待不听话的孩子啊？"

"我教出来的孩子才不会这样呢。"百合嘴里含着粥冲着母亲道。"嗯。"母亲点头："只会在比较谁家房产多。"百合哑然，撒开手里端着的碗。母亲见此，安慰性地摸了摸她的脑袋："别在意那么多了，晚上早点睡吧，你姨妈以前忙于农活，没管过你表哥，她也是很自责的，所以自然而然地把原本属于儿子的爱一起加在孙女身上了。"

临睡前，百合把头深深埋进了充满太阳味的被子里。翻来覆去睡不着时，又想起了今天小百合和她对峙时的模样。那眼眸深处流动着的不再是纯真无邪的笑容，而是冷漠到极致的淡然。百合也很好奇，这种眼神是怎么出现在一个七岁女孩眼中的。

百合翻身看见窗台上摆着的一盆吊兰，长长的枝丫随风晃悠，弯曲的弧度大到让人心惊。可它还是不停地晃着，大有种我自倾杯君且随意的潇洒模样。百合想起了小百合的父亲，他在百合的记忆里总是沉默着，初中毕业后就不再读书，做家务，干农活，承受着他母亲的抱怨。而后结婚生子，成家后依旧少言寡语，扛着锄头日复一日地侍弄着土地。

小百合的成长环境百合并不清楚，但从母亲的只言片语中，百合知道她活在一个和她父亲完全不同的世界里。小百合的奶奶对她的宠爱是她横行霸道的理由。每个人的童年是短暂的，而成长是迫切的，你懵懵懂懂地走着，是没有人可以替你挡风避雨的。就像今天发生的事，小百合也许是怕受到责罚，干脆就用谎言来包裹自己。

姨妈没有给他儿子全部的陪伴，于是一腔热血泼洒在孙女身上，她又怎么不知道是小百合做错了事呢，只是不想面对她又一次教育的失败。她倔强地对孙女好，掏心掏肺，无论对错，一切大包大揽。

百合第二天开车下乡来到姨妈家，不死心地想和她讨论怎么正确教育小百合。姨妈也不听她说话，一个劲地在扫地。尘烟四起中，小百合蹦蹦跳跳回到家，见百合站在她家门口，原本笑着的脸立马沉下来，扭头"哼"了声后擦着她的身子走进屋子里。

百合哭笑不得，跟着姨妈绕着整个屋子到处走。"姨妈，小百合在你浓情的爱的浇灌中长大，早就养成了我行我素的个性。"小百合的妈妈坐在堂前缝着衣服，听着她的话脸色也变了，倏地就把衣服摔在板凳上，把针插在衣服上，对着百合翻着眼睛道："妹妹啊，你别管了，我家孩子叫真性情。"

"一家人溺爱孩子，明知孩子错了，也舍不得责罚，这是一种不理智的行为，不是家庭教育应有的方式。作为家长，既知孩子有错，就应及时和孩子讲理，避免纠纷，而不是护犊上阵，不论青红皂白地反驳，这些今后会成为最伤害孩子的武器啊。"百合反驳道。结果小百合妈妈轻蔑地笑了声："不就是弄坏了你的东西吗？还追到乡下来，多少钱？五十块够了吗？"

百合说不出话来。

一刻不停地开车回城，眼泪倒流回腹腔里，沉闷苦涩，百合想起年幼时母亲忙于工作，姨妈从乡下赶来照顾她，抱她，亲她，那种实实在在的好就像糖炒栗子般香甜软糯。可是，姨妈现在对她横眉冷对，仿佛以前给她所有的幸福感都是错觉。百合留存的一直是她最柔软的笑意和最深情的眼眸，也正因为如此，才会被现在的冷漠深深刺激。

车开到小区的花园里，百合停了下来，摇下窗户，看见几个小孩坐在沙坑里玩着沙子，高地上坐着奶奶们，摇着大蒲扇谈论着什么，笑得眼角沟壑丛生。太阳拨开树叶的缝隙，光影相互逗乐，路旁枝头有蛛丝颤颤地坠下，明晃晃地结成一张银色的网，很多飞虫自动撞上去，成了蜘蛛的盘中餐。

百合无法想象十年、二十年后的自己会是什么样子，而当人们又经过十年、二十年后，回过头来时，只留下一张被岁月刻薄得潸然泪下的面孔。但终究人生如路，必须在荒凉中走出风景来。小百合的路也是如此，即便有家人护佑，但迟早要一个人行走江湖。江湖那么大，谁能保证她是一只不会乱飞的昆虫呢？大人过分地宠溺只会让孩子不辨方向，撞到蜘蛛网上。

百合承认自己是个失败的女生，三十了也找不到对象，不是吹毛求疵，命中无时，怎么强求？当了几年幼儿老师，直面孩子的成长和教育问题，百合不知道多少次受到这种委屈了，有的家长可以沟通，有的家长完全和姨妈一家似的，无法沟通。百合写下一段文字贴到她的微博上："人生荒芜如漠，只希望天赐甘霖，长出绿洲，愿百合有纯净的心，有包容一切纷扰的胸怀，有超出常人的人性和坚毅的品格，相信这样的百合花开纯洁，不染尘埃，会拥有属于自己的阳光和真正的春天。"

三

把最后一个留在班里的孩子交给家长后，百合松了口气。和隔壁班的老师打完招呼后，百合抬眼看了眼天，只觉得云朵黏糊糊地像是要落下般，冷风呼啸而过，令人不寒而栗。毕竟是冬天，她缩着脖子慌忙开车，仿佛被这阴郁寒冷的天气欺得夺路而逃。一路风驰电掣，到达小区门口，却被一高一矮，像一把侧面的靠背椅似的一对站在门口的父女组合吓得连忙踩刹车。原来是乡下的表哥和小百合。

表哥见百合停住了车，搂着小百合就往她的方向走来。她赶忙下车打开车门，让冻得瑟瑟发抖的父女俩坐上车。她抽了几张面纸递给小百合，帮孩子擦了擦脸蛋上纵横的鼻涕，又扭头问表哥："到小区门口了怎么不去我家啊，还是我妈不在啊？""啊，特地来找你的。"表哥吸了下鼻子，把小百合紧紧搂在怀里，捏着她的小手拍在百合的后背上："你嫂子要过生日了，我想来给她买个礼物，你也就别回家了，带我去买礼物吧。"

"呦，你还是个懂浪漫的文艺男啊，"百合打趣道，"打算满满一碗狗粮喂我这个单身狗吗？那行啊，你们也没吃饭吧，我带你们下馆子去。"表哥忙摆手道："做哥哥的哪有让妹妹请客吃饭的道理，你啊只负责找地方，我付钱。"百合正欲出声反驳，但从后视镜里看着表哥两眼灼灼，一副认真的模样让人忍俊不禁，只得把所有的话全数吞到喉咙里，认命地把车子往她平时吃饭的小饭馆开去。

正值下班高峰期，小饭店里人来人往，嘈杂一片。服务员把他们引进门后，抽出别在腰间的抹布，草草把桌子收拾干净。百合翻开菜单，把它推到小百合的面前道："小百合喜欢吃什么就点什么，难得你爸爸'放血'啊。"小百合不作声，一直压得低低的头耸动了下，伸出小手覆在百合握着杯子的手上："姑妈喜欢吃什么就点什么。"百合笑着抽出手，摸了摸她的脑袋。

小饭馆虽然人多，但上菜的节奏还是快的。不一会儿，烧黄鱼、酸菜鱼、口水鸡、糖醋排骨、油炸花生米、番茄炒鸡蛋就上桌了。等鸽子汤上来，点的菜就齐了。表哥叫了瓶啤酒，拿开水洗了洗杯子，倒了点啤酒后递给百合。百合接过后笑着抿着杯子上涌动的白沫。表哥的喝法十分潇洒，对着瓶口一仰脖子，大半瓶就空了。

表哥喝得黝黑的脸上飘过两片红云，抓筷子的手哆哆嗦嗦地帮百合夹了块酸菜鱼，途中鱼汤拖了一桌子。百合忙端起碗接过鱼片。小百合在旁边吃得闷声不吭，花袄半敞着怀，露出百合前年给她织的黑毛衣，看上去有点嫌紧了，裹得身体滚滚鱼一般，红扑扑的脸上像是涂了油彩，扎着的两个小辫子在空调风口下面不停地抖动，颇为搞笑。

表哥咂嘴，抓筷子的手终于放下，使劲地搓着裤子，见百合盯着他看，又冲着她摆摆手："百合，哥知道你想说什么，你也知道我不是块学习的料子，现在当农民种庄稼，我觉得自己过得很好，真的。你平时吃的大米香吧？那可全是我种出来的呦。还有带给姨妈的蔬菜，也是无公害，纯绿色环保的……你知道我性格的，我情愿低头求土，不想抬头求人！"

可能是多喝了两杯，平素老实巴交、三拳头打不出一个闷屁的表哥居然口若悬河起来了，他坐在百合的对面，双手开始交叠起来，由于长期劳作之故，他的手指关节粗大，看上去红红肿肿的如同胡萝卜，拇指和食指到处是皲裂的口子。百合从坤包里摸出一支护手霜扔给他，他也不接，只是重复念叨着无公害、环保，好像在为农村食品代言。百合不禁笑出了声，也学着他的样子把筷子放下，圆睁着双眼，认真听着表哥的后话。

"我从来没怪过你姨妈对我怎样，我也不懂你说的话是什么意思，我觉得我的妈妈，她已经把最好的给我了，所以，我也要把最好的给小百合。"表哥说完，又抬手摸着小百合的脑袋："小百合你要多担待，毕竟你是当过老师的，懂教育，她肯定也是要到城里来读书的，以后要和她的百合姑妈一样好。""对，我以后要和姑妈一样好。"小百合嘴里含了块排骨，含糊不清地说着。

小百合先是看了眼她的爸爸，又扭头看着百合，见百合笑意盎然，便丢下饭碗扑到她的怀里，头发被蹭得乱乱的："姑妈，我不是故意弄坏你东西不承认的，我害怕，我害怕我承认以后你就不喜欢我了。姑妈对不起。"听着小百合的话，百合心里涩涩的，便搂紧了怀里的小人，柔声道："怎么会呢，你永远都是姑妈最宝贝的小百合啊。"说罢，百合抬眼对上了表哥投来的视线。这个朴实了三十多年的庄稼汉子，也许此刻被热气熏久了，两眼通红。

小饭馆里依旧人潮拥挤，炒菜声、脚步声、人们的讨论声如潮水般包裹着百合的世界，可是百合又觉得这一切是那么的美好。饭桌上的砂锅翻滚着乳白色的鸽子汤，表哥就坐在她的对面，笑容浅浅，仿佛又是十几年前那个青涩的少年。小百合搂着百合的腰不动，一双眼里的冷漠被驱散干净，恍若新生。

吃完饭后，百合带着他们去了附近的商场，表哥逛到美妆专柜，招呼她来给嫂子选一管口红。她正挑得兴头上，却被小百合拉扯地往手里塞了个袋子。百合疑惑地打开，发现是盒眼影，和她弄坏的那盒外包装看上去差不多。百合哑然，一时不知道该说些什么，只得寻找表哥的身影，几圈扫下来，看见表哥从收银台那边走来，发现百合在看他，顿住，伸手挠头。

"谁要你买啦?"百合几步窜上去凶道。表哥也不搭话，拉着她就往电梯方向走去，小百合跟在他们身后，紧紧抱着被百合放置在一边的袋子，嘴巴抿得紧紧的。走下楼后，表哥才跟她解释道："昨天你走了以后，小百合一直哭一直哭，说要赔给你新的，你也别拒绝了，哥哥总要对妹妹好啊。"小百合接着表哥说的话，又重新把袋子塞回百合的手里。

百合无言，只觉得手里的纸袋有千斤重。见她接过后，父女俩像是完成任务般欢呼、击掌过后，表哥立马抱起小百合，火急火燎地就要往车站赶。百合安抚住表哥，让他别急，一会开车送他们回家。表哥却拒绝了，拍着她的肩膀道："工作忙，多回家，妈妈啊总是为自己的孩子好的。"

下午六点，天空还透着亮，表哥逆光而立，太阳勾勒他的身子，投下宽阔的影子。百合后悔刚刚图方便就把车子停在小饭馆，只能眼睁睁地看着表哥抱着小百合离她越来越远。等她开车回到家后已是七点，母亲靠在沙发上看着新闻联播，饭桌上依旧摆着一个砂锅，散发着温热。百合坐到母亲身边，靠在母亲腿上，感受着母亲源源不断的温暖，问道："妈，你说上次王阿姨家的儿子不错来着，要不就安排我们见个面吧。"

"你不是一直……"母亲有些惊讶，低下头靠着百合的脑袋，见她脸色平静，惊喜道："好好好，我马上就打电话给你王阿姨。"百合"嗯"了声，把头埋进母亲的怀里，听着母亲从胸腔里发出的声音，震得耳膜发烫。她习惯性地刷着微博，很奇怪地看到三个好友都发同一条"说说"："冬天到了，春天还会远吗?"雪莱的这句诗，到底写到人心里去了。

（发表于 2017 年第 12 期《金山》，有删节）

潮湿的红豆

　　我是 R 城的小学美术老师，一周上不到三节课，每天下班后都和同事结伴去学校旁边的"红豆奶茶屋"里点杯红豆奶茶。奶茶屋的老板娘对我尤其客气，每次都往我的杯子里多挖几勺红豆。动作之大，持续之久，都让我心里隐约有了负担。

　　这天，我独个儿来到奶茶屋，点完奶茶后却被老板娘叫住。她从吧台椅子上站起来，笑着说："我知道您是美术老师，我家上初二的大女儿最近有点自闭，她小时候可喜欢美术了。这不是快要放暑假了吗，我想把她送到您那里去学习。"

　　我这才反应过来老板娘要我给她闺女补课，本想一口拒绝，却又不好意思，只得打着哈哈道："你说你女儿是大女儿，难道你还有个小儿子吗？"老板娘把手放在她微隆的小腹上自顾自地说："希望这是个小儿子……"正巧有顾客推门进来，玻璃门上挂着的风铃发出清脆的响声，门外炎热的水汽挤进冰凉的屋子里，很快就消逝干净。老板娘的声音混合在风铃声里："我家大女儿叫红豆哦。"

　　于是，那个夏天，老板娘的大女儿红豆，被急促地塞到我家空旷的楼道里，她每天独自爬到五楼，带着呆滞的表情敲门。红豆穿着简单的白色圆领衫和牛仔短裤，耳朵上挂着的白色耳机正播放着摇滚乐曲，乱糟糟的短发被压在鸭舌帽里，偶尔窜出几根不平整的毛发，细长的腿随着音乐节奏微微抖动着，抬眼看我时的表情和敲门时无异，呆滞而又空板。

　　我的母亲很有预见性地在 R 城房价飞涨前给我买了这套单身

公寓，多加了一个人后，这个只有三十平米的迷你公寓立即拥挤了起来。我把画板竖在大飘窗旁，让红豆坐在那里后，扭身去厨房端红豆汤。

屋子里弥漫着红豆汤的香气。红豆双腿环绕住垃圾桶，背对着飘窗削铅笔，发出簌簌的声响。我坐在红豆身侧，随手翻开她带来的画册，边看边和她三言两语地聊着。

红豆只是话不多，并不像她妈说的自闭。弯腰换笔削的时候，一颗被细细的绳子吊着的红豆从她宽大的衣领处漏了出来。我见此，合上画册，在她笔盒里挑了支铅笔和她一起削着："你这个红豆是哪里来的呀？""妈妈说她怀孕的时候特别爱吃红豆、红豆粥、豆沙饼，"红豆头也不抬地继续手里的事情，"我出生后家里人发现我肚子上有个红色的胎记，于是给我取名叫红豆，顺便给我找了颗红豆挂在脖子上。"

红豆很有画画的天分，坐在角落里一下午就能完整地画出一幅静物素描，画里线条松散，黑白灰分明，布块柔软，铺在桌面上垫着花朵，仿佛伸手就能触摸。我给她改画时，总是给她加强结构，又让她把线条画细密些。其实我没告诉她，她的画就像张网，能把人从深海里打捞出来。

暑假过去后，我依旧每天都来奶茶屋里喝奶茶，眼见着老板娘的肚子一天天鼓起来，有时也帮着老板娘做几杯奶茶。偶尔红豆会来给老板娘送饭，依旧戴着那个鸭舌帽，表情淡漠，把饭盒放在吧台上，转身离开，头也不回。

秋天桂花味浓烈，盖住了街道上飘香的红豆味。预产期将近，老板娘歇了店。我放学早早回家，刚到家门口，就发现门口蹲着红豆。于是我拉起她边走边嚷道："走走走，你妈知道你来我这里的吧？不管了，你还没吃饭吧？老师带你吃火锅，我们点八盘牛肉。"

当然我预谋点八盘牛肉的行为被红豆阻止了，她夺过我手里的菜单交给服务员后，给自己倒了杯酸梅汁，喝完后把杯子举过头顶，又狠狠地拍在桌上。我吓得一哆嗦，忙帮她把空杯子填满。她对我勉强挤了个笑容说："老师，今天我弟弟出生了。"

"好事啊。"我接过红豆的话，往火锅里下了点菜，翻滚的红汤发出辛辣的气味。"听妈妈说，以后就关店了，好好照顾弟弟。"红豆把头撑在左臂上，她的左臂靠近手腕处，有一小块疤痕，像是烟头刚烫的，红兮兮的，衬得她面色愈加苍白。

我嘴唇抖动了半天，最终还是选择沉默，伸手把红豆的衣袖拽了拽，试图盖住裸露的疤痕。其实，无论怎样掩盖，都是无能为力，伤疤里的苦和痛要经过时间来冻结。红豆抬眼看我，表情如初见般淡漠。红豆背着书包跟我坐在这里吃火锅，一口咬到花椒，又麻又辣，落下了眼泪。

红豆的心里一定很疼吧，十四五岁的年纪，正是青春叛逆的时候，突然妈妈用二胎的方式向她宣布爱的转移，她郁闷、自残，但终究，一个人的内在只能被自己独自消化。我们总是渴求被人理解，其实所谓的理解都与他人无关。红豆即如此，她所给我们表现出来的不过是个肤浅的表面。

我们分别的时候，街道上突然下起了雨，我帮红豆叫了辆滴滴，可她像是连三两分钟都等不及似的，跟我挥挥手，把书包往头上一顶，潇洒地走了。我目送她远去，直到在雨中，在昏黄的灯光下，缩成一粒潮湿的红豆。

（发表于 2018 年第 4 期《金山》）

买 药

"最近几日我市南部地区将会遭遇近十年来最大的强降雨，我市将会加大防护措施，确保我市市民的财产安全。"窗外雨声绵延，老薛关闭了电视机，扶着腰从沙发上坐了起来。薛嫂见此，忙把头从厨房里伸出来，尖声叫道："老薛，你还起来，腰不想要啦。"

"不要你管。"老薛声音闷闷的。

"什么不要我管？是你非要回来的！"薛嫂再一次把头探出来，挥动着锅铲张牙舞爪道："要我说，留在省城的话你的腰就治好了！"

"不要你管！"老薛声音陡然拔高，一副要让薛嫂闭嘴的表情。

"你再说一遍？"薛嫂锐利的声音划破了空气，把桌上的锅碗瓢盆震得嗡嗡作响。老薛只得认输，讨饶似的走进厨房，按着薛嫂的肩膀把她推回灶台："好好好，我下午就去医院买药，你别叫了，好好做饭吧。"

薛嫂听了老薛的软话，从鼻孔里发出声轻哼，拿着锅铲怼住老薛的鼻头道："别下午了，赶不齐雨就下大了，这山沟沟里，雨一下就成汪洋，到时候出都出不去。你现在就去那个诊所拿药，回来的时候再给我带两把葱。"

老薛的五官扭曲成了一团，嗅着鼻子道："我去哪给你带葱啊？"

"村口不知是哪家栽了一排葱呢。"薛嫂收回锅铲，指着前方，满脸的理所当然："长那么多葱还不许人拿点用啊。"

老薛白了薛嫂一眼，扶着腰走了。

老薛以前还住在省城的时候，每逢阴雨连绵，腰疼得痛不欲生时，他就去医院里针灸，虽治标不治本吧，但也缓解了疼痛。可现在搬回老家，小地方医院倒是有两家，正规的一家在镇上，离他居住的地方开车要两个半小时。还有一家是私人诊所，开在山村的路边，是以前一所旧学校改造的，看上去规模还不错，最主要因为近，当地人图方便都去那里就医。老薛也是腰疼得没办法了，只好去那里买点膏药之类的缓解暂时的疼痛。

等老薛晃到诊所时，已经中午十一点多了，诊所里空空荡荡，满屋子紫色的消毒灯照得老薛心里慌慌的。老薛几步走到挂号窗口，还没开口，里面坐着的护士就指着前方道："去挂号。"

"我不看病，就开个药。"老薛赶忙解释道。

"你不去看病我们怎么给你开药啊，这样很不负责任的好吧。"护士从抽屉里拿出一枚小化妆镜，迅速地把红唇抿过之后，皱着眉头驳回了老薛所有的话语。

老薛顺着护士指的地方看去，只见楼梯旁竖着张桌子，里面坐着个穿着红色棉袄的中年妇女，脸在紫色灯的照射下，黑乎乎的一片。老薛心里哆嗦起来，嗫嚅地扭头看向护士，却发现她依然在对镜贴花黄。

老薛只得作罢，走到楼梯旁去挂号。那个中年妇女见老薛走来，扬声问道："哪里不舒服啊?"

"腰疼。"老薛扶着腰道。

听此，面无表情的中年妇女提笔就在小纸片上写字，说真的，她钢笔字还是很有功底的，写得龙飞凤舞、力透纸背。写完，反手扣住纸条，对着老薛伸手道："挂号费一块。"

老薛看了眼中年妇女，掏出一块钱，接过挂号单，睁大眼睛费力地看出了"骨科"二字。顺着楼梯走到二楼，拐弯进来就诊室。

　　他站在门口，敲了半天门都没有得到回应，索性推门而入。不大的房间里刷着惨白的油漆，上面挂着几张图片，老薛扫了一眼，发现是有关于勤洗手之类的提醒。而本应该坐在椅子上的医生却躺在供病人休息的长椅上，白大褂也被他当被子盖在了身上。阴冷的空气更惹得老薛的腰生疼，便伸手把在打鼾的医生推醒。

　　医生的鼾声在老薛推他的时候达到了顶峰，声音之大像是要把什么东西吐出来一般。老薛见医生还不醒，又使劲推搡了他几把，医生这才醒来，边披上白大褂，边打着哈欠边走向办公桌边问老薛："你这是什么病啊？"

　　老薛压抑住心中的怒火，尽量让自己的声音缓和下来："我腰肌劳损，还有点腰椎间盘突出，想开点膏药和缓解疼痛的药品。"

　　"哦。"医生道："那就给你开些膏药和活血止痛胶囊吧。"正说着，又打个哈欠，睡意蒙眬地在纸上飞快地写下一大串药名："你说你腰肌劳损啊，那你就多注意休息啊，睡硬床板啊。"

　　写完后递给老薛，起身伸着懒腰道："去药房拿药啊，哦，我们这里不刷医保卡的，你付现金吧，大概八九百块钱。"

　　"八九百块钱？"老薛再也压抑不住内心的怒火，甩着写满药名的纸，扶着腰嚷道："我这个病又不是没看过，百八十块钱的东西你要收我八九百块，你就不怕我去你院长那里举报你吗？"

　　"大爷，我这是为你好啊。马上就要下大雨，山路一封，你还怎么来啊。我给你多开点是免得你以后再来开。"医生没有因为老薛的话而感到慌乱，依旧一脸困意地说："而且我就是院长啊。"

　　"那我不要了。"老薛咬牙切齿道。医生也不为所动，继续走到长椅旁，指了指门道："那就不要呗，出门的时候顺便帮我把门关上。"

老薛被气得头昏脑涨，揪着药单踹门而出。就诊室对面是输液室，小小的房间里挤满了椅子，零星的病人在吊着点滴，窗外阴雨霏霏，照得病人灰头土脸，老薛扶着腰坐在输液室其中一张椅子上，大口呼吸着，平息着体内翻滚的气血。

老薛是个退休的中学语文教师，年轻时为了走出这山沟沟，苦读十年圣贤书在省城扎了根，由于他有"拼命三郎"的精神，因此，校长让他年年带高三，结果人到中年就腰肌劳损，落下了腰椎间盘突出的坏毛病。校长知道老薛腰不好后，主动找他谈心并表态，抽时间换他到办公室搞党建材料，但讲归讲，却迟迟不动。

当时薛嫂家里有个亲戚在教育局当局长，她几次要去局长家拜访，硬是被老薛捺住了。颇有几份文人气质的老薛就是这么犟，他想再等等吧，校长既然主动开口，肯定有他的安排，何必找局长欠下这个人情呢？

然而，三五年等过去了，他还是教高三。原来的校长已经调走了，老薛对新校长更开不了口，只得忍着疼痛继续工作。一晃又是二十年过去了，新来的第 N 任校长是老薛的大学同学，他把老薛换到了图书馆负责，老薛每天上午只需点个卯，下午就去医院扎针。上自由班的老薛终于不用在教学第一线厮杀了，他那颗一直拎在喉咙里的心才缓缓放下。

退休后，老薛越发觉得省城的空气污浊，高楼林立挡住了他晒太阳。于是他开始怀念童年的小山村，怀念雨后泥土的芳香和漫山遍野的油菜花。他决定带老妻回老家，种半亩薄田，长点花草，看看日出日落，圆他诗意的田园梦。

老薛收拾好所有的行李准备出发，儿子立刻给他一个拦头板挡："现在的乡下，树砍了，湖填了，房拆了，您以为自个儿还能回得去啊！"老薛儿子是省城顶尖的建筑设计师，他知道城乡之间的差距，乡下的基础设施和基本服务跟城里没法比。

老薛不听，他不顾儿子的阻止，执意下乡。可是回乡后他才发现，记忆里的故乡和现实早已脱轨。乡村公路上汽车和摩托来来往往，扑面而来的尾气更甚于城市里。油菜花早没了，全部铲平造了健身广场。雨后的泥土芳香倒还是有的，但是一连好几天的大雨不仅让老薛的腰生疼，还让整个屋子里都弥漫着霉哄哄的味道。

这不，刚过了一个多月，今天出门看病，还惹出了如此令人烦闷之事。

诊所楼下紫色的消毒灯依旧扎眼，不断照镜的红唇美人使得这个诊所看上去更加诡异。老薛逃似的窜出医院，不顾隐隐作痛的腰跑回了家。

到家已是正午，天更沉了，屋内低洼处已经有了不少积水。薛嫂正收拾着碗筷，听见关门声丢下碗筷，用围裙擦着手，边走边问："葱呢，拿了没啊？"

老薛不说话，几步走到卧室里躺下。薛嫂发现老薛空手而归，又扯着嗓子嚷道："怎么回事啊，葱呢？药呢？"嚷了几声后，发现老薛还是直挺挺地躺在床上，不说话也不动身，气不打一处来，伸手就要去拽盖在老薛身上的被子。

还没拽到手，老薛一坐而起，拍着硬邦邦的床板大声道："我腰疼，你快打电话叫儿子来接我们，我们回城！"

（发表于 2018 年第 8 期《金山》）

摆　渡

川川来看江淮的时候，江淮正在给孩子喂奶，汹涌的奶水往孩子嘴里汨汨地流，护工阿姨把江淮刚换下的两件内衣搓了往病房的小阳台上挂。川川火急火燎地窜到孩子跟前，还没来得及仔细端详，护士就把孩子抱走了。她一屁股坐在病床的床沿上对江淮吐槽："是不是少看了宝贝一眼，怎么感觉他像个小老头啊。"

江淮耸耸肩，对满脸憔悴、胡子可以扎破天的杨努努嘴，那意思分明就是：不怪姐们，儿子长相随他爸。川川会意一笑，又从怀里掏出一个焐得发热的玉观音给江淮戴上。

她低头给江淮戴玉佩，闪过杨的视线，对江淮悄悄耳语："老江，给咱儿子买一份育儿基金吧，我保证十八年后钱全在你手里啊。"

江淮与川川相遇十分戏剧性。隆冬的夜晚，北京的郊区昌平一片漆黑，只有街道顶头一家馄饨铺子亮着昏黄的灯，一个圆脸、短发，穿一件大红羽绒衫，约莫二十五六岁的女孩就坐在灯下小马扎上，边吸溜着馄饨边抬头四顾，一对黑眼珠子在来来往往的人群中不断扫描。

馄饨半晌都不来，坐在女孩对面的江淮等得有些急躁，便打开电脑码字，却被一旁炉子上的蒸腾热气熏得流出泪来。大概是见江淮毫无征兆落了泪，女孩立马起身，一脸惊恐地从她黑色公文包里抽出一叠纸道："妹子，你的眼睛真好看，别想不开啊，要是真的想不开，就买份这种保险，受益人可以填父母，就算你有了意外，父母也会拿到一笔钱……"

江淮气得目瞪口呆，发不出声来。实在不想搭理眼前这个圆球似的推销女，在心里打定主意死活不接腔让她自动退却。正好老板把碗端了过来，于是，她埋头用调羹在碗里划一道一道的分水岭，试图让红辣油和绿葱花各自为政，奈何这对红绿冤家前脚分开后脚缠绵，江淮只好闭上眼睛，慢慢吸溜。

忽然抬头，见女孩还拿着那份保险单对着自己目光灼灼，嘴里的馄饨一时尽数喷了出来，溅了她一身斑点。江淮赶紧递上手帕纸连称"对不起"，那女孩摆摆手继而抓起抹布把桌上的污渍擦净，对江淮笑道："正巧棉衣要洗了，刚忘了自我介绍了，我叫川川，浙江绍兴人。"川川笑的时候江淮才发现她右颊有个酒窝，口音明显有软软的吴语味儿。

还以为和川川萍水相逢，以后再也不会见面，结果却出人意料。周末一大早，隔壁就传来嘈杂的声响，被吵到忍无可忍时，江淮拿着一个晾衣架就去敲隔壁的门。门很快就开了，灰头土脸的一个女人，见面就伸手又搂又抱，好像江淮是她熟悉多年的亲人。竟然是川川！江淮气不打一处来，使劲从她胳膊里挣脱开来，扭头就走。江淮后悔那天暴露自己住处，还脑残地告诉她："从德胜门乘919路到南口镇就到了……"

江淮是属蝙蝠的，最受不了白天特别是清晨的吵闹。起床后，她又陷在阳台上的椅子里，迎着阳光开始思忖：川川怎么搬过来了？她不是说自己住十三陵德胜口水库旁吗？难道为了要人买一份保险不远千里来追踪？江淮到底不是写侦探小说的，这一个又一个的悬疑让长期写穿越网文的人难以解答。

正在胡思乱想，门铃却急促地响起，江淮一怔，以为是网站的编辑杨又来催稿。江淮的朋友圈很窄，北漂7年，除了写作认识几个编辑外，几乎没有其他人，而所有编辑中，只有杨唯一到过她家。江淮继续窝在椅子里不愿动弹，门铃却锲而不舍地一直在响，还附带着川川独特的声音："妹子吃饭了吗，我做了可乐鸡翅，熬了大骨头汤，炒了土豆丝啊。"

她想使什么鬼花招？在舌尖上布控暖心计还是企图做长期往来的邻居？想我江淮在网海文坛纵横七载，见招拆招，还没怕过谁。

下一秒，江淮就窜到了川川家里，捧着一碗骨头汤坐在餐桌边。青瓷小碗上铭着道道水纹，乳白的汤汁散发出袅袅白汽，暖暖的温度一下子从双手传递到心里。

川川在厨房里噼里啪啦炒着些什么，菜香四溢，烟雾弥漫。江淮抿了口汤，大棒子骨用老藕炖几个钟头了，火候十足的时候喝起来不油不腻，让人浑身发酥，每一个细胞都像在起舞，仿佛回到了高中时代，母亲挤在小小的厨房里忙着做饭，迎着夕阳，她的身影印在江淮心上。

从原先的质疑到顺理成章地接受，江淮后来每天都到川川家蹭饭。川川很忙，天天骑着她的小电驴挨家挨户地去推销保险，一直到天黑才回来。江淮见川川这么忙还要买菜做饭，心里过意不去，偶尔也买菜、洗碗。川川并不领情。她说："你不过意可以买我保险啊。"江淮摇头道："目的终于明确，你咋对保险行业这么忠诚啊？"川川一脸凝重，重新端起碗，起身给自己添饭，她突然说："多一个人，多一个家啊。"

"啊？"江淮未反应过来，扭头问她。

"多一个人，多一份保险啊。"她笑道。

饭后，川川在电脑上整理资料，江淮在她眼前晃来晃去。川川见她如此之闲，打趣道："你工作不忙吗？"江淮说："我不喜欢朝九晚五地工作，比起日复一日地做着同样的事情，我更热爱写作，更新完所有的网文就不关我事了，由杨编辑出版，我只拿稿税。基本上，半年写作半年外出旅行。在外面既是一种释放也是一种吸纳，我累了就会向大自然索要能量，这样的生活方式你会喜欢吗？"川川半天没说话，把电脑合上后缓缓开口道："你们城里人真会玩。"

那晚，江淮和川川聊了很多。川川说："我好不容易考上大学，毕业后工作并不好找，正好当地的保险公司招人，我就从公司的营销做起，虽然这份工作不是很理想，但是为了自己有口饭吃，我努力从外勤做到了内勤理赔部经理，工资蛮高，一个月最多能拿四千多，还谈了一个当教师的男朋友。"

"本以为自己的幸福生活可以一直如花绽放，他的劈腿让我一下子跌进谷底。我果断地离开伤心地，来到了北京，一切从零做起，磨破脚底，说烂舌头，终于可以在这个大城市的一角租得一套属于自己的小窝。最最幸运的是，还遇到了你……"川川说着说着兴奋起来，猛地伸手拍向江淮的大腿道："这样吧，你买一份意外保险，你在旅途中万一出了事可以获得一大笔赔偿金。"

江淮实在不喜欢听她如此直白地推销保险，更懒得找借口去回，也学着她的方式直截了当地说："我不喜欢买保险。"江淮看见川川的眼里燃起的火焰又暗淡下去了，她最终什么也不说了，因为她知道她们的生活理念与方式不尽相同。江淮很难说服她不要去做保险，她也无法感受到江淮宅在家里的那份清静。

川川的勤奋终于得到了上司的认同，很快便被提拔做了助理，她终于不用自己在寒风中骑着小电驴挨家挨户地推销保险了。她多了很多推不掉的应酬，给江淮做饭的时间越来越少。江淮那被她照顾了好几个月的胃越发娇贵起来，终于在一天晚上叫嚣着罢工，连吞好几粒三九胃泰都没有起到舒缓的作用，一时间上吐下泻，她便哭着给川川打了电话。

川川连忙赶回来，把江淮送去医院。躺在急诊室的病床上，江淮扭着身子不愿做胃镜，川川却一改往常对她的温柔，一把攥住她乱动的手臂，吼道："别乱动，你怕是急性胃炎，等着做胃镜！"江淮被吓得身形一怔，眼泪差点喷涌而出。

做完胃镜后已是深夜，江淮躺在病床上咳嗽，川川推门而入，脸上地粉都掉了，黑眼圈，眼袋，多日的疲惫在没有任何的遮盖下全部都显现出来。她盘着的头发乱糟糟的拧成一团，见江淮醒来，从手提袋里拿出一桶粥，叮嘱江淮喝完。

喝完粥后，江淮便埋头睡去，第二天醒来发现川川正在化妆，一点一点地粉均匀地铺上脸颊，细碎的粉末飞扬在空气里。江淮不禁打了个喷嚏。川川扭头，嘴唇上是上了一半的大红色口红，对着江淮轻轻地笑了笑，接着补上了另一半的口红。

江淮病好得很快，不到两天就出了院。川川那天接江淮回家，走到门口正巧遇上了她的同事，同事对着川川打趣道："把你乡下的妹妹接上来了啊。"江淮有些错愕，拿出手机照了下自己，才发现脸色苍白，眼屎密布，便只觉得又一阵胃痛，趴在川川的肩上笑了起来。

北京的夏天雨量不大但是频率高，由于地面总是湿湿的，因此不那么燥。或许因为北京路宽，路上的阴凉很少，不像在南方，家乡的路窄，满地都是法国梧桐的树荫。北京的夏天很难熬，江淮更不愿出门了，川川却不。她从来不因为季节的变化而找借口懒惰，相反，这个夏天她越发忙碌起来，买了辆红色比亚迪 G5，飞人似的跑来跑去。

十月底，川川出差，杨也调到了一家地理杂志当编辑。他不忍见江淮懒得发霉，便丢给她一个栏目，让她去贵州旅行，写写那里的风土人情。她开始在网上查阅贵州的资料，手边放着的一碗粥早就冷透了。

川川是在江淮临走前一天晚上回来的，她扔给江淮一条孔雀绿的披肩说是礼物。江淮家里长时间不开火，四处弥漫着生冷的气息。江淮想煮面条吃。川川却心血来潮地说："不如去我们第一次见面的地方吃那个馄饨吧。"

还是那个地方，还是那个老板，季节已经转变到深秋，街道上的树叶不时往下落。老板一改以往的龟速，飞速地上了两碗馄饨，川川小口地吹着热气，专注地抿着馄饨。

江淮嫌烫，照例用调羹一下一下地撒着辣油和葱花。忽然接到杨的电话，说主编让他这次和她同行，明天一早来接她。江淮与杨通话的时候，川川全神贯注地听，她潦草地吃了几个后也不再动筷。江淮望着川川的脸在灯光下忽明忽暗，只觉得心里一阵恍惚。

回家后夜已深，江淮匆匆收拾完行李便入睡，第二天起了大早去找川川道别。川川执意要开车送，江淮拒绝了她。

一路飞到贵阳机场，又坐着大巴颠簸着进到贵州山里，没有网，只有零星的信号。江淮和杨同住在一间屋子里，他话不多，除了拍照以外，就是帮着阿婆们晒草做农务。江淮白天满山头地跑，晚上抱着电脑满屋子找信号。每晚交接完稿子后，她都喜欢披着大衣站在窗外，看着澄净的夜空，想着平日里川川给自己熬的大骨头汤。

胃病在这几天不规律的饮食刺激下不时发作，山里没有医务室，江淮一连吞了好几板药才平息了在体内翻滚的疼痛，她躺在木板床上昏昏沉沉，突然感受到一阵光亮袭来。原来是杨端着一碗粥向她走来，温热的粥，粗糙的碗，满满的柴火味，江淮闭起了眼，像是川川在她身边。

一个月很快就过去了，虽是冬天，江淮也被晒得黑黝黝的。回去的时候她选择坐火车，杨为了陪她也一起坐火车，一路颠簸终回原点，她提着行李去下车后，竟无端端地咳嗽起来，望着雾蒙蒙的天，握着杨的手更加紧了。

川川做了一大桌饭菜等他们回去，饭桌上，觥筹交错，川川喝得脸色酡红。她给杨盛了满满一大碗饭，递碗的时候手都在发抖，她说："你照顾好老江，我给你买保险。"江淮听完她的话后就花枝乱颤地笑道："谁要你的保险啊。"

"对啊，谁要保险啊，谁要我啊。"川川声音从高亢到低沉，最后无声。江淮抱紧了川川，沉默不语。川川回抱江淮，嘴巴附在她耳边轻轻地说："老江别哭啊，要不这样，你在我这里买这份新出的保险，丈夫即便出轨，你还有一笔钱。"

谈了恋爱后，江淮就搬出去跟杨一起住了。川川闷声不响地把她隔壁的房子退了租。江淮在杨的熏陶下开始拍照，拿着相机到处跑，她经常都能看见川川和一大帮子的人拥挤在饭店门口，或笑或闹，江淮远远地看着她，越发怀恋起街角的小馄饨。

年近三十，找到了合适的对象，婚期自然就定了下来，江淮拿着喜帖寻到川川所在的公司。玻璃门开开关关，来来往往的人走得匆忙，烟味、油墨味，混合着各种接电话挂电话的声音冲击着她的感官。她站在门口，看着川川踩着高跟鞋穿过狭长的过道，向她走来。

江淮递上喜帖。川川先是一愣，随即笑开，拉着她走进办公室，合上门后，递给她一摞子保险合同。见江淮诧异，川川抿了抿唇道："知道你经常旅行，就怕不安全，帮你买了个意外险，后来你找了男朋友，便给你买了份家庭平安保险，我吧，没什么能给你的，能给你的只有是我最好的。"

门外机器声呼啦作响，江淮接过合同后沉默不语，川川打开喜帖后"呀"了一声，惋惜道："那天我正好要陪老总去厦门开会。"说完，她把头发拨到另一边，原本清汤挂面的短发不知道何时长长了，烫过了，<u>丝丝缕缕风情万种</u>。

婚礼那天川川真的没有来。

婚后的日子过得跌宕起伏。江淮提着电脑，杨背着相机，一路向西，踏破黄沙海洋，路途中偶尔会和川川视频，她或穿着正装对着电脑修改着合同，或喝得脸色微红走路蹒跚，满口的"保险、保险"。江淮用手隔着屏幕轻轻摸着川川的脸，冰冷的触感，温热的眼泪却是一串串地往下掉。

停止这种居无定所的生活是在江淮确认怀孕之后，那时她和杨住在呼伦贝尔大草原的蒙古包里。江淮鼓着肚子扬言要让孩子一出生就脚踏实地，却被杨连赶似赶地拽上了飞机。

川川得知江淮怀孕后，撇下所有工作陪她无目的地逛着小广场公园。阳春三月，柳絮不飞，江淮坐在长椅上，懒洋洋地晒着太阳。川川帮她捋过一脸的头发，把耳朵靠在她的肚子上，轻声道："生命的律动啊。"

"我一直很羡慕你啊，我感觉你过着的人生就是我梦寐以求的。闲时赏花，醉时吟月，有人相依，有处可去，一生常乐无忧。"川川默默地溜出一段话后扭头，与江淮的目光对视："但是我不嫉妒，我想和你一起走过所有的路，最后在我奋斗完了，过上自己想要的生活。"通过交流，江淮才知道，这一两年里，川川在文学素养上惊人的变化。她不仅在《北京文学》期刊上发表过小说，还加入了北京市作协。

从一名保险员的身份转化成作家，川川的变化让江淮感到了惊喜和意外，她猛然联想到杨床头上摆放的那本《北京文学》，眼眶一热，又有泪要掉下来。她接过川川递来的手帕纸，幽幽叹息着道："川川，我也一直羡慕你啊，我感觉你的人生多姿多彩，有着青春拼搏的血性，有着昂扬的斗志。"江淮顿了顿，把手心搭在川川的手背上，避开她的目光，把眼神投向远方若隐若现的山，继续道："我总觉得我活得没有目的性，虽说已结婚，但身上总有着那股漂泊的孤独感，还好遇见了你，谢谢你渡了我，让我那段灰暗的、糜烂的生活，不至于永远留存下去。你这份向上的精神力量，一定要传给我孩子啊，所以啊，我孩子的满月酒你是逃不掉了。"

川川猛地笑了起来，眉眼弯弯，柔情似水。她长长叹了一口气说："摆渡，摆渡，人生就是一条长河，你站在岸边，想要渡河，摆渡的人渡你一段，渡完后，你转身，他回头，从此相忘，两不相欠。来生，你再渡河，又有人来渡你，你变了，他也改了。就算没人摆渡，自己的两个灵魂，一个往前飞，一个待人归。"她的声音越来越低，就像是从喉咙里发出来的，很慢，很低沉，鼻音重得就像一个感冒患者。

在江淮的儿子满月酒的那天，川川应约而至，笑着把一把金锁放在熟睡的孩子身边。她轻轻地亲了亲孩子的额头，小人儿忽然睁开眼睛朝她望，像是有某种心灵感应，漆黑的眸子像两汪清澈的泉水。川川立刻对江淮说："这眼睛多像你，老江，那句话叫什么来着，儿子像娘，金砖砌墙，赶紧地，给他买保险哈！"江淮笑着走近川川，连声说："买买买！"

（发表于 2017 年第 3 期《三角州文学》）

走　山

一

"苏秦啊，这次去山里就当净化下心灵，山里人淳朴，你就写写男耕女织得了。"编辑蔡静在等红灯的时候，悄悄按住苏秦的手臂，并用白皙细长的手指在苏秦厚厚的冲锋衣上弹了几下，好像要为他的衣服弹去灰尘。车窗外飘着蒙蒙细雨，梧桐的落叶簌簌而下，在风雨中颠来倒去。有片叶子飘飘悠悠地，卡在了挡风玻璃前的雨刮器上，跟随着雨刮器跳舞般地来回摆动。

苏秦的头发一根根向上竖，他一生气头发就会竖起来，像刺猬一样。刺猬般的苏秦并没有对蔡静做出回应，自顾自吸了吸鼻子，抬手把冲锋衣的拉链一下拉到嘴唇上方，呼出来的热气聚成薄薄一层，瞬间凝结在眼镜上，那阵雾气仿佛屏蔽了他与外界的一切交流。蔡静见此，叹了口气后便一松手刹，车子就在红灯的最后一秒如离弦之箭般冲了出去。

苏秦是杭州萧山人。苏家祖祖辈辈都住在萧山区城西的湘湖边上，一栋木头结构的老房子，连着厢房和院子。老房子面宽不大，进深却很深。苏秦很小的时候，父亲就带着他在湘湖堤上看桥，看山，看水，讲越王城山的故事。苏父喜欢呷一口龙井茶，然后再缓缓道来。苏父是老茶客，一大早就泡一壶浓浓的西湖龙井，他并不喝头道茶，头道茶倒去，他再加少许糖和适量的杭白菊冲饮，这二道茶一喝就是一天。

苏父手捧着陶瓷茶壶，一板一眼地对儿子说："2000多年前，越王勾践率领五千甲士在山顶城堡与吴军周旋，吴军当时太强大，越王留下多少文物遗存呐。跨湖桥遗址不仅有大量的石器、木器、陶器、骨器、玉器等文物，还有一个独木舟，你晓得距今多少年？"说到此，苏父又举起茶壶嘴，滋一口下肚。"8000年噢……"他卖关子的时间通常不长，两分钟不到，便张开右手的拇指和食指在苏秦眼前晃个不停了。

湘湖水与西湖隔钱塘江相望，一道湘堤横跨湖桥，与湘堤更是遥遥相望，湘堤背靠越王城山，全长近千米，每当夕阳西下，湖面上金光激滟。在过去，浙江萧山曾是钱塘江南岸的一个县，萧山是"县"的时候就很富强，老一代的人划船、刮痧个个都有"绝活"；新一代的萧山人秉承了上辈的聪慧基因，文学艺术细胞见长。苏秦喝着多情的湘湖水，听着越王勾践"卧薪尝胆"的悲壮故事就这样慢慢长大了。

二

长大后的苏秦是正宗的才子一枚。

他在浙江师范大学读书的时候，身高已经蹿到一米七八了，高高的鼻梁上架了副眼镜，麦子一般的肤色让他看上去更显健康。苏秦常在校报上发表文学作品。那时候苏秦刚迈进大学的门槛，学的又是新闻专业，文字记录着他骚动不安的青春年华。大二的时候，他收到过一张来自萧山报社邮汇的稿费，那是他第一次见到自己的印刷体名字，未免有些激动。虽然只有15元稿费，他却看得很神圣。当晚用毛笔写了一封小楷书信，大意是询问编辑发了哪篇文章，是否能给他寄份样报。

一个礼拜后，他收到了回信，信封是《萧山日报》的牛皮纸封，内里只有一份样报，打开就看到副刊上登着他写的小诗《乡愁》，最下方的组稿编辑名字叫蔡静。很显然，蔡静是编副刊的，一定是女性，因为信封上面的字很娟秀，看上去很柔，却又让苏秦感觉到每一个笔画都透着刚。

他和蔡静就这样认识了，准确地说，他和"蔡静"这个名字认识了，由此对人也产生了好感，对家乡的《萧山日报》更是萌生出一股莫名的亲切感。苏秦不断有稿费单寄到学校来，不待他的问询信发过去，就会有样报寄过来。信封内依然只有样报，信封上的字迹依然娟秀有力。

毕业那年，苏秦听取父母的建议，留在了省城的一所重点高中教书。彼时，他又和蔡静通了两年信。这期间，他和蔡静也都相互交换了手机号码，两人有时候会打打电话，随意聊聊，但从未见面。即便这样，苏秦也非常信任她，自己的工作和生活，包括别人给他介绍女友，也都会向蔡静"汇报"，而蔡静的生活，她并没在苏秦面前提起过，她似乎只和他聊文学上的事。

三

这两年，苏秦觉得生活太过安逸，他就像一条潜在深海里的鱼，时不时地想窜到水面上吐泡泡。不知怎的，苏秦对谈女朋友的事老上不上心。相亲不下于 20 个，不是他看不上姑娘，就是姑娘看不上他。有一回，朋友给他介绍了一个医院药房的药剂师，女孩细鼻子细眼，长得很秀气，一头长头发盘得非常古典，介绍人觉得他们蛮般配的，反复暗示此女内向要苏泰主动。苏秦对药剂师也充满了好感，约在一起逛了一次西湖，看了六场电影，喝了七次咖啡，最终还是分手了。

药剂师太安静了，安静得让苏秦受不了。每次约会都不大发言，苏秦问三句才答一句，也都是"嗯""哈"之类，压根没一句完整话。这哪里是"有点内向"啊，分明就是内向到极致。苏秦不免在心里拿药剂师和蔡静比。可以想象得出，蔡静肯定没有药剂师这份古典气质，但和蔡静在一起，即便没见过面，话题也像山里的溪流潺潺不断。苏秦主动结束了自己和药剂师的第十五场约会。他的父母急死了，28 岁的小子长得要个头有个头，有模样有模样，要学历也有学历，咋就谈不成恋爱呢？

苏父是萧山中医院推拿科的医生，也是当地茶文化协会的会长。苏秦从小见的最多的就是茶叶罐、中药罐，以至于他离乡去外地上大学后，一想起父亲就下意识想起家中的瓶瓶罐罐。苏秦小时候生病几乎不进医院，遇到发烧什么的，都是父亲给他刮痧，一刮就好。有时候刮额部、脖子、胸部、腹部、背部，也有时候刮手臂、腿部。父亲刮痧用一把牛角梳子背，或者用食指和中指的背部相夹地往皮肤上堆。苏父很想把绝活传给儿子，但苏秦对医生愣是不感兴趣，他特别崇拜战地记者，一直想学新闻系出来当记者，可苏父不愿意。

高三那年填志愿的时候，父子俩吵了三天三夜。后来苏秦和父亲各退一步，既不填传媒学校也不填医学院，最后报了浙江师范大学。苏父认为，医生和老师都是为人解惑，传业授道的，他觉得苏秦当老师也算是子承父业了。最主要的是，儿子是在省城上学，留在省城工作，这是多好的机遇，是他一辈子最大的梦想。然而，苏秦不珍惜这个机遇，他一句话风没透，就辞别了执教两年的高中，离开了省城，"自我流放"去了家乡的报社。

"《萧山日报》的编制有好多种，有事业编、企业编、合同制，毕竟是党报，对于地市级的小城来说，也算是比较好的事业单位，很多人都削尖脑袋往里挤。"在来报社之前，蔡静就在电话里对打探报社行情的苏秦说。苏秦又问蔡静："你说副刊部好，还是民生部适合我？"蔡静反问道："不会是你想来吧？省城待得多好，干吗跑到老家来？""老家有父母，有你，有你们嘛！"苏秦突然在电话里结巴了。

为了掩饰，他咳嗽两声匆匆挂了手机。苏秦的内心开始翻江倒海，他早已把蔡静看成是自己的人生导师、心灵伴侣，在各方面都十分依赖她。他虽然没见过蔡静本人，却在萧山新闻网上看过蔡静被选为"十佳记者"的照片。那张照片显然是年代久远了，短发，头大大的，眼睛也大大的，电脑一放大看，五官就不真切了，唯一清楚的就是深蓝色的背景。但苏秦就是觉得这个剪着"童花头"的女人优雅知性，简直就是他的精神恋人。

四

苏秦果断离开了福利待遇很好的省城，来到了《萧山日报》做一名记者，正式从事新闻工作。苏秦来报社报到的那天正好下雨，报社的院墙根边种着一溜洁白的栀子，空气中浮动着暗香，细密的雨丝轻轻浅浅斜织成一首湿润的诗。如愿走进《萧山日报》的苏秦，满以为从此走进蔡静的心里，连梦都是香甜的。然而，到了报社才知道，这个留着"童花头"，眼睛又大又双，笑起来萌萌的蔡静比他大15岁，不仅有家庭，还是家里的顶梁柱，她的丈夫患白血病去世十年了。

蔡静只是把他当个孩子，他对蔡静却是完完全全的单相思。苏秦得知蔡静的真实状况后，突然间很愤怒，当晚写了篇不完整的小说，把女主角骂得狗血淋头，然后发到了蔡静的邮箱。蔡静是聪明人，四十多岁的她什么人没见过啊，便接过他的小说，续写了一个可爱的熊孩子的结尾。蔡静发短信告诉他："不管是在报社还是在学校，工作一定要有责任心。哪怕你一年到头也跑不出几个大新闻，但是一颗疾恶如仇、奋发向上的心必须是滚烫的。"

苏秦拽老罗出来喝酒，两人喝完酒沿着老街跑了三个来回。老罗全名叫罗健，是苏秦的高中同学，也是苏父中医院的同事，更是他朋友圈里唯一没结婚的男性。一顿酒喝下来，老罗总算明白了苏秦的心思，他边和苏秦跑步边劝他："自古相思两处情愁。人家既没招你也没惹你，从头到尾都是你一个人的病。"老罗酒量好，口才更佳，他极好的口才，伴着一阵阵的冷风，像小刀子一样一下一下地剜苏秦的心。苏秦被剜得红头涨脸，头发根根竖起。

"放弃该放弃的是无奈，放弃不该放弃的是无能；不放弃该放弃的是无知，不放弃不该放弃的是执着。"在老罗绕口令式的劝慰下，苏秦终于冷静下来了。半晌，他发个信息给蔡静："蔡姐，我以后不再这么孩子气了。"蔡静收到短信，一颗悬着的心也放了下来。苏秦开始拼了命地工作。

一连串正能量的新闻见报后，不但赢得了报社总编的赞许，新闻也先后被新华社等众多媒体转载。一时间，报社的大会小会上，都能听到"苏秦"这个名字。大红的荣誉证书、水晶奖杯接踵而至，苏秦仿佛迎来了人生的秋天，满满的收获季。而此刻，蔡静人生的春天正悄悄来临。

蔡静把她的结婚请柬摊放在苏秦的办公桌上时，苏秦一脸的错愕。报社几乎没有谁知道，蔡静是什么时候和萧山中学这个名叫费清的老师对上眼的。苏秦倒是听蔡静谈过几次费老师，好像费老师是教历史的，蔡静和费老师是初恋。苏秦知道，蔡静家就在离报社不远的古街上，他推开办公室窗户，凝神朝古街望去，仿佛看见了她家大门上贴着的大红色对联。在萧山无论是乔迁新居还是婚礼庆典，都需在自家大门上贴上一幅应景的对联，预示着未来日子里的如意吉祥。

参加过蔡静的婚礼，苏秦也在家休了几天假，他窝在床上看书看了几个通宵，仿佛又回到了大学时代。苏秦尤其喜欢读史，这对于搞新闻的他来说，多少有些装点门面的嫌疑，羽扇纶巾、金戈铁马，在猎猎战旗飘扬下，顿生伟岸之感。可合上书本，又深觉时空的浩瀚，不禁滋生出一番"谁离开谁都一样活"的感慨来。苏秦有点埋怨秋天了，他觉得秋天太过残忍，成熟不成熟的都要一同收割。或许他和蔡静的一切记忆都会随风而逝吧，唯有一泓山溪般的记忆永远在他心中汩汩流淌。

五

这天下班，苏秦和往常一样，双手插袋，慢悠悠地踱步回家。走到十字路口，看到一家名叫"城市坐标"的餐厅门口聚集了好多人。出于职业的敏感，他三步并两步地赶了过去。当他听说这家餐厅里闹出食物中毒事件，已经导致十几名客人不同程度地呕吐、拉肚子时，赶紧掏出录音笔悄悄垫在手机底下，他要抢一则独家新闻。苏秦已经好久没找到新闻眼了，他像只见了耗子的猫，浑身的肌肉绷得紧紧的。

在采访现场，餐厅老板把眉毛一挑，责任一下推得干干净净。老板拿出各种卫生证、许可证给他看，并带苏秦看饭店里干干净净的厨房。老板伶牙俐齿，硬说是同行眼红他家生意好造谣滋事。他将信将疑地录了几句，等老板走了就问里面的服务员。服务员脸涨得红通通的，声音小得像蚊子哼："好几个食客住在市人民医院。"苏秦叫了个的士就去了市人民医院。

他来到医院，把食物中毒的几个人在医院挂水的照片都拍下来了。其中有个男人向他爆料："这家饭店老板有后台，去年一次食物中毒比这次厉害，还不是不了了之啊。这次就赔了我们医药费，误工费都没有，招呼也不打。"另外一个女人欲言又止地暗示苏秦说，"城市坐标"一直用地沟油。女人说："地沟油你懂得！那种潲水油提炼的东西表面上看上去清亮亮的，实际上都含铅，长期食用会引发癌症，一点都不哄你。"

苏秦把这个新闻做了头条的版式，向主编申请第一时间发出来，以慰民心。可没曾想主编只说了句："这里头复杂呢。"然后抽出两颗中华烟，一根叼自己嘴上，一根扔给苏秦。主编用打火机"叭"地点燃唇边的烟，然后把蓝色火焰递到苏秦跟前。苏秦在等他签字发话呢，慌忙摆手说："我不会抽，不会抽。"主编收回了打火机，腾出的一只手迅速把耷拉在额前的一缕头发往上勾一下，桌上的电热水壶咕嘟咕嘟地翻滚着热气。

主编起身去冲水，苏秦条件反射地递上一只水壶。主编接水壶的时候轻轻拍拍苏秦的手背，示意他暂时不要声张。主编的头过早地谢顶，手却保养得很好，每一根指头都是粉白粉白的，如同女人的手。但就是这只保养有方的手摁下了刚刚那则新闻。苏秦的脸当时就挂不住了，他语速飞快地问主编："为什么？记者是干吗的？不就是以最快的速度向世界传递真实的信息吗？"

苏秦清楚地记得，他来报社第一天开会时，主编在主席台上慷慨激昂地陈词："我们今天写的新闻可能只是一个事件，然而若干年后，它就是历史的片段。因此，千万不能以某些个人或团体的利益而扭曲事实，掩盖真相。更不能为了自己的私利，出卖良心，写出违背历史事实的报道。"

既然记者是历史的记录者，为何不履行记者的天职？苏秦摔下相机抱着电脑就是一阵噼里啪啦地打字，他把新闻放上了萧山各大网站的首页。主编得知此事后气得手发抖，脸色比烟灰还要灰，他眼睛通红，嘴巴大张，像牛一样直喘粗气，好不容易用手指头勾上去的两缕头发又耷拉下来了。要不是资深编辑蔡静拦着，苏秦就被他扫地出门了。

六

回家后，苏秦在饭桌上愤愤不平地提起这件事情，语音未落，又起身给自己添了满满一碗饭。苏秦的父亲抱着一把茶壶坐在阳台的摇椅上，手上的烟摇摇晃晃地抖落着火星。阳台上的花花草草都是老爷子亲手伺候的，一盆君子兰打了七朵花苞，两盆杜鹃绿瘦红肥，不知疲倦地昼夜开着。夜幕低垂，客厅里的灯忽明忽暗，苏秦的母亲"哎哟"一声，丢下碗筷就去找备用电灯泡。

苏秦吃完饭刚盛了一碗鸡汤，父亲的声音便飘到了他的耳朵里:"当年要你学医不听我的,你看罗健多好啊,从来不惹这些烦恼。那家餐厅常年投资报社的广告版,就算要曝光这件事情,也不是你来。""就因为这个?"苏秦不以为然道:"热血男儿,怎么就因为这种小利益而放弃挖掘事情的真相呢?"说罢,将碗里的鸡汤一饮而尽,几滴鸡油从他嘴角滑落,有着一股壮士英勇赴义的错觉。

苏秦的父亲将烟熄灭,从摇椅上起身,咕噜噜地往嘴里灌了一气茶水,刚想开口就被苏秦母亲的声音给打断了:"罗健怎么好了?不到现在也单着吗?就知道表扬别人贬低自个儿子……苏秦哎,不理他。来换电灯泡。"苏秦"哦"了一声就踩着拖鞋去找他母亲。

一室昏暗倏地亮了起来。

苏秦扭头想跟父亲继续刚刚没说完的话题,却发现父亲早已进了房间。父亲自从他一意孤行地辞掉省城的工作,回到老家当什么"无冕之王",仿佛一夜之间就老了。头发像秋天里的落叶,头顶已经落成了"地中海"。苏父自打退休以后,每天捧一壶茶在家中长吁短叹,惹得苏母经常掉眼泪。苏母到底是家庭主妇,她不像父亲看问题深远,她甚至觉得儿子靠家近是好事,至少她伸手能够得着孩子,这对一个母亲来讲已经是足够的幸福了。

要说有遗憾,那就是儿子马上30岁了,还没领个媳妇进门,这让苏秦的母亲在幸福生活中多少感受到一丝不幸,如同有一根鱼刺鲠在喉咙里,吞不得,吐不是。苏秦跟着母亲收拾一桌子的碗筷,家里的泰迪狗"二呆"跟前跟后地咬着他的裤管。苏秦捏着油腻腻的碗沿,想起父亲的话及他那幽怨的神情,心里没由来地升起一股烦躁,厌恶地对"二呆"吼了一声,仿佛要把憋闷已久的怨气吼出去。

苏秦回到房间,继续敲击键盘。敲到半夜,才意识到那个睡在他脚边，像一团棕色的抹布似的，一动不动的狗；那个被他用脚拨拉一下，马上如兔子般惊得四下直窜的狗不见了。他猜，这只狗肯定是去了母亲那里。老实说，苏秦对这只狗的第一印象不是很好，因为母亲把它领回家时，它一副胆小懦弱的模样。但最终，它还是在苏家住了下来，母亲赐它名为"二呆"，说是名字贱好养，还说家里有个"大呆"这么大岁数不找对象，只好找个"二呆"来打发打发时间。

苏秦有点内急，出去如厕的时候，竟然发现"二呆"就守在他的房门口，它没睡自己的窝，也没去母亲的房间。它直愣愣坐在苏秦的门口，好像在等苏秦开门放它进来，它的毛发乱糟糟的，但眼眸依然澄澈。有可能它以为苏秦对它吼，是要遗弃它，因此自始至终不敢离开。

《忠犬八公》里，就算教授因病辞世，八公还是每天都等着接他回家。电影的结尾，八公的好友对它说："你不要等了，他不回来了。"可是八公还是等着那位已经不会回来的教授。苏秦突然一阵心酸，不知道"二呆"对母亲有着什么样的感情，但是他知道，如果他一直不谈对象，母亲就越来越孤独。是啊，和母亲年龄相仿的人，有哪个有空忙着养狗，带孙子都还来不及。

是时候找个对象了。苏秦心里想。

七

第二天去单位上班时，人力资源部门通知九点开会。会场上，人还没到齐，蔡静一边倒水，一边悄悄告诉他，报社要有人被下放到大西北去。"谁？"苏秦问道。"不知道。即便去也轮不到你，毕竟有工作经验的老记者多得去了。"结果，会一散，苏秦便作为报社唯一的一个代表，奔赴大西北的一个叫"山楂果"的小山村里待上半年，美其名曰"采写世外桃源。"

苏秦站在主编室里，惊得半天说不出话来，只好推了推眼镜站得笔直。主编见苏秦犹如根柱子般呆站在一边，便起身拍了拍他的肩膀道："好好拍，好好写，省新闻出版局很看重我们萧山。省里和大西北的一些项目陆续启动，市里就一个名额，我思来想去只有你最合适，你文笔好，又年轻，哈哈。"

主编贴在额前的一小缕头发像是用定型胶固定过了，无论他昂首还是低头，那缕头发岿然不动。苏秦把手握成了拳头，嘴唇抖了抖，最终还是没说出话来。

秉着早回来早好的心态，苏秦提着不多的行李匆匆跟父母道别后就踏上了前往大西北的路途。临行前，蔡静送他去机场。一路上，苏秦都昏昏沉沉地听着蔡静起起伏伏的声音在狭小的车里嗡嗡作响。苏秦只听见最后那一句："这次一个人在山里，注意安全。我和你费哥帮你物色了一个女孩，等你回来再说。"

"山里人肯定是淳朴善良的，"苏秦接过蔡静的话，"我在城市里尔虞我诈的都平安无事，在山里肯定闲得发霉。"说罢，苏秦再一次拉紧了冲锋衣，头靠在车窗旁睡了过去。到达机场后，苏秦对着蔡静一挥手，转身背着包往前走不回头的模样煞是潇洒。蔡静看着熙熙攘攘的人群往登机口里拥挤着。很快，苏秦的身影便淹没在人群中。

从飞机转火车已是三天后的夜晚，透过车窗往外看，只见残败的火车站里到处都是剥落了深绿色油漆的连排铁椅子。苏秦背着包下了火车，小镇被忽作的大风给洗礼了，先是一路颠簸而来的灰尘，后是无措地面对着站成一排欢迎他的乡亲们。率先走上前握住苏秦手的是一位莫约四十岁的中年男子，西北地区常年的暴晒使得他皮肤上除了干涸的皱纹外，还有许多不均匀裂开的纹路……

苏秦被这位男子捏得手生疼，又抽不开，只得尴尬地笑了笑。男子表达完了自己对苏秦的欢迎后，取出夹在耳后的一根软软的烟来，要给苏秦点上。烟凑近苏秦的鼻子，并没有烟草味，只有一股潮湿的、浓浓的稻草味。苏秦推拒不开，只好含上烟挥着手示意要去下一站。男子恍然大悟，一拍大腿，咧着一口黄牙，左手拎起苏秦的包，右手拉住苏秦的手臂，一个劲地往外走。

火车站外面停着一辆小面包车，苏秦上了车后被后座的弹簧硌得坐得笔直。男子坐在副驾驶上，扭头对着正襟危坐的苏秦郑重地自我介绍："我叫刘富有，你叫我刘叔就行。一会咱开到政府，咱镇长还在等着你呢，哈哈。"苏秦见此，调整好姿势后向刘叔伸出手道："我叫苏秦，来自杭城，是《萧山日报》派来贵地的记者。"刘叔"啧"了一声，冲着苏秦一摆手道："哪是什么贵地，你们城里人就是会说话。"

苏秦用手指捏了捏自己的眉心，没再接话。天完全黑了下来，只有几颗稀疏的星子，孤寂地挂在天空。小镇的街道上早已没有人了，街道两边零星的店铺也关上了门，只有门檐上挂着的大红灯笼在这黑夜中不甘寂寞地散着光，四周的山峰在影影绰绰的光照下现出了一道模糊的轮廓。树林里，猫头鹰的叫声此起彼伏，像是要聒噪一夜的节奏。苏秦听得烦躁，不由在内心骂了句，感叹这里都通火车了怎么还这么穷。

八

到达镇政府虽然已近晚上九点，但是镇长依旧亲自接待了苏秦，并且把他安排在镇政府内的招待所住一晚。镇长姓王，本身就很矮的个儿，却腆个将军肚，看上去更矮了，但皮肤保养得不错，油光粉面的，与站在一旁搓着手的刘叔形成了鲜明对比。此刻，刘叔缩在王镇长的身后，又瘦又小，仿佛一块挂在房梁上熏干的老腊肉。

王镇长拍着苏秦的肩膀道："小苏啊，你要去的山楂果村是咱镇最偏远的镇子，一般是没有车子进去的，当地人只有靠走才能出山。怕你不适应，我特地叫老刘陪你去村里照顾你。你说说咱镇子都这么穷了，国家怎么不拨钱给我们修路呢？小苏啊，等你以后回去了，千万记得要好好写写，最好搞个捐款什么的，啧啧啧，我们会好好感谢你的。"

苏秦哭笑不得，嗯嗯啊啊地附和了一气。王镇长见苏秦一身疲惫，也没过多打扰，交代好了明天的各种事务就匆匆离开了。刘叔也对着苏秦挥了挥手走了。苏秦虽是对这个地方有着诸多不满，但也只好按压下所有的情绪。招待所的房子四四方方的，很小，只有一张床和一台老式电视，插着的电线是红色交错的纹路，这里所有的东西无一不暴露出它们厚重的年代感。苏秦躺了一会，无心看电视，也不洗漱，就这么睡下了。

第二天天刚朦胧亮，房门就伴随着刘叔具有穿透力的叫声，被敲得直响。苏秦顶着一头乱发给刘叔开了门。刘叔见苏秦睡眼蒙眬，不禁"哎呀"一声，推着苏秦就往外面的厕所走去。苏秦被门口的冷风吹得透心凉，睡意已清醒了大半，对着满是灰尘的镜子，快速洗漱完毕后，用手抓了抓头发权当梳过了，然后跟着刘叔匆匆离开了招待所。

早饭是在镇上最高级的一家饭店吃的。说起来是饭店，其实也就是两间屋子拼在一起而已。王镇长坐在圆桌旁给苏秦盛了满满一碗粥后又坐下。苏秦赶忙接过碗，低头就嗅出碗里发出的异味，有点像抹布没洗干净的味道。苏秦有些犯呕，干脆丢下碗，推了推眼镜把头往冲锋衣的领子里缩了缩。

王镇长捧着碗砸吧着嘴，不停地往苏秦的碗里夹着一些黑色不知名的小菜，夹完后还拿筷子搅拌着粥，对着苏秦道："多吃点啊，马上就要去村里了，车子光开山路就要两天，到山口就没有公路了，就要走进去了啊，你看看，多穷，所以小苏啊，一定要好好写写啊，好好写！"

饶是这样，苏秦也是没有胃口喝粥，勉强呷了几口。王镇长也不再说些什么，招呼刘叔提着一包干粮上了车。苏秦跟着刘叔坐在车内，王镇长站在车外，手从车窗挤进来紧紧抓住苏秦的手道："小苏啊，好好写啊，好好写，以后我们会感谢你的啊。"

苏秦胡乱点点头，把头又埋进了冲锋衣内。

车子整整开了两天，苏秦从上车开始就一直把头埋在冲锋衣内，未到行程的一半，就感觉整个人都化成了一摊烂泥。因为怕手机没电，他连音乐也不敢听，只是靠着车窗，呼呼的风声成了他的催眠曲，就这么浑浑噩噩地睡了两天。最后，在刘叔的一声喊中，苏秦惊醒，起身一看，村口已经挂上了"欢迎苏秦记者到山楂果村"的横幅，横幅后站了密密麻麻的几排人。

九

见车停了，山楂果村的村民都拿着花环一拥而上，拍打着车窗。苏秦一惊，吓得连忙正襟危坐。刘叔先下车，安抚了一帮兴奋的村民后，向苏秦挥手示意他下来。苏秦慌乱地推开了车门，瞬间就被花环给淹没，他满耳朵里都是带着乡音的"欢迎欢迎"。更有甚者把怀里的小孩一把塞到苏秦的手里后，转身大喊道："哦，城里的大记者抱我家娃了，我家娃有福了，肯定能上大学咯！"

苏秦抱着孩子哭笑不得，但在这喜气洋洋中，苏秦似乎听见了一声不真切的"救命啊！"手里的孩子大概是感受到苏秦怀里那一份不熟悉的气息，"哇"的一声哭了起来。这哭声清脆、响亮，惊得他差点把孩子给丢出去。苏秦只觉得脑袋发胀，便把那声朦朦胧胧的"救命"当作幻听，随即抛在脑后，刘叔见天色沉沉，嚷着赶紧进村，苏秦就被簇拥着进了这个村子。

晚饭是在村长家吃的，村长的老婆端着碗局促地站在门槛后，不时地放下碗拉着自己衣角，再一遍又一遍地把发髻摸得油光水滑，偶尔对上苏秦的目光，捏着衣角的手更加腼腆起来。她端着木盆去了井台，几番跑进跑出，没在意呢，整出了凉拌花生米、炖土鸡、烩面片、辣椒炒鸡蛋、蘑菇炒青菜、蒜薹炒腊肉六个小菜。村长很少出山，做了一辈子朴实的庄稼汉子，对于苏秦的到来，满心的希冀无法用言语表达出来，只能用一碗一碗的酒来敬他。

苏秦招架不住村长的热情，节节败退，只好拱手求饶。村长见苏秦满面潮红，便作罢，捧着一碗酒就着桌边摆着的花生米砸吧着嘴。苏秦撑着脑袋，只觉得这村里的酒后劲十足，便问道："村长，你们这里的酒都是自己酿的吧？""可不是嘛，"村长骄傲道，把戴在脑门上的帽子翻了个边，"咱村里男娃多，女娃少，所以男娃的娘就在崽子十岁那年酿山楂酒，一直酿到崽子结婚。今天俺们喝的酒啊，就是村最东头老马家的喜酒，他四十多了才娶到媳妇啊，哈哈哈哈。"

苏秦听罢，跟着村长的笑声笑了起来，拍桌道："还好绍兴人不知道啊，要不然就告你们抄袭他们的花雕酒啊。"村长似乎是没听懂苏秦的话，自己念念叨叨用方言说："咱村为什么叫山楂果？因为家家户户都种山楂树啊。种了几百年了，他娘的，也没个鸟导演啊。镇长说就是没人肯进山来宣传，像那个《红高粱》一上影，山东就火了。来来来，苏大记者，咱干一个，不醉不归！"村长大约是多喝了两杯，直爆粗口，脾气直爽暴烈得如同山里酿的山楂酒。苏秦根本不是他的对手。

村长边吃边侃："告诉你苏记者不为别的，只为让你知道，咱不是说大话。咱村的山楂是咱镇、咱县城产量最高的。一到五六月份，漫山的白花开个遍，夏天就挂果了，像这个季节，果子全红了。你要写就采访我，山楂的故事写好了修路就有指望喽……大兄弟啊，你们南方人精明，咱西北人实诚。我多少也会看点相。刘富有关照我把你喝好，不能不喝好啊。来，咱先干为敬！"村长端起酒碗一仰脖咕咚下去了。苏秦醉得脑袋昏沉，一头栽倒在桌上。

待苏秦醒来已是半夜，万籁俱寂，只有隔壁村长震天响的呼噜声和老鼠窸窸窣窣的偷嘴声。苏秦身上盖着的棉被散发出一股沉积很久的灰尘味，他只好翻了个身，正准备重新睡去时，村长在隔壁磨牙说梦话，一股浓浓的酒糟味，从隔壁迅速散发漫延过来，醺得头有些微微发胀。恍惚中，他又听见中午出现的求救声。"唉。"苏秦叹了口气，又捏了捏自己的眉头，觉得才来这个穷乡僻壤几天，都染上了幻听的毛病。

十

第二天，苏秦是被掩盖不住的议论声吵醒的，下床推门一看，村长家门口围满了人，见苏秦出来，大家一瞬间什么话都不说了。苏秦好奇，便开口询问村长，谁料村长只是抽着旱烟，一口一口地吞吐着烟雾，也不说话。"到底怎么了？"苏秦拉紧了冲锋衣的拉链，信步上前，拉着一位戴着花布头巾的大娘问道。大娘"哎呀"了一声拍开苏秦的手，快步走开。苏秦觉得奇怪，又走上前询问，可村民们见到他就闪开，越是掩盖，他就越是好奇，在慌乱的人群中，随手抓住一个约莫七八岁的小孩问道："你知道怎么了吗？"

"村东头的老马家媳妇又要跑啦！"小孩脆生生地回答道，还想说些什么时，就被村长媳妇一把捂住嘴拖开去了。苏秦见此形势，只觉得事情不妙，撒腿就往东边跑去，却被村长的叫喊声生生地拦住了步伐："小苏啊！老马家媳妇本来就是个疯子，你别去，会染上疯病的。你回来，赶快给我回来！"

村长话音刚落，几个庄稼汉子就拦住了苏秦的去路，苏秦抬眼望了望这几位皮肤黝黑的男人，咽了咽唾沫，随手一翻，就跳下了村长家不高的墙头。一瞬间，叫骂声、落地声、鸡飞狗跳声，村子沸腾起来，老老少少都追着不分东南西北的苏秦。苏秦在跳下来的瞬间就是懵的，满眼的柴草让他迷离了双眼，只得凭着感觉往右疯狂地跑去，步步生风。跑着跑着，他就听见村长嘹亮的声音："让他去，让他去。"

苏秦顺着嘈杂的声音跑去，不一会就跑到了老马家，老马家门口里里外外都是人，苏秦奋力地拨开人群挤进去，就看见一名中年男子，穿件破旧的且脏得看不清颜色的秋衣，捂着耳朵蹲在门口的小凳子上。男子家大门紧闭，门上的锁在阳光的反射下刺眼无比。"老马？"苏秦试探性开口，却没得到回应。未等他问下一句话，身后尾随而来的几个彪形大汉已经一把把他抓住，并用蛮力把他往回拉。苏秦一边拍打着大汉的手，一边扭头看向愁容满面的老马，仿佛又听见了一声声的"救命"。

一番折腾后，苏秦又回到村长家，村长家门口的人已经散得差不多了，只留了几个好事的大娘和一群追打着的小孩。刘叔像刚睡醒般，对着苏秦咧开了嘴。苏秦只觉得烦闷，也没回应刘叔的笑容就往屋子里走，村长果然坐在堂前抽着烟，一口一口地，眉头紧锁，仿佛抽的不是烟，而是可以使他不再烦闷的良药一般。刘叔一双手在村长身上拍拍打打，似乎在规劝村长："这山楂果村年年落后年年穷，为什么？不就是没有记者来宣传么……"

"这还用说？咱村的老百姓，山里耕地又少又贫瘠，粮食打得少，不是因为这山楂，大家早都饿死了。山楂卖到山外，愣是没个好价钱。都说穷则思变，你让我拿什么变？山楂是村里的命根子，这话不假。可是你指望这个愣头青来写山楂，宣传村里，就真的能有金凤凰飞到山窝窝？我看南方人就是精，他该写的不写，不该管的好管，我告诉你刘富有，咱村可是民风淳朴，要是被一颗老鼠屎坏了一缸酱，我谁都不饶！"说完，村长闭上眼，把烟袋凑在嘴上直吧嗒。

十一

"村长，到底是什么事情啊？"苏秦推了推眼镜，端来一只小马扎一屁股坐在村长身边。村长半天不语，长长地吐出一口烟后，凝视着苏秦道："也没什么，老马头媳妇的疯病又犯了。""又？"苏秦体内记者追问答案不折不扣的因子猛地窜了出来，"一直都有疯病吗？"

村长又是吸了口烟道："结婚后才有的。"

"那为什么老马头会跟他结婚？"

"老马头四十了都没媳妇，当然是个女人都要的。"

"不可能。"苏秦一颌首，起身一拍桌子道："老马头四十了都没媳妇，想要媳妇就是为了给自己留一个后。疯病会遗传，光凭这一点老马头就不可能娶她，她肯定是在和老马头结婚后疯的，这种疯肯定是后天人为的。老马头到底干了什么，还是说你们村里到底干了什么？"

村长面色一凝，起身猛地把烟斗往桌上一拍，烟灰便从烟斗里蹦出来，他头顶上戴着的帽子随着他的声音一颤一颤道："苏记者，你来咱们村里不是要为咱们鸣不平吗？你管咱们村里事干什么，咱们村小，除了每年种山楂结果子外，啥也不知道，你可千万别逼咱。"

"哎哎哎。"刘叔不知何时进了屋内，一把拉过苏秦对着村长陪着笑脸道："小苏给你开玩笑呢，城里人都兴早饭吃个鸡蛋，他一大早起来，别说鸡蛋啊，连早饭都没吃，憋着气呢，哈哈哈。"说罢，把手搭着村长的肩膀道："王镇长说啦，咱修路的事情全指着小苏呢。"村长听完，哼了一声，把帽子摘下来猛地往地上一掷，顿时灰尘四起。苏秦猛吸一口空气，被呛得咳个不停，村长哼了一声，蹲着捡起了帽子又重新戴到脑门上，撇着嘴道："我，我给苏记者煎鸡蛋去！"

待村长走远后，刘叔才扭头，见苏秦一脸严肃，便忍住不笑道："你这小孩，怎么这么不懂事呢，俺们乡下人都知道什么话该说，什么事该做，怎么着，你也想走山啊？"苏秦不语，提着小马扎走向门口，顺着门板坐了下来，刘叔见苏秦又把头埋进了冲锋衣的衣领里，自知他也说不出什么话来，便一伸懒腰，哼着歌回房。苏秦闷声不语，拖着屁股底下的小马扎慢慢挪到门口，摊靠在墙根闭眼晒太阳，心里暗自盘算着什么时候去老马家一探究竟。

中午的午饭是几碟蔬菜，一大碗浆水面。村长老婆做浆水面有两把刷子，不管是包菜、芹菜、曲曲菜、萝卜，她逮着哪样都可以当浆水原料，这些料在沸水里烫过后，拌以少量面粉，加温水和酵母发酵。面汤沸腾，浆水鲜美。苏秦吃得热热乎乎的，丢下饭碗准备和村长打个招呼去。村长在风口里披了件薄袄，端着饭碗，眼白翻得像卫生球似的。他记恨着早上的事情，对苏秦的招呼冷哼一声，嚼着萝卜的声音越发清脆响亮。

苏秦打开电脑笔记本，他要把刘叔刚讲的一个典故记下来。"乾隆皇上有次到大西北，尝到了山楂酒，觉得酸中带甜，滋味独特。他当即给县令下了一道旨，指定地产的山楂和山楂酒作为宫廷贡品……"资料记录存档，苏秦就着中午的阳光睡了下去，一觉醒来早已夜色沉沉，于是轻声推开门发现屋里早早熄了灯。苏秦撇了撇嘴，抓起手机一跃墙头便跳出了村长家，一路亮着手电筒，凭着记忆找到了老马家。

十二

老马家竟还没熄灯，影影绰绰的灯光透过窗户洒落一地，坑坑洼洼的土坑在不真切的灯光下更加显得看不见底，仿佛是个泥潭。苏秦心里一阵抖索，正打算原路返回时，听见"吱呀"一声，老马跛着脚骂骂咧咧地推门出来，转身关门的时候还狠狠往里面啐了一口，啐完后似乎还是不解气，猛地摔门后一屁股坐在门口的板凳上。

屋内似乎还是有着不小的动静，老马起身猛地拍着门道："别叫了，老子花了那么多钱买的你!"听此，苏秦身形一滞，"人口拐卖"这四个大字充斥着他的大脑，一瞬间，他想到了失去女儿的老父老母失声痛哭的模样，想到了他在报纸上编辑着一页又一页的寻人启事，想到了花季少女明媚的笑容瞬间黯淡，他的脑海里似乎有一团火在燃烧，有一锅水在沸腾，心里昂然之气要冲破重重阻碍喷薄而出。

就在他撸起袖子要破门而入时，他想起了村长狠狠地把帽子摔在地上后扭头看他的眼神，凶狠而刺目，像是一条吐着信子的毒蛇。他又想到刘叔伸着懒腰漫不经心地拍着他的肩膀说的："这点道理，你这个城里人怎么不明白呢?"早晨那三个大汉拦住他的身影也晃动在他的脑海里。他一下子泄气了，倒退几步后，猛地打开手电筒就往山里跑去。

山里的气温在夜晚骤降，苏秦高举着手机搜寻着信号，他想打电话报警，想打电话回报社告诉蔡静，可是不管他怎么跳跃，手机的信号始终是一个大大的叉，像是质疑苏秦，质问他刚刚为什么不推开门。他无助地低头又抬头，暗夜中，月亮耀眼地挂在空中，孤独而高远。这个时候，苏秦一下子觉得身体离世界很远，心灵离世界更远。

借着月光，苏秦麻木地走在山间羊肠小道上，一遍遍地环绕在这个小村庄的外围。走着走着，他突然想到刚来的时候，刘叔给他说的"走山"。在这个与外界毫无联系，连路都没有的小村庄里，在这个只靠自己一双手、一双脚完成所有事情的小山村里，老马家媳妇是不是被人拐来的，答案昭然若揭。

我要救她。

苏秦在心里暗暗下定了决心。此刻，东方泛起了鱼肚似的淡白色。远处隐隐约约地传来几声公鸡打鸣声，紧接着炊烟阵阵，山楂果村的女人们生火煮早饭了。锅里有硬柴架着，女人们开始到井台上去打水，井绳在她们手中上下移动，满满的一桶水不时轻浅地往外溢着。天麻麻亮，有人出山卖山楂，赶着毛驴出发。毛驴脖颈上的铃铛，打破拂晓的寂静。苏秦对未知的一切保持着强烈的欲望，如同破晓时分，这个小山村充斥的勃勃生机。

十三

第二天，苏秦扛着相机开始绕着村拍，拍学生们坐在一起书声琅琅，拍大娘用手剥着金灿灿的玉米粒儿，拍儿童围在一起分拣红艳艳的山楂，拍大爷扛着锄头高唱着歌锄田，拍蹲在河边拆洗被子的妇人，以及一床床被面上印着牡丹、喜鹊登梅、游龙戏凤等喜气祥瑞的图案。那些蹲在河边洗衣服的妇人见苏秦的镜头对着自己，羞涩地把未拧干的衣服扬起，企图挡住自己红彤彤的脸。

苏秦躲过一串又一串的水珠攻击，一屁股坐在河边凸起的石头上，翻看着刚刚拍的一系列图片道："'青丝为笼系，桂枝为笼钩。'我以前一直不懂《陌上桑》的真正意蕴，如今见你们几位啊，总算是明白了，我要是那时的路人，赞叹的肯定不是秦罗敷的惊世美貌，更多的是惊叹她这么美还愿意做最费力的劳动，就跟你们一样。"

几个妇人听得懵懵懂懂，笑容满面如春暖花开，有一个妇人"哎呀"了一声，甩过衣服又是一阵猛搓，抬头对着苏秦报以羞涩一笑道："俺们都不行，苏记者你是没看过老马家的媳妇哦，她可是个城里人哦，美得咧！""城里人啊，那她肯来这里肯定是很爱老马吧，哎呀老马真有福气。"苏秦一拍大腿一脸羡慕道，另一个妇人见此，接过苏秦的话道："谁说的哦，老马家媳妇恨透了老马哦，不跟你开玩笑的哦。"

正当苏秦还想往下问些什么的时候，一个看起来较为年长的妇人微倾着身子，扬起手臂，甩出一床牡丹花的被面，在河水里摆动几下，收回来，再甩出去，那些牡丹便在水中鲜活地盛开了。她挥着床单示意大伙停止交谈，然后扭头对着苏秦报以一个笑容，指着西边的落日道："苏记者啊，咱们村里太阳落下来的时候可美了，你可得多拍拍啊，咱得回去做饭啦，村里的媳妇们不比你们城里人的媳妇啊，一辈子就这样呐。"

苏秦沉默，起身让出一条路给妇人们回家，夕阳下，河水被印得通红，她们踩在尖尖的石头上的身形安稳，踏起的水花轻快，花色棉服鼓鼓囊囊，纯色的围巾飘飘摇摇。苏秦捏着相机，想起了城里的那些女孩子，水滴成冰的气候，也倔强地露着大腿，叫嚣着青春的气息。那些洗衣的妇人，她们也是有青春的吧，只不过是掩于岁月，藏于唇齿。

洗过的被单湿漉漉的，苏秦跟踪拍摄两个妇人合作给被单"脱水"。她俩面对面站着，分别捏紧床单相邻的两个角，对折，再对折，直到折成窄窄的长条形，再用双手攥住两边，一下一下地拧，把被单拧得像一条长麻花。脱过水的被单被她们晾在山楂树之间的绳子上面。暖暖的阳光从布的经纬间穿透而过，空气里一波一波地漾着泥土与草木的清香味儿。被单晾干后，女人就忙活着缝被子了，一床床散发着太阳味的被单，包裹着晒得暄软的棉花，温暖着她们的冬天。可是，她们真的温暖吗？一辈子屈服于小村庄里的柴米油盐的她们，可曾走得出这座山去？

十四

在那些妇人的只言片语中，苏秦更加坚定了老马家的媳妇是被拐卖来的，虽然没见到她，但在苏秦的脑中，已经勾勒出一双泪水涟涟的眼睛。一颗见她的心更加涌动。于是他吃完晚饭后，趁着四下无人，跟刘叔说明了他的猜想后，一脸诚恳地问刘叔问能不能报警。

刘叔听此，惊得把烟都掉在了脚边，张口结舌道："什么什么？什么拐卖？人家老马家媳妇不过是有疯病，你就说是拐卖，你有证据吗？"

"我可以去问老马家媳妇啊。"

"她是个疯子，你问什么？"

"我……"

苏秦一时语塞，不知道该说些什么，干脆扭头不再去看刘叔。刘叔见苏秦不再言语，便把掉在地上的烟捡了起来，拍了拍后含在嘴里，点火，吸烟，吐烟，缓缓开口："小苏啊，这个村子的情况你也看见了，进来的时候连路都没有，我看咱也别在这里待了，赶紧回镇上，好好地休息休息，写写稿子，准备回去吧。"说罢，又吸了一口烟后，把烟摁灭，拍了拍苏秦的肩膀道："收拾收拾，咱们走吧。"

"我不走！"苏秦猛地拍开刘叔放在他肩膀上的手，动作之大差点把眼镜挥到了地上。刘叔却是没有任何感情波动，只是笑着咧开了一口黄牙，帮苏秦把眼镜又重新推回他的鼻梁上，一脸慈爱道："小苏啊，你的情况咱们都清楚，你是个好记者，可是，有些道理连我这个乡下种地的都懂，你怎么就不明白呢？正好天凉了，你的行李又不多，我看你一天到晚穿件花里胡哨的衣服怪冷的，还有一个月就过年了，你要是不愿意待镇上，就早点回去过年吧。"

刘叔突然就对苏秦下了逐客令，这让苏秦多少有点措手不及。报社的要求是半年，时间还没到，自己的心愿也没完成，苏秦不愿意就这么走了。他望向刘叔，瞳孔里的刘叔从清晰到模糊再到清晰，仿佛他的脑子也是如此。猛然间，他如同醍醐灌顶，推开刘叔撒腿就往外面跑。摔门的声音震得村长的胡子跟着旱烟一起抖了三抖，还未等屋子里的人反应过来，苏秦已经按着心中盘算好的路线跑向了老马家。

十五

老马那个时候正准备关屋门，突然冲进来的苏秦着实吓了他一跳。老马浑身一颤，伸出一只脚就准备绊住来者。他完全没想到他刚刚伸出的是那只跛脚，就在他换好脚伸出来的时候，苏秦已经闯进来了。老马急得抄起灶上的长柄铜勺就要往苏秦脑袋上磕，却被怒火中烧的苏秦一把推倒在地。老马挣扎地爬起来，提着一把铜勺跛着脚摔门而出。

苏秦见此，忙打开房门，只见黑漆漆的一间屋子里，放着几个歪七扭八的柜子和看不清面貌的桌子，几盏煤油灯摇摇晃晃。苏秦又去开卧室的门，一打开门，一股难言的味道扑面而来，苏秦定睛一看，一名约莫二十岁的女子被绑在床头，满头碎发，面色死灰，脚踩着一双看不出颜色的运动鞋，斜边"耐克"的标志却依旧扎眼。

未等他进行下一步的行动，门口的喧闹声已经传入室内，老马的救兵已经来了。就在村民们拿着锄头、棒槌、扫把叫嚷着闯进门的时候，苏秦脉络清晰的脑子突然再次混沌起来，他的脑海里一遍遍地放映着临走前的那一天，"二呆"凌乱的毛发和孤独无助的眼神。他给母亲换灯泡的场景也插播进来了，那个灯泡，像一道闪电，明亮刺眼。

倏地天昏地暗。

苏秦再次醒来的时候，刘叔正坐在床边吸着烟。他挣扎着起来，却被烟味呛得鼻子发痒，狠狠地打了个喷嚏后，又轰然倒下。刘叔见苏秦醒来，微笑着用手心覆上了苏秦的额头道："醒啦，那一会儿就走吧，车子开不进来，你要走山咯。"

"我不能走。"苏秦刚刚开口，就被刘叔的咳嗽声给打断了。刘叔随手把烟丢在地上，猛地踩灭后发出刺耳的声音。见苏秦挣扎起身，一副要和他争论到底的模样，便伸手把他按下去，顺手又给他掖了掖被角道："小苏啊，老马家媳妇就是个疯子，你管疯子说什么呢？"

苏秦听完，只觉得胸口一阵沉闷，仿佛刘叔放在他被子上面的那只手像是捏住了他鼻尖上方所有的空气。他抬眼看向刘叔，只见刘叔的一双眼睛隐藏在耷拉下来厚厚的眼皮后面，皱纹一寸一寸地盘绕至耳后，像是树根的年轮，代表着时间的行驶。就这么一双苍老的眼睛，虽黯淡无光，但苏秦还是在那黑黢黢的深处看到了一丝扭曲。

苏秦沉默地背过身去，刘叔拍了拍他的背后起身走开，给苏秦的床上让出了一片阳光。苏秦背后被晒得灼热滚烫，一颗心却随时间的流逝一点一点地冷却且坚硬了起来。他闭着眼睛，一遍一遍地对自己说，他想错了，老马家的媳妇就是个疯子，其他的就是误会，都是误会，老马家媳妇就是个疯子，哪里有什么人口拐卖。

十六

后来苏秦还是跟着刘叔走了。临行前，村长提着半壶山楂酒摇摇晃晃地走来，嚷嚷着当初两壶酒就是为苏秦开封的，这剩下的，他自然不会再来喝了，不如给他带走。苏秦推辞不掉，只好收下。村口风大，漫天黄沙。村长见苏秦收下酒后，把手往裤子上蹭了蹭后再紧紧握住苏秦的手，使劲地摇晃道："苏记者，咱山楂果村前的山路就靠你了，你就是咱们村的救星啊。"

苏秦的手被捏得生疼，感觉像是磨砂纸在不停地打磨他的双手，硌得心也疼了起来。在一阵胡乱点头后，村长终于放开了苏秦的手，乐呵呵地笑开，露出一嘴参差不齐的黑牙，拍着苏秦的肩膀道："好，好，好。"末了，又要人搬来一个大蛇皮袋，里面全是山楂果子，说是全村人的一点小心意，让苏秦带回南方。

苏秦哪里肯要，双方一阵推拉，最后苏秦从袋子里抓了一把攥在手里，说心意全在手中，众人才渐次散去。

苏秦别过身去，一脚踏上车前的踏板，又突然顿住，扭头望向村里，山山重叠，尘土飞扬，河水四溅，不远处似乎有个身影一直往前跑。苏秦瞪大了眼睛退后一步，努力想要看清，却被刘叔拉进车厢，叫嚷着要赶快走。村长也跟着刘叔催促着苏秦，帮着他把所有的行李齐溜溜丢上车。苏秦被村长推搡得有些恼，推开村长和刘叔，正想着往后走一大步时，又被一群村民给拦住了，他们操着一口苏秦听不懂的方言叽叽咕咕着什么。

近了，近了。

是老马家媳妇！

虽然只见过一眼，但那脸色苍白的模样却深深地镶嵌在苏秦的脑海里，他看着老马家媳妇的嘴缓缓张开，却被突如其来如炸雷般的轰鸣声给遮盖住了双耳，是汽车马达的轰鸣声，是刘叔叫嚷着让他走的声音。

他怒吼，他挣扎，他想拨开人群走向她，他抛弃了昨天自己给自己脑海里安插的所有答案。他只想走过去，问她是不是被拐卖，问她想不想家。他眼见着她挤入人群，又被推倒，躺在地上，再爬起来时已经被几个大汉给举起来，她扭头，望向苏秦的眼神绝望而又死寂。

倏地，村长的那句"她是个疯子"山谷，一道一道的回音波动，刺激得他双脚无力，一下子就跪了下来。而刘叔就在他身后，紧紧地勾住他的双臂，猛地把他丢进车里。还未等苏秦反应过来，汽车已经飞驶出去，村长头上那顶帽子渐渐地淹没在山峦中，最后随着村子一道，消失不见。

十七

车子在山路上行驶，跌跌撞撞，苏秦被颠得烦躁，干脆打开车窗，窗外山脉绵延相似，像是时间停顿了般，而就在时间停顿时，窗边透来了一丝混沌的风，越过眼镜迷住了双眼。苏秦心里一颤，摘下眼镜拼命地揉着眼睛，却发现眼睛十分干涩，揉了半天，眼睛像是被搓下一层皮般疼痛，却没有一滴眼泪。

他坐在弹簧四起的汽车后座上，想起了老马家媳妇的眼神，揉捏着自己的记者证，那声音刺啦作响，惹得坐在副驾驶的刘叔砸吧着嘴扭头看着苏秦。苏秦对上刘叔的眼神，只觉得他目光平远，像是不起微澜的死水，深不见底地吸着阳光。苏秦心里有些发毛，一颗心又紧张地乱蹦起来。

司机从耳后把烟取了下来，腾出一只手点燃，斜眼看了眼刘叔，见刘叔目不转睛地看着苏秦，便扯了扯嘴唇道："老刘啊，你这个眼神仿佛让我回到你当镇长的时候啊，哈哈哈。""哈哈哈。"刘叔突然笑开，猛吸一口气，却被烟呛得连声咳嗽起来，动作之大使得整个车子都在颤动。

司机叼着烟，喷吐着烟雾，扭头对着苏秦一挑眉后坐正开车。刘叔笑声渐弱，伸手把挂在后视镜上的晃个不停地吊坠转正，转正的一瞬间，吊坠不经意挡住了太阳往车里射着的阳光，车厢里倏地暗了下来，苏秦仿佛看见刘叔眼角有几丝刺眼的光亮。

辗转几天，终于到达镇上，王镇长喝得醉醺醺地倒在办公室的长椅上，苏秦见着心烦。王镇长的挽留最终没有留住他匆匆赶往火车站的脚步，遂作罢。于是在漆黑一片的火车站，刘叔给苏秦点上一根烟，点点火光在黑暗里一明一灭，苏秦透着这点光望向刘叔的脸，只觉得明明是那么近，却又那么远。

最后他们在风口里挥手告别，苏秦提着行李就踏上了火车，火车开动的一瞬间，轰鸣声遮盖住了一车厢里的叫卖声、吵闹声、哭声笑声，在这片刺耳的巨大声音里，苏秦耳鸣轰响，内心却一片寂静。他本能地抗拒一个如此嘈杂的人群，把内心的音量调小控制到 0 分贝。在山楂果村待了两个月带二十天，他越发喜静。人多，口杂，各种喧嚣张扬都会使他产生幻觉。

抬眼，望着玻璃反光中自己的脸，胡子拉碴，灰头土面，冲锋衣上深一块浅一块的污渍，大概是在离开村子时，被刘叔与司机同时紧紧地压在地上留下的。他在玻璃中反反复复盯着自己的脸，恍惚间又看见老马家媳妇那无措的眼神，轰鸣声消散后，他仿佛又听见那一声遥远的"救命"。

回到萧山后，苏秦就打车回家，出租车司机见苏秦如此狼狈，便开口问他："小伙子，去那里走了一圈啊？"苏秦没有回答，靠在柔软的后座上舒展着自己的骨头，微微闭上了眼，感受着窗外的车水马龙。路灯的光错杂地投射在车窗上，又投在他的眼底。车上广播正放着舒缓的音乐，叮叮咚咚的钢琴曲洗刷着苏秦这段时间的疲惫。半晌，苏秦才缓缓开口："走山。"司机听不懂苏秦的意思，歪着头从后视镜里看了眼苏秦，笑开："山里好啊，有山有水有树林。"

又过了一会，苏秦再次开口，这次，他是对着电话那头说的："110 吗？我是《萧山日报》的记者，我发现有个地方有人口拐卖的情况。"

十八

两年后，苏秦的纪实文学《走山》正式出版了。西北山区的公路也得到了政府部门自上而下的层层重视，听说镇里打算开发山楂果村的乡村旅游。苏秦也晋升为《萧山日报》的副主编。这两年，苏秦参加了一个"爱护妇女儿童，关心留守老人"公益组织，他和其中的一个叫清澜的义工恋爱了。巧得很，清澜是蔡静老公费老师的表妹，也是萧山人，她比苏秦小三岁，在派出所上班。蔡静第一时间得知苏秦要和警花表妹谈恋爱，立刻发来信息祝贺并善意提醒他，清澜是三个孩子的"爱心妈妈"。

苏秦回复蔡静："正因为如此，才值得深爱。"蔡静被苏秦感动了。这两年，苏秦成长了，成熟了，不仅有正义感，还有爱心，有担当。她这些年待在报社，编编副刊，始终像一只被温水煮着的青蛙，遇到苏秦，犹如遇到了一把火，她看到了光亮。她主动加入了"爱护妇女儿童，关心留守老人"公益组织，并每周组了一个整版，编发萧山的爱心人与事。有很多人通过报纸了解到这个组织，并积极要求加入，就连一贯酷爱喝茶说书的苏父也来助阵，他乐得重操旧业，每天手握一块刮痧板，比以前忙碌多了。

又是一年深秋。十一月的天气不冷不热，苏秦和清澜去大西北旅游结婚了。这几年，那个偏远的山楂果村一直在苏秦心里牵挂着，只是他没有勇气去打听。老马家的媳妇最终被解救了没有？他深知拐卖人口是犯罪，想到那种用欺骗、利诱、胁迫等手段来对付一个手无寸铁的妇女，他的心都止不住地疼痛。但是他却不是救世主，他憎恨自己的无能为力。就着十天的婚假，他和清澜商量，坐绿皮火车去西北，带她去西北深山里走一次山。

西北高原最常见的就是连绵起伏的光秃秃的戈壁，除了岁月风霜冲刷的沟壑之外，什么生命迹象也看不到。清澜对苏秦说："到底是西北，与江南风光大不相同。虽然说这里很荒凉，但矗立在荒原上的山峰高高低低，起伏变幻，也是一种景致呢。""当然了，"苏秦回道，"戈壁上一望无垠，除了空旷还是空旷，只有在这里，方能体会到天地之大，而人是如此渺小。"两个人行走在茫茫戈壁上，掠过一段段古长城的残迹，在夯土堆成的土堆和沙丘之间，在一阵又一阵呼号的风中，双双沉默。

遇到有水的地方，就有了生气，蓝天白云倒影在水中，有着无法言说的美。清澜兴奋地以水当镜，一边整理着被风吹乱的长发，一边说："难怪西北人说，最美的地方是绿洲。绿洲是沙漠和戈壁滩中最灵动的地方。"秋天的绿洲，水色和草色都非常美。

然而，他们此行不是来欣赏美景的，出了沙漠，便坐车一路往西。终于快到苏秦日夜惦念的山楂果村了。乡村已通了盘山公路。顺着公路下山，有大片楼宇在起伏的地势上竖起，山楂树一棵接着一棵，红红的果子渗出一种喜庆的味道，似乎把山势也衬得不那么陡了。

苏秦极目远眺，山外还是山，绵延无尽。清澜爬上一道山梁，却见还有更高处。远方，满眼的山楂树，层层梯田，红绿相间。齐刷刷的白杨流淌着浓艳的金色，河岸旁缤纷的树木，让干涸的河床也显出了生机。再往前就是溪道十八绕。湍湍溪流，流银碎玉，清澜感叹简直到了世外桃源。苏秦眉头一皱："你住久了就知道了。险啊。出山的路途经五六个溪弯，踩着河中突出的石头过河。天晴尚好，下雨石滑，若不慎落水，只有忍着一天的湿衣裳。甚至时有急雨，山洪暴发，那不是一般的险，会出人命的。"

清澜点点头继而发问："秦，你说，老马家媳妇还在不在？"苏秦沉默了。半晌才回道："这是我一直担心的问题。希望她早就不在了。不管是逃走还是被解救出去的，我心里是希望她不在这里的。一个妇女在被拐卖的过程中，伴随着的却是一系列的罪恶。人贩子通常都会采用欺骗、绑架、关押、虐待、强奸、买卖等各种犯罪手段。他们把女人当牲口一样买来之后，在长达数年甚至数十年的时间里，随意强奸、打骂、关押、胁迫、跟踪、强制劳动，直到她们放弃反抗，逆来顺受……"苏秦说到最后，眼眶都红了。

他们终于在天黑前到了村口。苏秦不费事就走到了老马家。他"笃笃"地敲着门，见没反应便大着声说："屋里有人吗？两口子走山迷路了，求住宿一晚。"依然没人来开门。还是清澜反应快，她试着推了推门，门便开了，很快两人就进去了。老马不在家，一个着绿袄黑裤盘头发的年轻女人正在灯下做晚饭，两个孩子看见生人，分别抱住她的腿，眼神怯怯的。这一幕让苏秦心里一凛，这绝对是老马和他媳妇的孩子。面前的女人，定是老马媳妇了。

　　清澜上前和女人攀谈，女人并不接话，两只手专注地揉面。当她听说眼前两个人是从南方赶过来的时，揉面的手顿了一下，盘在头上的长辫子突然松了。她目光定定地看着清澜，嘴唇抖动了半天，最终从面团里抽出双手，合十，闭目颔首。这时候，苏秦用眼神制止了清澜的滔滔不绝，他突然想起了那一天他看到四个壮汉把老马媳妇举起时，女人那绝望的眼神。看来，老马媳妇和大多被拐卖妇女一样，曾反复抗争、逃跑，直到怀孕生子。即便我们是现在来解救她，那又能怎么样？女人眼睛闭着，心里明镜似的：她已别无选择了……

（发表于 2018 年第 2 期《百家》，有删节）

何处是归程

一

阿淮再一次醒来时已是凌晨五点半，厚重的深蓝色窗帘把窗户遮得严严实实，半点光都透不进来。许是很久没开过窗，空气带着灰尘萦绕在江淮脑门上空，她张着嘴半天才呼出一口气来。胸闷难耐，她干脆伸出手指敲了敲脑门，发出的空洞声响，在黑暗的房间里显得格外清脆。

睡回笼觉的恶果就是上班必定迟到，等阿淮裹着冬日的寒气，背对着工作台打卡时，挂钟已经指向九点。伴随着机械化的"迟到"的播报音，她的心底条件反射般地发出一阵哀号，她双手按紧将口鼻捂得紧紧的围巾，极力不让自己心底的怨气涌上来。就在她再次深呼吸时，左肩膀忽然被人重重地拍了下。

阿淮回头时依然带着些许怒气，当发现是她的分管台长邢兵时，来不及管理好她的表情。而站在她身后的邢台长，早已面色冷凝，不等她把自己的脸从扎成团的围巾中露出来向邢兵解释，邢兵已经向她挥手，示意让她马上去办公室。

于是，早晨九点半，本是热火朝天干活的时间，阿淮却裹着大围巾端坐在邢兵办公室里的沙发上。办公室和阿淮的卧室一个风格，厚厚的窗帘积压在窗户下面的暖气片上，热风带出阵阵翻滚的灰尘。书桌上的电脑屏幕泛着蓝蓝的光，映在邢兵脸上，带着股让人看不真切的抽离感。

两人就这样对望了许久，邢兵终于有了动作，他叼着烟起身，从书架上拿过厚厚的一摞资料，丢到阿淮面前的茶几上。与此同时，他叼着烟的嘴撇了撇："这个案子给你。"

阿淮含糊地"嗯"了声。大概是围巾太厚，邢兵只听见嗡嗡两声，不禁有些怒从中来，扬起声音问道："大半天的不摘围巾想干什么？准备溜出去找你妈？"

"没有没有，我早上起得太急，没有洗漱。"阿淮尴尬地拿过资料就往外走，边走边回头呜巴着嘴道："邢台，你这个窗帘还是换了吧，万一暖气烧起来呢？"

"滚滚滚。"邢兵拿过桌上的杯子，作势向阿淮丢去。阿淮把资料盖在脑袋上闪身开门溜走，开门的瞬间，外面的光隐约落在办公室里，又随着关门的动作消失不见。邢兵的脑袋埋在电脑前，定定地看着屏幕，等到指间的烟已经燃到了尽头，他才吃痛般地反应过来，用劲把烟头按在烟灰缸里。

还没等阿淮在座位上坐定，摄影老王就来了，一屁股坐在了她刚拿进来的资料上。他歪着头点了根烟，几番吞云吐雾才对着阿淮扬了扬眉毛："明天就要去，就我俩，你快准备。"

"去哪？"阿淮隔着朦胧烟雾，看不清老王的脸，呆傻地问。老王听此，瞬间被烟呛得咳嗽出声。阿淮这才反应过来，一边奋力把资料从老王屁股底下拽出来，一边打着哈哈："知道了，知道了，我下午再跟你聊具体事宜。"

老王因突如其来的巨大冲击力而被迫起身，气得叼着烟的嘴张张合合半天都没吐出个字来，正巧有人来叫他，他应了声后扭头看着看似认真工作的阿淮，心里哀鸿遍野，摇摇头走了。

阿淮花了一上午的时间消化了这次的案例。在省城下面的一个小镇上，一个叫孙安好的十岁孩子，每周都要离家出走，独自上省城。虽每次都被找回，并没有出什么大乱子，但省城究竟对这个十岁的小孩有着什么样的吸引力呢？

窗外大雨喧嚣，茶水间的窗户大开，雨滴四溅。阿淮冲了杯咖啡，望着窗外重叠起伏的高楼，胸中有气，抒发不出，抿了口滚烫的咖啡，似乎那股气也顺着咖啡流进体内。

二

"你有什么想法？"

在车上，老王坐在副驾驶座上，问得阿淮猝不及防。阿淮捏着手机半天出声："我觉得还是调查下那个孩子的家庭吧，去学校估计也不给我们采访。"

"呵。"老王轻蔑地哼了声，道："你妈没告诉你我们这次是以捐助学校的名义去采访的吗？"车子正好穿过一条隧道，阿淮的脸在黑暗中影影绰绰，老王看不清她的表情，便又把身子转回去，似嘲讽道："有好父母就是不一样。你进电视台一年，我进电视台二十年，我俩现在一起编一档节目。"

阿淮面无表情地坐在车后座上，资料在她的手里沉甸甸的。

车速很快，一路上的白色塑料大棚接连不断，小贩搭着临时的店面横在路边，各种各样的农庄广告牌在树枝后隐现，如山脉般连绵不绝。阿淮的头随着颠簸，眩晕感突然袭来，感官尽失，她仿佛看见了年幼时的自己。

那个每天被关在家里，对着各种娃娃说话的自己，那对难得和自己吃顿饭都很赶的父母。楼梯总是很长，等阿淮到家已经丧失了所有的力气。每晚，整栋楼的灯光相继亮起，昏黄的，明亮的，照亮所有回家人的路。可只有她家是漆黑一团，冰冷的黑夜似乎比楼梯还要长。

她也不知道父母什么时候回来，也许马上，也许明天。

记忆琐碎如尘，片刻湮灭。阿淮再次睁眼时世界又是清明的，后视镜上挂着的平安符晃着，明黄色的穗子扫过老王的头顶，柔软了他冷漠坚硬的脸庞。

"我们都有孙安好的详细资料，我们可以刻意在学校调查的时候采访他，让他熟悉我们后，借着校园采访的名头，再来跟踪调查。"阿淮思索半天后出声，说完盯着老王看。老王听见后，扭头看她的表情有些错愕，张着嘴点头"嗯"了声，作为回应。

等到了镇上已十点有余，老王叼着烟扛着摄像机走得极快，阿淮提着话筒跟在老王后面累得直喘气。镇长亲自来迎接这两位从省城来的"大人物"，谄笑着伸出双手要与老王握手时，却被老王避开，只得尴尬地转身要与江淮握手。阿淮提着话筒见此场景有些懵，以为镇长要她的话筒，便木讷地把话筒递过去，引得镇长陷入了新一轮的尴尬。

校长见此景，忙过来把镇长的手紧紧握在自己的手里，两眼饱含着热泪，扭头冲着阿淮和老王哽咽道："谢谢你们两位记者，谢谢社会上的爱心人士。"

老王架起机器，示意阿淮上去做个采访。阿淮接过老王的眼神，清了清嗓子就要入镜，又被老王给叫下来。

"你手上戴的什么？玉镯子？"老王皱着眉头："摘下来吧。"

"为什么？"阿淮不解，对着老王站得笔直。

"你是个记者，记者就要客观理智地报道出事情的真相，"老王耐着性子对着阿淮解释道："你的这个玉镯子，给你，给记者，带着一种感情。"

阿淮手指紧紧捏着话筒，指关节发白，她望向老王，老王长长的头发盖在眼睛上，眼里混沌。她又望向老王身后载着他们来的商务车，许是昨天大雨，镇上泥路颠簸，原本光洁的车上铺盖了层泥水。司机穿着皮夹克从车上下来，毫不在意地靠在车门上吸烟，烟雾袅袅。她还是把玉镯子脱了下来，和工作证一起塞进了包里最深处。

采访很是顺利。校长一路上保持着笑意，直到阿淮提出要随机采访一个班级时，他的笑容有些凝固。他搓着手，一边对跟在身后的老师使眼色，一边笑容满面道："记者同志啊，你也知道我们这些乡镇小学不比城里，我们可是着重培养了一个班啊，我领你们去那个班上看看……"

"这个班怎么是空的啊?"阿淮打断了校长的话问道，校长抬头看了眼班级，似松了口气，笑道："这个班上体育课去了，来，我们去另一个班级。"

阿淮隔着窗户扫了眼教室里的场景，里面黑压压的。于是扭头看了眼老王，老王冲着阿淮扬了扬摄影机，示意跟着校长。阿淮又看了眼这个教室，提脚跟着校长往前走去。

三

临近中午放学，采访才完毕，阿淮和老王拒绝了校长的再三邀请。两人带着司机三人捧着桶装泡面挤在车上吸溜着。车正对着校门，江淮一抬眼就能看见来来往往的人群。老王虽然吸溜着面条，眼睛却始终黏在窗户上，仔细地观察进出的人里面有没有孙安好。

正当阿淮捧起碗想喝口汤时，老王突然丢下碗指着一个往外走的穿黑色羽绒服的孩子道："快快快，就是他，阿淮快下车。"

阿淮迅速跳下车，当她在混乱的人群中仔细辨认老王口中的那个穿黑色羽绒服的孩子时，老王已经消失得无影无踪了。司机打开驾驶座上的窗户，摇了摇头，把阿淮的面端给她，安慰道："估计老王也找不到，你把面吃了。"

阿淮摇头，下意识地握住手腕，握住一团空气时才反应过来自己在采访的时候把镯子给收起来。那个镯子通体碧绿，是她母亲在她考进电视台当上记者后送给她的。希望那个玉镯可以保佑她，替她消灾降福，所以她一直随身戴着，把自己的所有希望与感情都寄托在上面。现在，阿淮捏着空荡荡的手臂，目光游离，心里突然就凉了半截。

老王如司机所说，灰头土脸地回来了。他侧身坐上车子，冲着司机比画着往前开的手势，扭头对着江淮道："我们直接去他家里，今天这个采访一定要拿下。"说罢，接过阿淮递来的泡面，猛吸一口。

阿淮和老王都以为孙安好家庭条件应该不怎么样，所以总是离家出走。所以司机在孩子家附近转了半天，也不敢在老远就看见的宽敞大房子附近停下。几经摸索，老王才敢确定面前这座大房子就是孙安好的家。

确认目的地后，阿淮看着这座大房子有些恍惚，下车时差点被横生的树枝给绊倒。等她稳住身形时，便发现院门大开，有位老妇人如雕塑般坐在门口的竹椅上闭着眼晒太阳，即使听见声响也不掀动眼皮。老王从车里扛出摄像机，蹲在门后面调试着角度，阿淮把话筒丢在车上，轻轻走到老妇人旁边。

"奶奶，您好，请问您是孙安好的奶奶吗？"阿淮蹲在老妇人旁边，轻声问道。

老妇人缓缓睁开眼睛，额头上的皱纹如刀刻般，眼窝深陷，混沌的眼球萎靡不振地转动着，目光中透露出一丝不解。她看着蹲在身边阿淮半天才开口回应："啊？是啊，我家孙子怎么了？""您家孙子在体育课上表现得特别好。"阿淮维持着蹲着的姿势不动，笑着跟孙老太太说着家常。

孙老太太听见有人夸她孙子，自然眉开眼笑起来，抓住阿淮的手放在自己的手掌里揉搓着，对着阿淮发出吃吃的笑声，半天后才问："那你是老师？"

"我不是老师，我是省城电视台的记者，今天来给学校做报道的。"等阿淮说完这话，老太太的手先是一紧，随即又松开，似嘲笑般开口："自从我家儿媳妇病死了以后，我家孙子每周都要往省城跑，一开始我还报警，后来知道他走不远，也就任由他去了。"

阿淮刚想开口问什么，就被老王突如其来的一声大叫给惊得回头，才发现老王又追了出去。阿淮赶忙对着孙老太太安抚似的笑了下，撒腿随着老王跑了出去。

奔跑的时候，寒气入肺，头发被风吹散，有几丝糊在江淮嘴上涂的唇膏上，还有的抽打得满脸都疼。老王扛着摄像机顺着山路跑得飞快，留下了顽强的背影。阿淮看着老王的背影，第一次开始思考她为什么会选择这个职业，而这个职业又带给了她什么。

他们充满力量，一意孤行，风餐露宿。他们所有的支撑都来自信念，这种信念，远超脱于世间。

四

老王扛着摄像机，等阿淮追上他时已经气喘吁吁跑不动了，即使如此，他还是递给江淮一支录音笔，让她赶紧追上前面隐约的身影。阿淮把录音笔揣在兜里，几步跟上。

孙安好还是一个劲地往山顶跑。饶是冬天，在这番剧烈运动下，阿淮整个人被汗浸湿。好在孙安好跑到山顶便不再往别处跑了，这让阿淮着实松了口气，她坐在孙安好旁边的石头上，用手撑着脑袋，眼冒金花。她从上而下地打量着站在她身边小小的人，却发现他的鞋带大概是在奔跑的过程中散开了，拖了一地的泥土。

阿淮歇了会，等气喘匀了，低下头凑近他，帮他把鞋带系上。

后山隔绝了城市与乡村，山前高楼耸立，车水马龙，山后青砖黛瓦，小桥流水。她看着孙安好站在山顶上，风刮过他的黑色羽绒服，发出簌簌的声响。

这种声音让江淮想起她和孙安好差不多大的时候，不愿意回家，放学后总喜欢赖在学校后门的小店不走，夏天的时候，玻璃门上贴着周杰伦的海报，碟片嘶哑地转着，江南的前奏充斥着整个房间。有时她会买根冰棍，舌头被冰得发白也不撒口。冬天，收银台前放着关东煮，袅袅冒着热气，她每天都会买一串鹌鹑蛋，举着坐到小店角落里，翻着老板新进的漫画，过会抬头看看挂在夹角处的大电视机，数码宝贝总是在五点准时开播。即使日落西山，也没有人出来寻她。她总是在小店老板快关门时跑回家，跳上楼梯，拉开沉重大门的瞬间，心脏似乎要跳出喉咙。

以前她不明白为什么每次开门时总会心跳如雷，后来她懂了，她总是幻想着，有一天，她拉开门，母亲穿着围裙端着乳白色的砂锅从厨房出来，佯装生气似的质问她怎么这么晚才回来。父亲戴着眼镜坐在沙发上看着报纸，落日的余晖洒满客厅，也洒在她的心上。

"我也不喜欢回家。"阿淮突然说出这句话，话音落下，她自己也觉得莫名其妙，于是任由尾音在舌根发颤，看着孙安好的侧脸，慢慢笑出声。

"我以前喜欢回家，后来爸爸不回家，奶奶眼睛不好，烧菜的时候总把酱油当成醋。"孙安好出乎意料地接过阿淮的话茬，双手拉着衣服，想要扯平这件皱皱巴巴的羽绒衫。阿淮的目光随着他的动作飘远，她接着听见孙安好细细的声音，像是从地底下冒出来："我妈做菜可好吃了，她还会辅导我作业。可是她生病了，爸爸说要把妈妈带到省城去看医生，后来妈妈再也没回来过。"

阿淮有些哽咽，只觉得录音笔硌得她的胃生疼。

"我每天早上都把鞋带系得紧紧的，就怕走路走到一半它突然散了，妈妈不在了，没人给我系鞋带了。"孙安好吸了吸鼻子，半天才说下句话："姐姐，你刚刚给我系鞋带的时候，我以为我妈妈回来了。"

阿淮不说话，把手伸进口袋里，按下了录音笔的暂停键，搂过站在一边的孙安好。她坐在石块上，头靠着孙安好的胸膛。即使隔着厚厚的衣服，她依旧可以听见他强有力的心跳声，接连不断。

"妈妈走了，不会回来了，但总有一天你会再遇见她。"江淮的声音有些气息不稳，声音有些发颤："你现在不要去找，你就在这里，你等着，她会以另一种方式陪伴你。"

阿淮想起那年，在宝华山隆昌寺里，她跪在佛祖面前，摊手叩拜后，回首就见律宗法师坐在门后，大片的阳光落在他身后，投射出深深的倒影，深邃而绵长。他说："人死后即化作一缕风，轻盈自在。"

山那头的城市，车流不息的环路，汽车引擎发动的声响震得人心头发颤。大风呼啸的地铁站，广告牌上妆容鲜丽的明星姿势优美，路边极速走过的上班族，一眼足够落泪。

五

阿淮把孙安好原路送回家，孙安好话不多，捏着阿淮的袖子不撒手。直到家门口，孙安好还不肯松开，阿淮软着嗓子劝了半天，他才放开手。江淮仔细一看，她的呢子大衣已经被攥出了个形状。

临走前，老王在搬器材。孙安好走到江淮身边，怯怯地问了句："你还会来吗？"

"会的。"阿淮摸着孙安好的脑袋承诺道："你努力学习，争取考到省城，我每天给你做饭，我保证分得清楚酱油和醋。"

孙安好笑出声，站在路边看着阿淮的车子渐行渐远。

回去的路上，阿淮接到了母亲的电话。

"我在你家里，快回来。"母亲的声音清冷，在这寒气刺骨的冬天显得十分冷漠。阿淮"嗯"了声，匆忙挂断了电话。老王听见动静后停止了回看摄像机里视频的动作，问道："你妈妈知道这次是我跟你出的采访吗？"

"我回去她就知道了。"阿淮从包里掏出玉镯子，重新戴上。

玉镯子冰冷的质感刺激得她浑身起了鸡皮疙瘩。白天迎风招展的白色塑料大棚，此时尽数蔫了劲，弧形的竹竿勉强撑起了大棚的模样，在这漆黑的夜里显得十分刺眼。隐没在树林里的山庄广告牌瞬间亮了起来，红色的光十分晃眼。有商贩蹬着三轮车往回赶，擦身而过的瞬间，仿佛时间静止，阿淮可以看见她们掩埋在狂风呼啸下安静的内心。

家里难得有光，看得阿淮心中有些温暖。母亲披了件民族风披肩窝在阳台上的躺椅里，见阿淮站在门口，不禁笑出声："傻站在那里干什么，来，给妈妈抱抱。"

灯火黄昏中，母亲的面色温柔，眼里细碎若星河，黄色的卷发披在一侧，仿佛花落肩头。阿淮踌躇了下，还是换了鞋子扑倒在母亲的怀抱里。

家人闲坐，灯火可亲。

"今天的采访怎么样？"母亲轻轻地拍着阿淮的脑袋，问道。

"挺好的，老王一直带着我。"阿淮吸了吸鼻子，半天嗡嗡出声。她突然抬头，直直地看向母亲的眼睛，道："我去找了那个总是离家出走的孩子，他其实不是离家出走，而是去省城找爸爸。"

母亲"嗯"了声。阿淮换了个口气继续道："留守儿童，我觉得他挺懂事的，我想资助他。"

"都行。"母亲带着笑拍了拍江淮的脸，笑道。

"其实我一直觉得我也是留守儿童。"阿淮想了半天，最后还是说了出来。母亲听此，维持着刚刚拥抱阿淮的动作不动，只是抽出一只手，捏着阿淮的手掌，笑道："我承认我在年轻的时候和你父亲为了打拼事业，多多少少忽略了你，好在你也健康成长了，现在当了记者，接触的事情多，想法也多，我也理解。但你要知道，妈妈给你的，都是最好的。"

"他们都说，记者是冷静的，就应该客观理智地报道出事情的真相。"阿淮顿了顿，把自己的手掌从母亲手中抽出："我一直觉得我情感充沛，我做不到，直到我脱下玉镯子的时候，我才恍惚明白，我也是冷静的，我所有的感情都埋藏于年幼时那间黑暗的房间。"

　　母亲轻笑出声，也不说话，摸着阿淮的脑袋的动作越发轻柔。

　　年少时恣意潇洒，为了心里的真理一往无前。未曾想过其实这样才是不得生活的要领。那时的我们，未曾深入行走，不明白什么是宽容和原谅，更不懂何为珍惜。我们要走的路途，迂回转折，摸索不得其果。许是只有在灯火黄昏处，登高望远，看城楼下灯火通明，才能获得对自己，或是对他人的释然。

　　此时的房间，像一艘沉没许久的轮船，船体被腐蚀，只留残骸碎片，在大海中漂散开来，荒芜无声。母亲的话仿佛还在耳边响彻，阿淮却没有力气再咀嚼其中的意义。

　　大概是从进了电视台开始，母亲的标签就一直挂在她的身上。母亲的成功给她带来的便利，都是讽刺的存在。所以在别人眼里，她所得的一切都是轻而易举，即使她努力，她向上，在最后获得成功的同时，也伴随着轻飘飘的那句："也不看看她母亲是谁。"

　　人渴求被理解，但终究无法被所有人理解。所谓他人的理解被扩散开来，被压缩，被咬文嚼字，最后浮于事实表面的，也许是与事实背道而驰的样子。但也没有办法，我们生而就是孤独的，即使有亲朋相伴，路，终究还是狭窄的。

六

　　阿淮最后把录音笔里的录音删了。

　　她总觉得，这期节目和以前她做得每个节目一样。他们带着相似的面具，平铺直叙，没有对善与恶的拷问，没有怜悯，没有宽恕。冷漠的如同播报机里的女声，刻板而又清冷。

对一件事的深刻体会，总是要千转百折才明白，人心是美好的，也是易碎的，它不愿意让人懂得，宁可被毁灭，最后被深埋地心。

阿淮第二天上班没有迟到，打卡完毕后溜达到自己的工位上，还未来得及打开电脑，老王的屁股又和上次一样落在了她的资料上。

"这次有没有录到什么有用的素材？你把录音导出来给我。"老王随手从阿淮的笔筒里拿出把剪刀，钩在手上晃悠着。江淮迟疑了一下，身子往后挪去，确保自己到达了安全地带才回应老王的话："你给我的时候太急了，我没注意，录音笔都没开。"

"没有？"老王一下从资料上跳了起来，眼睛瞪得圆溜溜的，配上他这几天熬夜没来得及刮的络腮胡子，着实可笑。他手中的剪刀几次想要往阿淮身上扎，又几次都忍住。最后把剪刀摔在桌上，在原本平整的桌面上硬生生砸出个坑。

"阿淮，进来。"

邢兵的声音解救了阿淮，她迅速从椅子上跳起来，头也不回地往台长办公室里跑去，其间大衣挂到了放在过道上的绿植，枝叶划在衣服上发出刺耳的声响，惹得同事纷纷侧目。

台长办公室一如既往地昏暗，邢兵的面孔隐藏在黑暗中，烟头处点点星火明灭起伏，看得阿淮心情忽明忽暗。半天的功夫，邢兵才开口说话："你妈妈刚刚给我打电话，说你这段时间身体不舒服，我也蛮后悔派你出这个案子，好在老王经验多。这次，就当训练你，你别想那么多了。"

许是很长时间没说话，邢兵的嗓音有些低哑。阿淮听着，感觉心头有根羽毛在轻轻地撩着，撩得她有些心烦意乱。邢兵见她没反应，把烟摁熄在烟灰缸里，清了清嗓子，道："有空去上面找找你妈，这个案子无论成功与否，一把手都是要签字的。"

说罢，邢兵向她挥挥手，示意她出去。阿淮踌躇了下，还是起身走了。走到门口，她转头看了眼压得严严实实的窗帘，试探向着台长开口道："邢台，拉开窗帘吧，外面天气可好了。"

"知道了。"邢兵歪着头给烟点火，挥手的模样十分潇洒。

阿淮拿着资料去找母亲，不想在电梯里遇见熟人，干脆去爬楼梯。气喘吁吁到总编室的时候，还未敲门，门就从里面被打开，母亲温柔的脸出现在阿淮的眼前。

母亲看了眼满头大汗的阿淮，细细的眉毛皱成一团，拉过阿淮的胳膊迅速进了办公室，柔声问道："怎么不坐电梯呀？"

"最近身体不好，锻炼身体。"阿淮语气不善，硬邦邦地把话丢在偌大的办公室里。母亲也不恼，眉眼带笑地接过阿淮手里的资料，顺便给她递上杯热水。热水熨得阿淮指节平坦，语气也渐渐松了下来。阿淮望着母亲站在落地窗前翻阅着资料，阳光洒落在她脸上，熠熠生辉。

"若有诗书藏我心，岁月从不败美人。"

阿淮曾经离开家四年，沿着铁路往北走，独自漂泊在异乡。她很少回家，却经常寄明信片给母亲。上面言语不多，甚至有时什么都不写。红色的邮戳变换不停，她的心里依旧沉寂，她是思念家乡的，却又无法原谅那个把年幼的自己置之不顾的母亲。现在，她挤在下班的人潮中，在晃动的地铁里，望着苍白的灯光照射下的一张张毫无生气的脸庞。

最后节目还是做出来了，老王又花了一天的工夫，重新去孙安好家做了采访。出片的当晚，老王叫阿淮一起去剪辑室看。阿淮看着屏幕里的自己面容冷淡，问校长问题的时候态度咄咄逼人，整个人都透出股强势的味道。看到最后阿淮才发现，结尾是老王在山头录的自己和孙安好的侧影。落日黄昏，他俩的影子部分叠合在一起，阿淮昂头看他的表情凝重，抱着他的双手颤抖。

七

阿淮偶尔下乡去看孙安好。有时孙安好去上课不在家，她就端个板凳和他奶奶一起坐在院子里晒太阳，把从路边买来的苹果洗干净，一口咬下去，脆生生的甜。

孙奶奶握着阿淮的手，放在自己的热水袋上暖着，絮絮叨叨说着家里的事情。她说，儿媳妇还在的时候，家里井井有条，一亩地也能养活一家四口。可惜，好景不长，儿媳妇生病，一直扛着不说，等到去省城医院查的时候，已经是肺癌晚期了。说到这里，她的泪从眼眶中落下，滚烫的泪滴在阿淮的手上。

阿淮不语，紧紧回握孙奶奶的手。

孙奶奶拒绝了阿淮的资助。她坐在小竹椅上，听见阿淮要给她钱，头摇得像拨浪鼓一样。阿淮执意要给，把钱折成正方形塞在她手里后，拔腿就跑，任由孙奶奶在身后大喊也不回头。

离这件事过去大半个月，前台突然跟阿淮说有人在大厅等她。江淮心中起疑，便问了前台找她的人什么样，前台支吾半天才组织好语言："农民工吧，可能来找你投诉。"

于是阿淮急忙下楼，在大厅里遇见了前台口中"农民工"。那个"农民工"见阿淮向他走来，就笑着对她咧开了嘴，也向她走去。等到他俩站定在大厅中央，江淮才发现他的面容和孙安好相似，便一下反应过来，叫道："您是孙安好的爸爸？"

"是，是我。"孙爸爸的笑容有些羞涩，迅速从怀里掏出一叠钱，交还给江淮："我前几天回家，我妈就从枕头底下掏出一叠钱，让我赶紧来省城还给你。姑娘，你的好意我们心领了，我还有能力，我可以养我的母亲和孩子，真的，谢谢你了。"

阿淮本想拒绝，但听完孙爸爸的话后，原本盘旋在口里的话便尽数吞回肚子里。她接过这叠钱，看着孙爸爸，笑着说："那一会我请你吃饭吧？"

"不用了，我赶工呢。"孙爸爸冲着阿淮昂头道，嘴唇嚅动了半天，又说道："谢谢你对孙安好的照顾，我还要养家，我，我没办法管那么多。"

孙爸爸走后，阿淮坐在大厅里的沙发上许久，她发现那叠钱，被压得平整得没有一丝褶皱。她可以想象，孙奶奶抚平这叠钱的时候，面色沉静，或许还带着微笑。

孙爸爸的那席话，让她想到了自己的母亲。

其实每个人心里都有一本日记，里面记录着或许好的，或许坏的事情。可是，那些细碎而又美好的瞬间，总是会被翻过，静静地压在日记的最底层，直到被时间忘记。

她和母亲之间，明明有那么多美好的事情，可她却选择忽略，忽略，一再忽略。导致她应该对母亲回报的爱，总是被推迟，被搁置，最后在心口腐烂。她应该记得母亲对她的爱，可最后，她心心念念的，都是母亲把她独自留在漆黑房间里的无助。

母亲是爱她的，即使年幼时让她独自一人，但之后的岁月，她都在补偿她。

人类的痛苦，莫过于在大海中渴死。所以她遨游，最后上岸。

阿淮看向顶楼的那扇落地窗，轻笑出声。

（豆瓣阅读青春专栏连载）

今渡月河

　　夜阑读书，翻页时手指触碰到冰冷的玻璃杯，瞬间掉入回忆中。想起入冬时，棉被被 Fiona 拍至松软，落下灰尘。而我坐在院子的藤椅上，把这沉闷的冬味吸进肺里，以为这样，就可以留住与 Fiona 同住的最后一个冬天。而这些与 Fiona 有关的细碎记忆，在浓稠的黑夜里翻滚成旧时的模样，与现实交汇，奔腾成海。

一

　　十二月的北方，下雪已不算稀奇事儿。Fiona 的教师资格证笔试成绩出来那天一早，风在耳边尖叫，天空像一块灰色的幕帐，紧接着，雪花飘了起来，起初还是零零星星的，却越下越大，纷纷扬扬，漫天覆盖，这应该是我在山城读大学的四年里下得最大的一场雪。

　　宿舍的网过于卡顿，我穿上棉鞋，戴了个耳焐子便和 Fiona 一同迎着风雪，跑到操场上查询成绩。页面刷出来时，我和她都兴奋地尖叫出声，却又在下一秒把兴奋尽数吞入口中。Fiona 捏着手机咆哮着，在操场上撒野奔跑："我怎么又没过啊！"

　　Fiona 个子高，身子骨也壮实，她像一匹马似的疯跑，操场上留下了一个一个小雪坑。我娇小的身材无法像鸟一样飞到她的前面。还好，这个时候，雪停了。我踩着老棉鞋在她身后追了几步，喉咙里被风呛得又干又痒，两腮发酸想吐，干脆一屁股坐在塑胶跑道边上那只积雪盖着的墩子上。我实在没有力气了，对着她的背影，气喘吁吁地吼道："你再查查啊，说不定是去年的成绩，今年的成绩还没有刷新出来。"

然而直到躺回宿舍里那张狭小的单人床上，Fiona还在不死心地刷新页面。黑暗中，手机屏幕投射出蓝色冰冷的光，映在她的脸上，衬得她的面色分外凝重，而几天没梳的头发纷纷"起义"，接二连三炸毛，被蓝光清晰地勾勒出轮廓。我对着暖气烤裤子，之前因为坐在雪墩子上，裤裆全部被雪洇湿了。裤子刚刚烤干，抬眼望向她的脑袋，恐怖之余，又觉得好笑。

"哎！"伴随着叹息声，Fiona把自己摔在被子里，翻来覆去把床弄得吱咯乱叫，遂又起身，把炸毛的脑袋塞在楼梯最顶格，与下铺坐着的我亲密接触。

"你什么时候考研？"在与我进行了绵长的对视后，Fiona终于问出口。

"还有三天吧。"我以为她有什么大事和我商量，就把手上的考研资料合上，把腿盘起来，伪装成一副认真听讲的模样望向她。

"那我估计是来不及了。"Fiona坐正，惋惜道。

听此，我差点伸脚把她的床给蹬翻。

第二天正在自习室做题，Fiona电话来了，她告诉我做完题后要去开会，我粗略地收拾东西后就出了自习室。自习室外台阶上坐着一个考研的同学，见我出来后，用口型问我："不用了？"我冲她挥手，示意让她进去。

门开合之间，潮湿的暖气从里面蹿出来，带着股萧瑟的味道。

开会的内容烦琐，大约就是实习单位盖章填报表之类的。班长穿着黑得发亮的羽绒大袄站在讲台上絮絮叨叨："你们千万别被骗了啊，不要签合同啊，多长点心啊。"

讲台下有同学冲着班长打趣道："怎么了班长，你好像很有经验啊。"

班长听此，愣住了，抓着自己的头发半天才露出个憨厚中带着点尴尬的笑容："我也不知道啊，我听辅导员说的。"说罢，抿着嘴补充道："反正大家注意安全啊，不要人家让你签名你就签啊，一定要看营业执照，最好拍下来……"

班长最后的话音淹没在脚步声中，人潮黑压压地向前涌动，把班长淹没在昏暗的灯光里。我和 Fiona 临走前，依稀还听见人群深处班长声嘶力竭地呐喊："签字啊，上交啊！"

下午六点的山城，铅云低沉，雾色浓厚。我和 Fiona 快速走在回宿舍的路上，大四的宿舍楼星星点点亮着灯，朦胧中，我仿佛置身大海，只觉得在此时，已有人游到对面，而我还在岸边走着。食堂玻璃门上升腾着雾气，混合着寒气卷席在空中，刺骨寒冷。

就在这密集的空间里，我们无声地感受着时间飞速流逝。

二

Fiona 站在阳台上，给她爸打电话商量实习的事情，手里的烟已经烧到末端，露出猩红的火星。她的头发和风卷在一起，于烟雾缭绕中缓缓敲击着栏杆。

我洗完澡后，Fiona 才从阳台走进来，她的嘴唇被冻得发白，点烟时手指僵硬，半天都按不下打火机。我擦着头发与她并肩坐下，问她结果如何。

她比我想象中冷静，指节僵硬不得缓和，干脆放弃点烟。用手指点着自己的膝盖道："真矛盾啊，说着想要独立与自由，却还是贪恋温暖，是不是像你这样早就计划好的就没有这种矛盾的心理？"

"也是矛盾的。"我几乎是下意识反驳道："就像我现在在考研，而考研矛盾的点是，你已经到了知道该为自己做什么的年纪，却发现被现状束缚，所以考研的过程从某种意义上来说，是自我挣扎的开端。"

Fiona 没有说话，而是起身把放在柜子里的辅导书又拿了出来，回头冲我笑道："还好没有头脑一热就卖掉。"说话的间隙，她盘在耳后的头发散落下来，挡住了我俩对视的视线。

其实任何用言语可以解决的问题都很简单，难的是你把它变成现实的过程。就像 Fiona 的教师资格证，考了三年，年复一年，仍在继续。

Fiona 躺在沙发上晾刚刚洗完的头发时，我还是忍不住了，问她："那你现在打算怎么办？"她仿佛早就预料到我会这么问她，给出的答案和以往每次我询问她的计划无异："先把证考下来，然后考编。"说罢，抿着嘴唇补充道："不过这次得回家考，等你考完研我就走。"

我考研的考点被随机分配到隔壁城市的一所中学，Fiona 提着行李陪我同去。好在连绵的雪在考研的那几天止住了，徒留大风，刮起来飒飒的，像是尖锐的指甲在玻璃黑板上划动。

我下意识捂住耳朵。Fiona 也帮着用围巾盖住我的耳朵，她说，这是为了避免知识从我身体里跑出去。或许是她这一动作起了作用，考最后一门的时候，我把围巾扎得很紧，字也写得飞快。

从考场出来，看见校门口挤着很多家长。我看着身边和我年纪差不多的同学，望着栏杆外家长们一张张被冻得通红的脸，殷切的眼神与宽厚温暖的手掌。我不由得想起了母亲，我考大学那会儿，母亲也是沦陷在家长人群中，这般引颈张望的。

我对着 Fiona 感慨道："无论你多大，在家长面前永远都是孩子。"

"是。"Fiona 眼睛亮亮的，跟着感慨道。扭头看校门口的眼神细腻绵长，也不知道她在想什么。

于是我和她坐着摇摇晃晃的城际公交回学校，一路上被修得不平整的路颠得跌宕起伏，我被颠恼了，愤恨道："还好考完试了，不然所有知识点全被颠忘了。"

听此，Fiona 如醍醐灌顶般拍了下自己大腿，像是终于找出什么原因般："我说我每次怎么都考不过，我每次考试都坐城际公交去，破案了，公交车是罪魁祸首。"

说完，Fiona 还煞有介事地点头。见她如此认真的模样，我笑得扭成一团。

三

Fiona 把车票买在我考完试的后一天，这天又下雪了。临走时，我去门口的超市给她买了包烟。她坐在行李箱上等检票，望着我老远向她走去，冲我挑眉。我走近她，准备从口袋里掏出烟递给她，却被她按回口袋里。

"不抽了，没意思。"Fiona 把手插进我捏着烟的口袋里，轻描淡写道。塑料纸在我手心，她把我的手揉成了一团，硌得生疼。我想抽手，把烟重新递给她，可她似乎察觉到了我的意图，捏我手的力量愈渐强大，仿佛要把我同这烟都捏碎。

"以后加油。"听到广播里提醒检票声，Fiona 起身，把手从我口袋里抽出，拍掉落在我肩膀上还未融化的雪花。

检票处的玻璃门大开，汩汩的雾气在涌动。我抬眼望着茫茫的雾，客车隔着老远就投射出的暖黄色灯光，答非所问道："十二月的大雪落啊，可惜我再也看不见了。"

说罢，我深吸着山城冰冷的空气，把它们都咽进了肚子里。

检票的阿姨穿着深蓝色的工作制服，头发盘得一丝不苟。她动作迅速而又机械，撕下票根，头也不抬地挥手让乘客进去。想必是见多了离别，自知离别是种定数，干脆不再有反应。

我隔着玻璃门，看着 Fiona 坐上车，擦干车窗上凝结的雾气，冲我挥手，示意我回去。我却不想动，望着她的脸被一点点升腾起来的雾气遮盖住。

而她这次没有重新擦干，只给我留个靠在窗边的朦胧身影。

看着客车摇晃地驶出车站，我想起几日前在书上看见鲁迅先生说的话："于浩歌狂热之际中寒，于天上看见深渊，于一切眼中看见无所有，于无所希望中得救。"

大学对我们来说，大约是一座逃避现实的堡垒。你住进去，把头深深埋在被子里，像一只鸵鸟。在这里，你以高昂的姿态叫嚣着你来过。你被迫离开后发现所拥有的不过是一晌贪欢，你将会终生缅怀在这里所拥有的。我们与鸵鸟最大的不同是，鸵鸟在惊醒后跑得速度飞快，而我们在把头从沙子里拔出来后，留下的只有需要更多时间来缓冲的错愕。

很多事就是这样，你昨天路过了我的花店，雨声缠绵。今天我拜访你的屋子，风吹稻花香。

只是耳朵不再灵敏。

恍惚间嗅出潮湿的春味。

（豆瓣阅读青春专栏连载）

不知归处

一

井行接到周谨言的语音电话时，正在满地找 U 盘，肩膀夹着手机明显降低了她寻找的速度，她便干脆把手机丢在摞着的书上，开着免提扯着嗓子问道："你怎么了？"

片刻的宁静后，周谨言那里传来机场播报航班的机械女声，和他平淡的语气融合在一起，让人不辨情感："我爸死了。"

井行有些懵了，半天也没说话，直到她母亲的短信发送到她手机上："你大舅没了。"

井行这才相信这件事情的真实性，随即起身去跟主管请假。直到坐进车里，她还是觉得不真切。她的手有些颤抖，插了半天才把钥匙插上，启动车时，空调口里喷出来的暖气把她有些湿润的眼眸吹得干涩。上班的时间段，漆黑的地下停车场，只有她的车灯亮着，投出一个小小的缩影。

周谨言是井行的表哥，高中毕业后就出国留学，几年不见踪影。井行往周家开的时候，仔细回忆上次见周谨言是什么时候，只觉得记忆模糊，他的面容已不再熟悉。再往深处想，也只记得他出国前在她家客厅里的身影。

那时井行的母亲极力劝阻周谨言出国读书，要求他留在本市。而周谨言一再拒绝，半点也不考虑井行母亲的建议。井行母亲见他执拗如此，只得使劲掐了下周谨言的胳膊，恨铁不成钢道："你出国了，你想让那个女人独霸你父亲的家产吗？"

接收到周谨言向她投来的求救目光，井行英勇上前，成功挤进周谨言和母亲之间的缝隙中，安抚似地拍着母亲的肩膀道：

"别担心啊，表哥肯定有他的办法，你就不用操心啦。"

"你懂什么？"母亲白了井行一眼，拨开她的胳膊并把头靠在周谨言的耳边，小声道："你这一走，天肯定要变。"

"姑姑，"周谨言拖长了尾音，把这声姑姑叫得黏糊糊的，听得井行浑身发颤。不等井行吐槽，周谨言俨然换了个语调，严肃道："我走了，这里不是还有你和井行吗？我知道，你们不会让我吃亏的。"

井行大惊，从椅子上蹦下来，连忙挥手以表决心："我不管啊，我恨数学，谁让我算数我跟谁拼命。"

"哪有算数这么简单啊。"周谨言笑了下，揉了揉井行乱糟糟的头发："所以你快点长大啊。"

身后接连响起的喇叭声成功地把井行从回忆里抽离，她手忙脚乱地继续往前开，直到身后的声音停止，狂跳的心才逐渐恢复正常。许是开车开太久，车内的空气有些闷，井行把车窗降了下来。

刹那间，风起云涌，几滴雨水落在她的方向盘上。

井行想，这天，终究还是变了。

二

等到周家的时候，院子里已经挂起层层白布。井行把车停在院子外面，往院内看去，只见人影幢幢，哭喊声不绝于耳。她鼻头酸涩，对着后视镜把面部表情调整平静后，整理好衣服，就下车往院子里走去。

她见到母亲嘴里的那个女人，正与她十二三岁的儿子一同跪在客厅，她的脸埋在了深深的阴影中，让人看不清表情。一头乌黑亮丽的头发用一根通体碧绿的玉簪盘在头上，一件月白的对襟衫子落满了星星点点的黑灰。井行对着大舅的遗像叩了三个头，使劲憋住就要掉出眼眶的泪水，深深吸口气，大步走到那对母子面前，冷着声音问道："谁准许你们跪这里的？"

身后有人想上前劝阻，又被别人拉住。井行见那个女人依然跪在那里烧纸，并没有要起身的意思，蹲下身子与她平视："怎么了，还想要我叫你声大舅母吗？"

说罢，她起身扫过屋内每一张想要看好戏的脸庞。她的眼神太过冰冷，逼得好几个人都躲开眼神。井行把包里的皮手套拿了出来，展开，再一寸一寸地戴上，整个过程优雅而又平静。

屋内的人接二连三地走开，最后，偌大的屋子里只剩下井行和那对母子。

那个女人始终挺直着背部跪在炉子前，一言不发地烧着纸钱。小孩蜷缩跪在一旁，大气也不敢出。井行见此，只觉得无奈，蹲下来烧了会纸钱后，开口道："周谨言已经坐飞机回来了，等他回来，我不敢保证他会说出什么更难听的话。"

"周谨言从小知书达理，不会比你这种小家小户出来的人刻薄。"那个女人烧完手上最后一捆纸钱，起身，扑掉身上的烟灰，望着井行缓缓反讥道。说罢，她摆弄着手上的钻戒道："我也不指望你叫我大舅母，但我希望你记住，我叫顾西笙。"

"我再小家小户也不会出来当别人家小三。"井行耐心听完顾西笙的话后，面无表情地回应。她坐在屋内的贵妃榻上，从包里掏出墨镜，摆出副不耐烦的模样，满脸都写着让顾西笙快滚的表情。

顾西笙也不想把事闹大，于是牵着孩子就走，摔门的声音巨响，震得墙皮簌簌掉灰。她走后，屋子里除了烧纸的声音之外，再无其他。或许纸钱烧得太旺，干涩的纸灰一个劲儿地往井行鼻孔里钻，她的眼泪终究还是落下了。

等周谨言到家已是第二天早上了，他睁着布满血丝的眼睛把睡在沙发上的井行叫醒。井行睡得迷迷糊糊的，半天才把眼前这位胡子拉碴的人和她记忆里青春活力的少年给对上号。

井行哀号出声，奋力拍打着周谨言的肩膀道："你都不知道我昨天多惨，和顾西笙正面交锋，她还骂我小家小户、尖酸刻薄。"

周谨言还是揉了揉井行的头发，如以前一样。

早晨的阳光透过厚厚的窗帘，朦胧得只剩一层光线。炉子里的火噼里啪啦地烧了一宿早就熄灭了，只留下灰烬。

生命的进程中，总有人会离开，而我们无法阻挡他们离去，只能站在原地，看着他们消失。只有等自己到了离开的时候，望着身后不断升腾的思念，才会明白，留不住的人强留下来也是种痛苦。

等井行梳洗完毕，周谨言已经端坐在餐厅的长桌上，面前是厨师刚熬好的砂锅粥，掀开盖子，白粥翻滚，热气腾腾。井行坐在周谨言旁边，小心翼翼地吸溜着刚盛好的粥。

"那你这次回来还会走吗？"井行接过管家端上来的茶，被杯壁烫得龇牙咧嘴，连忙把它放置在桌上，把烫得有些红的手垫在靠枕下面，询问道。

"我不觉得回来争夺我父亲的所有财产是正确的选择。"周谨言手里端着茶杯，掀开盖子，吹散了浮叶："我觉得我这样在国外活着也挺舒服的，不问世事，只做研究，你知道的，我跟你一样，对数字不感兴趣。"

井行听完周谨言的话后，第一反应是确认他是否在开玩笑，确认后，流露出来的才是她最真实的反应。

她说："周谨言你疯了吧？"

回答她的是周谨言的笑容及丝毫听不出情绪的："我没有啊。"

三

井行是跟着周谨言一起在周家大院长大的，或许是应了顾西笙那句"小家小户出来的"，即使井行的母亲是位大家闺秀，可自从和经商的父亲结婚后，不问世事的模样终究被生活磨平，她开始变得纤细而又敏感。母亲的状况导致井行更加肆意地往周谨言家里跑，她喜欢周谨言家里温馨和美的气氛，当然，直到后来她才知道这是周家夫妻俩营造出来的假象。

周谨言的母亲和井行的母亲是高中同学，那日周母来周家找井行的妈妈，正巧遇见了准备去上班的周先生，自此，周妈妈再来周家，找的就不再是井行母亲了。他们结婚时，井行的母亲是伴娘，她望着相偕的二人，真的以为他们可以天荒地老。

其实所有的婚姻都如此，再亲近的人在一起生活也会把原本浓烈的感情给消磨殆尽，只不过周母性情刚烈，又或是装够了十几年如一日的恩爱夫妻，在查出身患癌症后，竟从医院顶楼一跃而下。这一跃，摔碎了周谨言和他父亲的所有感情，也葬送了井行母亲对她哥哥最后的眷念。

井行上大学时才知道大舅背着全家在外面有个孩子，当时，周谨言已经出国两年了。她下意识地想要把这个消息给扼杀在摇篮里。当她怀揣着这个巨大的、难以消化的秘密步行回家，在路上，井行回忆起周谨言平时的行为处事，突然就明白了些什么。

想来也是可笑，周谨言曾经告诉井行，他只愿去做自己喜欢的事情，因为父亲的东西最后不一定都会留给他。井行还宽慰他，让他不要多想。现在想来，竟一语成谶。

刚出国的那年新年，周谨言跟随舍友们去了尼泊尔。踏入尼泊尔时是清晨，正巧可以看见日出。他就提着简单的行李，隔着机场大片玻璃，看见日色填满整个天空。而后出门，冷风拂面，他扭头望向机场大厅里滚动的大屏，心中却怀念起母亲做的手擀面来。

有些人离开就是离开了，起初给身边的人带来的天崩地裂的伤害也会随着时间变得平静，直至和从前无异，仿佛这个人从来没存在过。只有周谨言和井行的母亲刻骨铭心地记得，想起来时，泪流满面。

<h2 style="text-align:center">四</h2>

顾西笙还是插着那只通体碧绿的发簪，把头发盘得一丝不苟，穿着剪裁合体的旗袍端坐在宽大的办公桌后。对面的律师把遗嘱收好装入文件袋里，冲着她微微鞠躬后就推门而出。

律师离开后站在高耸入云的大楼底下，拨通了井行的电话："井小姐，周先生确实有遗嘱在顾小姐手上，里面的内容是，周家所有财产，包括房子，都归周谨言先生所有。"

顾西笙深陷在椅子里，点燃一根烟，思绪也跟着烟雾随风飘荡。她想到十几年前，周先生对她说："我什么都没有办法给你。"

当时她是怎么说来着？哦，对，她说的是："我不在乎。"

犹记当年初见，谁家的女儿轻抚琵琶，又是拨动了怎样的琴弦，谁家的少年郎在水一方，清风掠过，惊起鸥鹭。奈何物是人非，往日不可追，多情自古空余恨，好梦由来最易醒。

高山仰止，景行行止。

虽不能至，心向往之。

"我不去，谁让我算数学我跟谁拼命。"在机场，井行再次拒绝了周谨言让她去公司的想法。井行推着周谨言一路走向安检，不给他任何说话的机会。周谨言见此，只得作罢。

临行前，周谨言突然回头，望着井行的眼睛问道："你有没有感觉，我高中毕业出国那天，仿佛还在昨天。"

"呸，你就想说你这几年没有变老呗。"井行翻了个白眼，冲着周谨言张牙舞爪道。周谨言一时气急，伸出胳膊夹住井行的脑袋，愤恨道："你个不懂事的，什么时候才能长大啊？"

井行被夹得吱哇乱叫，一系列讨饶的话顺应而出。可惜效果不佳，直到登机时间已到，周谨言才放开井行。

　　"父亲给我取名周谨言，希望我谨言慎行；你母亲给你取名井行，也是希望你做事井井有条。"周谨言帮井行扎好厚厚的围巾，补充道："结果我们俩一个恣意妄为，一个没头没脑，这兄妹俩取名也是够差的。"

　　"你快走吧。"井行的声音包裹在围巾里，闷闷的，听不真切，只向周谨言挥手示意。周谨言叹了口气，提着行李过了安检。他望着井行穿着高跟鞋，从包里手忙脚乱地接起电话，又像是忽然想起什么般拔腿就跑。

　　他坐着扶梯节节往上升，眼睁睁地看着井行的身影一节一节地消失在他的视线里。

　　那些消逝了的岁月，被玻璃亘在心头，只能回忆，不可触摸。

　　可周谨言还是觉得，如果能重来，他还是会选择如此。他常感觉无处可归，但人性的本能就是驱寒向暖，他归途折返，发现即使岁月波折，他依旧把家人隐藏于灵魂深处。

　　恍惚间已是黎明，他本不知归处，却在天亮前洗净了所有的尘埃。

（豆瓣阅读青春专栏连载）

道阻且长

一

五月初就想辞职，又怕临时换老师对毕业班有所影响，干脆咽下，把早就打好的辞职报告塞进了枕头套中，夜夜枕着它入眠，似乎这样就离自由近一点。

我把顾虑与同住的舍友小白诉说，小白那时正在涂自己的脚指甲，听到我的话后讶异地抬眼瞥了我一眼，动作也未停止："说到底还是狠不下心来呗，不过你狠心不狠心也无所谓，校长肯定不会放你走哦。"

听此，我哀号着把脑袋埋进柔软的枕头里，与藏在里面的辞职报告做了次亲密交流。就这样睡到了填志愿前夕，我还是没有把辞职报告交上去。毕业班的班级聚会上，班长带着全班同学举杯敬酒，说会在大学第一个假期里回校看我。我笑着起身回敬他们酒："回校是见不到了，过了这个夏天我就辞职走人了，也许以后在路上遇见我，不用叫我老师，叫我老江就可以了。"

"好的，老江。"班长反应迅速，冲我笑的时候眼睛亮亮的。

夜了，几个学生嚷着要去唱歌，勾肩搭背地要拽我去。我连连拒绝也阻止不了热情似火的他们，干脆屈服，拖着已经进入睡眠状态的身子走向隔壁的KTV。KTV里的冷气开得很足，进去后冷不丁地起了一身的鸡皮疙瘩。回忆起上次来KTV时也是十几岁的年纪，不知天高地厚，只明白今朝有酒今朝醉，倒与他们相似。

在这样的瞬间，我遇见了插着口袋站在电梯门口打电话的宋今朝。他感应到电梯开门，眼皮都不抬地侧着身子给我们让路。

我夹在两个嚷嚷的学生中间举步维艰，只想着快点进包间，以免被宋今朝这个混蛋看见。

坐在包厢里点歌，被推门而入震耳欲聋的"江老师"的呼叫声吓得差点撞到墙上。班长高举着手里的大瓶可乐眉飞色舞："我把可乐偷渡成功了！"其他同学一拥而上开始瓜分饮料，我越过他们的身影盯着电视屏幕上面的周杰伦，维持着僵硬的笑容。

十点我就熬不住了，在学生们的挽留声中退场。班长跟着送我出来，垂着眼眸站在路边陪我等车。夜晚的风吹在人身上有点凉，冻得我连连打了好几个喷嚏。班长紧张地从衣服口袋里掏出面纸递给我。

"哎？怪香的。"我冲他打趣道："小女朋友的？"

话音未落，班长的脸已肉眼可见的速度迅速涨红，摆出想要否认的模样，又被我打断："得了吧，之前在学校我一天能见你们三次，还是在不同的地方。不过你也是怪厉害的，谈恋爱还能考这么好啊。"

"老师，我不知道怎么办。"班长的声音闷闷的，像是犯错的小孩："我们俩分数差得太多了，不知道怎么填到一起去。"

"我见过太多了。"我回答班长问题时出乎意料的平静："为了对方凭着一腔热血孤身来到陌生的城市，为此放弃更好的学校，我不否认你们的感情，我甚至会夸赞你们的勇气，但人生那么长，你需要为自己而活。"

说罢，滴滴司机也对我亮起了转向灯，我上车前对着班长补充了句："当然，你有自己的想法，你完全可以当我没说过这些，毕竟你也看见了，我也过得如此，做不了指点你人生的名师。"

我的灵魂随着时间越发得年迈起来，这种老化的结果就是让我频繁地想到从前。在这个飞速发展的时代，维持着干净的阅读与舒缓的睡眠过于艰难，我作为带着高考班的语文老师，缺少了阅读就会变得潦倒，像是丢失归途的游子。

考大学不过也只是五年前的事，两年的工作已经把我磨得面目全非，想起当初那个明艳少女，仿佛已经是上辈子的事了。就像十八岁时，迷恋年长的男子，觉得岁月是他的勋章。而现在，开始羡慕瞳孔透明的少年，清澈明亮。

填高考志愿真的是件固执而又浪漫的事，我不知道未来会发生什么，但那一刻我真的以为我们能永远在一起。

可你永远要为自己负责。

二

在一个平常的傍晚，我把辞职报告交上去，回到办公室收拾简单的物品。原本以为待了两年的地方会有很多东西要收拾，磨磨蹭蹭收拾了半天也不过一个手提袋的重量，疑惑中才领悟到，平时办公桌被各类试卷与课本堆满，自然显得多，而辞职，这些东西是不需要带走的。

高二晚自习下课，有几个学生趴在窗台上看我漫无目的地收拾东西，一个个脑袋跟着我手的方向扭动，模样可爱之余还透露出几丝傻气。我提着袋子出门，冲他们打了个响指，道："怎么了？"

"江老师你真的不教了啊？我们班前几天还在猜哪个班运气好，升高三你会去带呢。"为首的男生高高瘦瘦的，说话的声音却黏糊糊的，听得我想训他，让他好好说话。但想到今晚以后我就不再是老师了，便放弃了这个想法，对着他们微笑道："是啊，以后江湖再见啦。"

"江湖再见啊，老江。"

斯人莫遇，上高楼，再回头。

也许多年以后我们路过高中的橱窗，对着玻璃印出的自己说"很抱歉"，但你年少时拥有的梦想依旧璀璨，念而未得的爱情依旧滚烫，所有苦难被光阴熬成一锅混搭的粥，食而不知其味。

变成无业游民的第一天，小白无暇顾及我行尸走肉般的状态，因为她这几天被一个项目缠身，忙得焦头烂额。等她忙完后，才发现我维持陷在沙发里这一动作已近五天，尖叫声扭曲了我平静的脸庞："江老师！我以为你辞职是因为有了更好的工作啊！"

沉寂已久的手机适时响起，救我于水火中。接起电话，发现是以前的某位学生家长，她先是向我抱怨孩子一写作文就头大。我嗯嗯附和后，她终于说出了这通电话的重点："江老师，您这个暑假带不带辅导班啊？我看孩子班上好几个同学都在问呢。"

小白对我在家里开辅导班的举动并无异议，用她的话来说，就是"赶紧找点事情做吧，别到时候还让我来养你"。于是，在成为无业游民的第五天，我又有了新的工作。

来补习的学生中有个让我印象深刻，她是一年前教的高一班上的语文课代表，无论是晚自习还是送作业本，总能与我找到话题，张牙舞爪地形容她内心的感受，笑起来的时候眉眼弯弯、青春四溢。

可这几天相见，她总是满脸的困乏，沉默寡言。课间休息的时候我拿脑袋蹭了下她的头发，问道："怎么了？怎么感觉你都不愿意说话了？"

"没啥事情啊。"女孩打着哈欠回答我的问题，盯着课本眼皮也不动，浑身透露出"风雨不动安如山"的气势。

她的回答不在我的意料之中，我本以为她会昂着头跟我说多辛苦多辛苦，而不是平静如水，似乎早已接受了命运的波澜。"啊，不是不愿意说话。"女孩似乎是想起来什么，补充道："我很愿意说话啊，后来不是换老师了吗，她嫌我话太多，就不给我说话了，老师啊我跟你说啊……"

我拍着脑门，感慨我真的是想太多。

我在学生填志愿前就交了辞职报告，自然没去整理学生们填的纸质志愿单，所以不知道班上几个孩子到底填到哪里去了。下午去书店帮几个高二孩子选课外卷子时，出乎意料地遇见了也在找卷子的班长。我扬着手里的卷子问道："咋了，你这是做了什么兼职吗？"

"不是。"班长笑得有些腼腆："我俩不是差分差得很多嘛，我录取了华大，她没被录取。她决定再来一年，所以我在给她找些卷子。"

我有些愣住，本以为十七八岁的男孩对自己的选择大多盲目自信，仿佛三年五年就可以决定一辈子。没想到班长却把我的话听进去了，对彼此负责，与心爱的姑娘在最好的未来相见。

三

我没有续下个季度的房费，收拾了几件衣服准备出去旅行，计划旅行回来后就搬家。收拾东西那天，小白正巧不在。我穿梭于我俩的房间里，给她的化妆盒里填补了她上次试过觉得很好用的眼影盘，还有攒在包里忘记用的门口面包店的优惠券。最后实在找不到什么可以带走，于是偷偷地把几年前与小白同去商场偶然抓得的玩偶塞进包里，以免以后想起小白还要再通过高铁奔波。

坐在出租车上给小白发微信，告诉小白以免她睹物思人，就把小玩偶带走了，还自以为是地再后面加了句："你看，我给我们俩省路费咯。"小白却一别以往已读不回的状态，几乎是秒回道："别开玩笑了。我想你的时候一定是会去找你的，无论你在哪。"

小白素来都是个冷漠的人，又或长年累月忙碌的工作让她柔软的外壳愈发坚硬。合租两年，这是我第一次看她强烈地表达出内心的感受。我把头探出窗外，暗蓝色的苍穹，云朵层层叠叠，眼底发潮，却被风吹干泪意。

到达京城时发现这里难得地下了雨，路边的古老建筑被冲刷得干干净净，马路上还可以闻见淡淡的灰尘味。热浪升腾，搅得人心神不宁。我不禁感慨京城真的不是座适合散步的城市，自然无法居住。川流不息的高架桥上，汽车一骑绝尘，滚滚尾气不绝。走进冷风嗖嗖的地铁通道，脸被墙壁上的画报印得发亮。

京城的胡同与江南的小巷不同，你如果与人在江南小巷相遇，打个照面后各自大路两边。而胡同不同，宽敞得可以任由汽车行驶，于是，在京城胡同里遇见撑着伞的宋今朝时，我一个箭步掉头，随便窜进某家开着门的店里。

砖头叠建的墙面显得坚固无比，自有王城气派。墙角放置着一个大水缸，里面养着几尾锦鲤，它们正趁着雨天浮于水面，显得滑稽可爱。我往水缸里抛着在高铁上没吃完的面包，冷不丁地被一声"hello"给吓得把整个面包都丢在水缸里。锦鲤被天降正义给吓得潜入缸底，再也不探头。

"上次在 KTV 里也是，我看你的学生在，就没有跟你打招呼。"宋今朝把伞收起，抖落雨滴，双手抱臂靠在墙壁上，一副探究的姿态："这么多年没见面，还是凡事以逃避为先吗？"

逃避是处理事情最简单，也是最无用的方法。无论是大学时代写论文遇到瓶颈时，还是工作一波三折时，想到的永远不是怎么解决问题，而是如何迅速地逃走，等风平浪静后再回来面对。

总有朋友会问我为什么选择辞职，见我不答后暗自揣测，说大部分原因是高中老师太辛苦，早上被睡眠禁锢。我也不反驳，嗯嗯啊啊就附和过去。其实不然，和孩子待得久了，越发被他们身上的蓬勃之气所感染，越发觉得被前尘琐事缠身。我不愿意再被纠缠，所以自寻解脱。

这是个流行离开的时代，但是我们谁都不擅长告别。

年轻的时候，承诺脱口而出，仿佛声嘶力竭的叫嚷更能给人安全感。我爱你时，大动干戈，恨不得全天下都知道；离开时却轻轻松松，连个"再见"也没说。

时隔多年回忆起来，也只能当作笑话讲出来。眼里有泪，不知道是被烟熏的，还是觉得当初的自己过于愚蠢。

所以，我总觉得欠宋今朝一个"再见"，却又觉得，这句"再见"说出口后，我们就再也没有关系了。活了二十多年，能想起来比较幸运的事有两件，一是少年时对上你清澈的眼眸，二是我与你从未说过"再见"，也不曾再见。如今，正面遇见后，倒觉得之前所有的纠结不过都是自寻烦恼。

后来，在京城逛博物馆时，接到校长打来的电话，让我赶紧收拾东西滚回去上班。我嘻嘻哈哈一阵后挂了电话。广播里传来横笛声，笛声萧瑟。飞檐与日色交融，露出剥落的岁月。鸽子在门栏上做了短暂的停歇，拍着翅膀飞走，留下簌簌的声响。空旷的宫殿里仿佛只余我一人，曲阑深处，帘幕重重。

我给小白发了条微信，问她房子有没有租出去。小白的回答言简意赅："滚。"正当我愁着如何给她解释这事情的来龙去脉，她的第二条微信就到了："我就知道你这个人摇摆不定，明天上班前就给你晒被子。"

书上说了，天下没有不散的宴席，可书上也说了，人生何处不相逢。其实人生很多的事都没有回头的机会，我们的路，道阻且长。

（豆瓣阅读青春专栏连载）

秋日宴

一

任何一个节日都是求婚的最好契机。宴秋在商场三楼被销售珠宝的年轻女孩拦住了去路，她涂着闪闪的眼影，语气夸张，动作浮夸："难道你不想你的男朋友在西餐厅里跪下向你求婚吗？来看看我们的钻戒吧。"

"不了不了。"宴秋把手揣进大衣口袋里连忙拒绝。女孩不依不饶道："那你不想像个女王一样甩给你男朋友戒指，对他说我同意你向我求婚了吗？"

宴秋有些不知所措，她很认真地望着珠宝女孩那双闪闪发亮的眼睛："小妹妹，你从哪里看出来我是有男朋友的啊？"

"你看起来年纪不小啦，那肯定就有男朋友啊。"女孩摇头晃脑，亲切地拽过宴秋的臂膀，一边把她往店里拉，一边热情洋溢道："没有也没关系啊，来我们店里买个尾戒嘛。"

宴秋震惊，费好大的劲才把胳膊从她手里夺出来，慌不择路地跑了。

开车回家的路上，宴秋仍心有余悸。马路两旁的灯光带不停闪烁，把路前的车灯切割成不同的碎片。大城市的路况从来都拥挤不堪，好几次宴秋都是舍弃开车坐着地铁去公司，不仅不迟到，还能在出地铁站后买个早饭吃。但宴秋还是喜欢开车，等红灯时，看着头顶的地铁呼啸而过。

女孩的话依旧在宴秋耳边徘徊，她仔细想了下，上次谈恋爱还是在大学期间，对象叫沈舟，高中同学，认识七八年了。许是长时间没见面，他的相貌有些模糊，但名字仍然刻在心里。

解恩释结，更莫相憎，绝少数人可以做到这个。更多的是一别两宽，各生欢喜，我再也不会去你的屋子里听雨声。年轻时不谙世事，总是把身边的浮萍当作救命稻草。年岁渐长后才明白，如果自我不想消亡，就只能把希望寄托在自己身上，这才是自我不会被毁灭的唯一方法。

沈舟值得二十岁之前的宴秋拥有，清澈明朗，恣意潇洒。

宴秋想起与沈舟分手那天，窝在宿舍里听汽笛声不绝，看远处的后山被雾气拢绕，有前来避雨的鸟落在屋檐下，叽叽喳喳地吵着。宴秋只觉得心烦意乱，尤其是在沈舟先提出分开的提议后更甚。

其实在此之前已经有了争吵，只是宴秋以为硬着头皮走下去会有结果。

"我脾气暴躁，不知悔改。"宴秋脱口而出指责自己的话语，情绪如同山洪暴发无可收拾："我做错过很多事，这些事当然不像高中时忘带作业那么简单，又或者这两件事原本就是一件事，我知道我应该怎么做，但我还是做不到。"

"我觉得这些都不算问题，你脾气不好或者做事没头没脑，这些都可以改。"沈舟打断了宴秋的话，语气平缓没有波动："我不想到最后我们形同路人，我舍不得。"

对即将发生的事情总能敏锐地感觉到，所以就会在感应到的那天认真地等，做足了心理准备，就不会难过。

这一天终于等来了。

在需要奋斗的年纪，已经消耗了过多感情、距离和时间，只会把残存的温情消磨殆尽。在遇见宴秋之前，沈舟也不惧怕远行，但现在过分忧虑未来。他不再是少年，自然也没有当初一腔热情的勇气。所有的情爱，不过是生活的附属品，没有生活，附属品自然无处可依。

所爱隔山海，山海不可平，殊不知易平是山海，难平是人心。

二

深蓝色总给人带来恐惧感，梦里遇见深蓝色，如同把心绑在锚上，抛下就是万丈深渊。刚毕业时挑选窗帘，宴秋凭借着在大学宿舍居住的经验，往自己房间里添置了深蓝色的窗帘。向阳的房间，白天拉上它，也混沌如黑夜。

黑暗对逃避成瘾的人是绝佳的藏匿之处，也是堕落的开始。

宴秋能想到最黑暗的日子是在大学毕业那会，考研失利，家道中落，母亲提着行李坐上飞机不知归期，父亲除了整日酗酒与骂人之外再无其他事情。宴秋本就是个性强硬之人，所以每次与父亲争吵时，都用最恶毒的语言诅咒，双方深知彼此的脆弱敏感之处，用利剑刺去，换来两败俱伤的结果。沈舟劝她，却被她反唇相讥，他没有生气，言语皆是小心翼翼。

生命本如死水般沉寂，宴秋沉默的目光，越过千沟万壑，因沈舟而发亮。

世上没有平坦的道路，大多数苦难之所以被称为苦难，不过是被未知的恐惧与夸大其词的表象撑起来的，人们呼天抢地地难以面对，最后被苦难折磨。人软弱之处，家人为首。高楼望断，你在笙歌中感慨人生得意须尽欢。如果无人问你粥可温，请让我带你回深蓝色的海洋。

沈舟离开后，宴秋开始留长发，留到及肩时头发杂乱如稻草，她几次想剪掉，却又舍不得，干脆把头发盘起来全部裹在帽子里，等到天气炎热才把它拆开。

九月，宴秋跟项目时去了贵州，山路蜿蜒，把人颠得昏昏欲睡，起落间，耳机跟着手机从手中脱落，原本耳机里播放的音乐瞬间充斥在狭小的车厢里，宴秋被吓醒，忙捡起手机仓促向老板道歉。

老板舒展眉头笑出声，跟着还未消散的音乐哼了几句："我年轻的时候也喜欢周杰伦啊。你这歌一放，让我有种重回二十岁的错觉。"

"您现在不听周杰伦了吗？"宴秋下意识问道，见老板微愣的表情才反应过来自己说了什么，懊恼地捂住眼睛。

"不听啦，现在听李宗盛。"老板也不介意，示意宴秋继续公放音乐，哼着调子问道："我哼的什么歌来着？"

"《东风破》。"宴秋也跟着哼出声："你走之后酒暖回忆思恋瘦。"

在那些琐碎如灰尘的时光里，我还是想起你来。

公司搞团建，老板要求大家周五晚上留在会议厅里。同事猜测是不是老板要给他们挨个发红包，宴秋本在茶水间里喝咖啡，顺口接一句："怕是一人一杯奶茶，坐在一起看电影。"同事听了尖叫起来，狂拍宴秋肩膀："那也太惨了吧。"

结果还真的被宴秋说中，老板顶着期待的目光上台，打开投影给在座的二十几个员工放起了《一代宗师》。在茶水间拍宴秋肩膀的同事隔着三排的人向她投来愤怒的目光，凭借微弱的灯光，宴秋读出了同事的口型："连奶茶都没有。"

"我在最好的时候碰到你，是我的运气。可惜我没时间了。想想，说人生无悔，都是赌气的话。人生无悔，那该多无趣啊。我心里有过你，可我只能到喜欢为止了。"

老板猝不及防地按了暂停，拍手呼唤道："同志们！现在就是最好的时候啊！奋斗的最好的时候啊。"借着黑暗，大家唏嘘出声，有人坐在椅子上起哄道："老板请客啊。"

许是最近公司收益颇多，老板心情也好，大手一挥就领着员工去楼下吃烧烤了。宴秋以要收拾东西等会儿再去的理由留在会议室里。把电影进度往前调了些：北风萧瑟，宫二穿着厚厚的旗袍在火车站里与师兄决斗，额角的白花清冷似雪。

叶里藏花一度，梦里踏雪几回。

人们总是在电影里沉浸于别人的喜怒哀乐，大动肝火去指责主角应该如何去做，大有挥斥方遒的洒脱之意。回到现实后却是谨小慎微，老板的否定、恋人的皱眉、母亲的叹息尽数袭来，灰飞烟灭的冷静在电影里重聚，落幕后，黑色屏幕里贮存着流泪的眼。

三

三十岁那年，宴秋在微博上写下这段话："今年岁三十，喜吃喝玩乐，有幸游历山水，见庙宇，闻空楼。年少气盛时恣意妄为，注定有愧父母。古人常道云上有仙，但世间万物，皆因缘而起，待檐外雨歇，屏气凝神后才发现，所谓的千年万年，不过尔尔。"

某年冬日，宴秋将窗帘换成清亮的绿色。有次母亲来这里帮她收拾屋子，见到窗帘后发出惊呼："哎，怎么想起来换窗帘啊？"

棉麻的窗帘，清透如歌，在手心里摩挲微微发痒。宴秋捏着窗帘侧过身子，认真回答道："不知道啊，年纪大了就开始喜欢亮亮的东西。"母亲听到后，差点把手里浇花水壶的水洒在她头上。

公司楼下垃圾桶旁有个被丢弃了的花雕屏风，宴秋遇见时与同事开玩笑说如果下班后它还在这，就把它捡回家去。下班后，屏风果然还在原地，同事捅了下宴秋的胳膊道："看来它在等你呢。"宴秋见此，撸起袖子就往垃圾桶旁走去，同事却拉住了她，画着欧美挑眉的眉毛直冲云霄，震惊之情溢于言表。

"它在等我啊。"宴秋边拂开同事的手边把头发束起来。同事抿了下唇后做了个告辞的手势，就往地铁站的方向奔去。宴秋把屏风合拢后随即打了滴滴打车，司机很快赶来，见宴秋的狼狈模样，笑出声："这个屏风跟了你很久吧。"

"啊？"宴秋开车门的手停顿了下，随后又点头道："会跟我很久的。"

老旧的花雕屏风，与整个屋子的装修格格不入。顶部的牡丹花裂成碎片，花瓣里都是细碎的纹路，灰尘簇簇地往下掉。宴秋随手抄起散粉刷刷了几下后，未见明显效果，干脆就把屏风搁置在沙发与阳台通道间。休息日在家看书，就着昏黄的花影喝茶，也算是物尽其用了。

秋天是个萧瑟的季节，要在入冬前赶着太阳把厚厚的棉被晒得柔软蓬松，马路边上的行人被风刮得越来越少，小区门口卖糖葫芦的小推车几年如一日地在路灯下伫立，快步走过，仍可以闻见山楂香。

人间至味在十一月，窗户结霜，冷风拂面。凭借多年与城市的默契添衣增暖，推门去赴秋日的宴会，放眼看去，万家灯火不灭。

和沈舟一直有联系，不过问感情的事，也不参与对方的决定，这种相处模式倒是比恋爱时更为默契。过年在超市买年货时遇见了沈舟，彼此嘲笑选的窗花丑，之后，宴秋提着购物篮往蔬菜区走去，沈舟跟上来问："你学做饭了？"

"还是煮一手好饺子。"宴秋越过被水汽喷得色泽鲜明的瓜果蔬菜，在隔壁冷冻柜里拿了好几包速冻饺子。被冻得散发着冷气的塑料袋黏在宴秋手上，宴秋用力挣脱开后痛感丛生，灯光把宴秋浇得醍醐灌顶。

提着沉重的塑料袋等电梯时，旁边站着两个高中男生在讨论过年给女朋友买什么礼物。宴秋借着镜面电梯望着男生的脸，只觉得他被帽子压塌的头发也阻碍不了他的神采飞扬。

"喜欢"这个东西在这个年纪并不能代表什么，反观高中时代的感情就很美好，说的往往都是一辈子的意思，也不用去考虑别的，只需要知道，今天天气晴朗，我很喜欢你。

想做你的月亮，在你惧怕黑暗时拨开云雾来见你。

开车回家的路上，经过高中学校，里面依旧灯火通明。宴秋在等红灯时把车窗降下，轻轻对它说了声"再见"。

把酒祝东风

一

宋词给唐诗开门的时候特地让开了身子，还把手上的炸鸡搁置在旁边的鞋柜上，大有只要你一声令下我就下楼帮你扛行李的姿态。唐诗显然被这突如其来的热情吓了一跳，半天说不出话，看着撸着袖子碎碎念的宋词满脸的莫名其妙。

"你就带了个枕头来？"宋词打破她俩之间诡异的气氛："你搬家就带个枕头？"

"啊，我学校就在旁边。我想到什么回去拿就可以了。"唐诗答罢，径直走向开着门的房间，晃了两圈后冲着宋词耸肩道："你看，这个房间里什么都有，我看我连枕头都没必要带。"

"是。"宋词把炸鸡从鞋柜上拿起来，边走边向唐诗点头道："这个房间向阳，生活用品一应俱全，甚至连化妆品都被归置得好好的，因为这是我的房间，我住大半年了。"

宋词打开另一个房间的门，举着鸡腿当话筒采访唐诗："请问这位妹妹，你觉得这个房间怎么样呢？"

唐诗接过鸡腿，环顾了这个只有张床板的房间感慨道："我觉得我现在就需要回学校拿被子。"

宋词和唐诗把被子从隔壁师大扛回小区，宋词把脸埋在晒得松软的被子里，企图逃避路人向她们投来的怪异目光。唐诗倒是坦荡，她拍了拍宋词藏在被子里的脑袋，安抚道："没事，大不了就被人怀疑是偷被子的嘛。"

好不容易走回单元楼，却发现楼里漆黑一片。宋词把头从被子里拔出来，又把头埋进去再拔出来，反复几次后失声尖叫：

“我瞎了?!”

唐诗翻了个白眼，举着手电筒从卷起的被子顶部照进去：“停电了!”

于是，临近九点的 A 号单元楼，一至十五楼的楼梯间里传来两名女子威武雄壮的打气呐喊声。爬到十三楼的时候，十三楼大妈惊恐地推开了楼梯间的门，见是宋词才把举着的晾衣架放下，拍着自己的胸口道：“你们这是大晚上锻炼?”

“阿姨，不是停电了吗?”宋词说话嗡嗡嗡的。

“是啊，但是停了两分钟就来电了啊。”大妈伸手把楼梯间的灯打开：“喏，这不是有电吗?”

夜晚，洗着澡的宋词突然从卫生间里爆发出不可置信的声音：“所以我们大概白白爬了十二层楼?!”

“纠正一下。”唐诗在房间里铺着被子反驳道：“是十五楼，在十三楼的时候你非说都爬了这么多了，干脆爬到家。”

“我们现在也是拥有了扛过被子的革命友谊了，”宋词从卫生间里出来，坐在沙发上打开了可乐，冲着唐诗举杯道：“我叫宋词，同志，你叫什么?”

“我叫唐诗。”唐诗放下手中的被子，认真答道。

月色朦胧，人间冷清，夜晚风起一池涟漪，宋词觉得，这个冬天好像来得比往常晚些。

二

小区里有只小流浪狗，宋词从搬进来就一直按时按点喂养它。

唐诗这天放学回家，就看见宋词坐在马路牙子上发呆，她走近后才发现宋词拿着围巾给小狗垫着做了个窝，自己却冻得缩成一团，像个两百斤的胖子。

“你怎么不回家?”唐诗跟着她一起坐下，把狗连着围巾端到自己膝盖上。

"冬天好冷的。"宋词把衣领往上拽了拽，戳了戳狗的耳朵："我养它大半年了，要不是因为工作太忙我就把它捡回家了。"

"我可以养啊。"唐诗把狗递给宋词，起身道："我准备考研了，平时就待家里，可以照看它，你记得早晚下班遛它就可以了。"

"你是社区派来送温暖的吧？"宋词抱起狗狗，像是怕唐诗反悔赶紧出声道："你看，我叫宋词，你叫唐诗，这个狗就叫三百首。"

说罢，一人一狗看着唐诗。

"行了行了，快回家吧。"唐诗又好气又好笑，推搡着宋词的肩膀回单元楼。

家里没养过宠物，唐诗不指望宋词会在家里放宠物用品，结果翻箱倒柜几圈后，却发现连条多余的毯子都没有。宋词见唐诗怒火中烧的模样，赶紧解释道："如果我这里有多余的毯子，我俩那天还用得着连夜回你学校搬被子？"

言之有理，唐诗愤怒地点头。

最后还是用宋词的围巾给三百首敷衍地做了个窝，好在第二天是周末，她们可以去买些宠物用品，顺便再给三百首洗个澡。

结果第二天三百首在宋词的车里上蹿下跳，吓得宋词连离合都踩不住，完全把车开成了碰碰车。几经周折到宠物中心，宋词慌忙去开车门，却发现坐在车后的唐诗抱着狗一起吐了。宋词为难地把唐诗扛起来，胳膊底下搂着三百首，雄赳赳气昂昂地进了宠物中心。

帮三百首洗澡的小妹接过三百首，发现了包三百首的围巾惊呼出声："姐姐，你怎么用香奈儿的围巾包它啊？"

原本处于昏厥状态的唐诗听此立刻清醒过来，恨铁不成钢地指着宋词半天憋出句："家里有矿啊！你这么败家？"

"啊?"宋词满不在乎地把围巾丢在椅子上,回道:"矿倒是没有,房子倒是蛮多的,比如你现在住的就是。"

"真的是啊?"在超市里推着手推车的唐诗发出了今天第 101 次的疑惑:"那你干吗还要找个合租舍友?又不是生活所迫。"

"生病了,"宋词轻描淡写地回答道:"家里不放心,还是找个靠谱舍友看住我。"

"那和父母一起住不就行了吗?"唐诗问道。

"这萝卜看起来挺新鲜的啊。"宋词避开唐诗的问题,甩着胳膊去看萝卜了。

唐诗也不追问,推着手推车缓步向前。

"我伪装成骗子,人们就说我是个骗子。我充阔,人人以为我是个阔佬。我故作冷淡,人人以为我是个无情的家伙。然而,当我真的痛苦万分,不由得呻吟时,人们却说我是无病呻吟。我想和那些不愿受人尊敬的人同行,不过,那么好的人可不愿与我为伍。"

晚上唐诗翻阅太宰治的《斜阳》时,读到了这句话,她下意识地看着宋词紧闭的房门,想起下午在超市问起家庭时,宋词淡漠的表情,倒是和之前表现出来的热情截然不同。思来想去,唐诗还是热了杯牛奶去敲宋词的房门。

三百首蜷缩在宋词的房门口,一有声响就警觉地起身,见是唐诗后又耷下耳朵继续沉睡。唐诗敲门,未得到回应,本想折回房间,却被手里的牛奶烫得冒虚汗,干脆推门而入。

屋内月色皎洁,月光铺在地板上盈盈如水,宋词赤脚盘在飘窗上,披散着头发扭头看向站在门口的唐诗,她面无表情,眼泪却汩汩地留下。明明屋内还在放着舒缓的轻音乐,空气却死寂般压得人喘不过气来。

唐诗往后退去,却踩到了散落在地上的药片。

三

第二天唐诗特地起了个大早，去楼下早餐铺里买了现炸的油条和豆浆。她坐在餐桌旁反复措辞，想着一会儿宋词出来她该怎么宽慰。还未等她措完词，宋词已经抓着头发从房间里出来了，见唐诗正襟危坐的模样，不解地问道："你咋了？"

"你没事？"唐诗发出疑惑的声音。

"我没事啊，咋了，三百首在家捣乱了？"宋词披着外套去卫生间里洗漱，发出含糊不清的声响。

"没事，赶快吃早餐，还要遛三百首。"唐诗自觉失言，感觉把话题带过去。

宋词上班后，唐诗坐在阳台上做着考研真题，三百首晃着尾巴在门口徘徊，焦躁地想要出去。唐诗没敢开门，安抚似的给三百首的碗里添了些狗粮，暂时安稳住它。

等宋词下班后，唐诗给她说了这个情况。宋词咬着指甲思索半天，猛拍大腿表示找到了问题所在："可能，它还是不习惯被圈养吧。"她坐在沙发上，边撸着三百首的头，边扭头问唐诗："我们是不是该把它放回去啊？"

"你可以让它自己选择。"唐诗把头从厚厚的文献中拔出来："它不会说话，我们也不懂它的意思，明天你遛它的时候不用拴绳子，是留是走，自然就明了。"

于是，大冬天的，宋词和三百首在小区来了好几出猫捉老鼠。三百首白天在小区花园里撒野奔跑，半天不见狗影。晚上宋词下班后又乖乖地跟着她上电梯回十五楼睡觉。宋词气得捏着三百首的耳朵，呲嘴道："早知道你白天不需要人看，我早就把你带回家啦。"

晚上，宋词的妈妈给宋词打视频，问她今年过年回不回家。还未等宋词回答，三百首先叫了起来，把视频那端宋词的妈妈吓得尖叫起来。

"你怎么还往家里捡了条狗啊？"宋词妈妈心有余悸地摸着自己的脸，问道。

"不冷啊？"宋词回答得简短有力，满脸都是要挂断视频的不耐烦："过年的事再说吧，狗叫了，先挂了。"

宋词周遭的空气骤然冰冷起来，她把手机反扣在桌面上，面无表情地看着窗外。今夜无月，雾色浓重，吸进鼻子里仿佛能把人冻住。宋词爸爸的电话此时也打了进来，同样询问宋词今年去哪里过年。

"不知道，再说。"宋词回复同样的话。

"奶奶很牵挂你。"唐诗听见宋词爸爸的声音，软绵无力，仿佛风一吹就散。

宋词的声音却铿锵有力，让人心生惧意，她说："牵挂我？那你们早干吗去了？"说罢，不给她爸爸说话的间隙，开口回绝道："不想回来，不想看见你们，看见你们，就让我想起我不愿面对的过去。"

说罢，挂断电话。

唐诗没有出声询问，只是帮她去把房间的空调打开，顺便往加湿器里滴了几滴安神的精油。

这个城市，山路崎岖，气候多变。春暖花开时，世界归于寂静。滴水成冰时，寒风吹彻四周。直到与你相遇，才发现夏天旋转在头上的风扇，又或是迷恋手里清甜味道而跟上来的流浪小狗，原来太阳一直照耀。

你要活得长久，要去很多地方，才知道你的世界不止局限于眼前。

你要走出来。

四

唐诗考完试那天下午，宋词买了束花丢在后备厢，准备晚上送给唐诗。结果被工作忙昏了头，直到回家看见在厨房煲汤的唐诗才想起来她把花丢在后备厢了。

为了图方便，宋词直接穿着拖鞋去车库取花，刚下电梯，就遇见站在电梯门口的夏旬。宋词愣住，手比脑子反应快地按上了关闭键，电梯又比手快地火速上升，望着红色上升的箭头，宋词心底冰凉一片，不自觉地蜷缩起脚趾。

当年还未与夏旬分手时，两人把房子买在同一处。分手后夏旬出国，只是几年不见，宋词早就把这件事抛却脑后。时过境迁，明了世间难能圆满后，宋词变得沉默寡言，再细究这段感情，才明了夏旬真的尽力了。是宋词太苛责，要他融化她心底的冰天雪地。

当时明月在，曾照彩云归。

由于仓促地去车库，宋词没带钥匙，手机也没拿，敲了半天门发现唐诗不在，只有三百首奋力地扒拉着门，试图与她进行灵魂交流。宋词坐在门口垫子上，长发垂落至脚底，愤恨地想等唐诗回来后定要好好询问她煲汤煲得好好的跑出去干什么。

宋词想过很多次和夏旬重逢的场面，大概就是客套着笑脸相迎，虚伪地关切对方的近况。挥手说着回见啊，心里却咒骂着再也别遇见了。反正绝对不是现在的模样，她顶着残缺不全的妆，踩着拖鞋蹲在地上扣着衣服上的毛球。

"你什么也不说，咋咋呼呼就下楼了，我以为出了什么事就跟你下楼，正好在车库门口遇见他，他也去十五楼嘛，我以为是你的朋友，就一起带上来了。"唐诗指着身上的围裙解释道，见俩人不说话，便试探性地开口："要不你们聊？我先进去。"

"没啥好聊的，不太熟。"宋词回答完唐诗的话后接着道：

"夏旬你回来卖房子？过户？"她的腿因为长时间地蹲坐，有些发颤，却还是虚张声势地起身，她的心脏在狂跳，脑子里也突突的，明明脚踩大地，却感觉身处云端。

"我本来没这个想法，你倒是提醒到我了。"夏旬也不恼，顺着宋词的话接下去。

"走吧，我送你去车库。"宋词拍了拍衣服上的灰尘，率先按了电梯："你也几年没回来了，大概路也不认识了。"

夏旬点头，跟着宋词进了电梯。唐诗站在电梯外看着门缓缓关闭，看着夏旬望着宋词的眼神逐渐柔软。

宋词和夏旬站在狭小的电梯间里，半天也没说话，还是宋词先开口："过得挺好的，不用担心我。"

夏旬把手揣在大衣口袋里，里面的盒子硌得他手生疼。他捏着盒子，最后还是没勇气拿出来，只是笑着对宋词道："我也过得挺好的。"

说罢，电梯也到底了，宋词斜靠在电梯门上，把自己缩成鹌鹑，示意夏旬可以走了。夏旬也走得干脆，头也没回。

宋词隔着昏暗的地下车库的灯光，望着夏旬的身影逐渐与黑暗融为一体。心头顿生出他们此生不会再见的感觉。从前的儿女情长，如今的天涯四散，未来遥遥无期。

我必须假装毫不在意，才能在失去时不被伤害，才能与朋友提起时轻描淡写地说没关系，都在意料之中，才可以笑着说，看，我就说过他会走的吧。

我不求你功成名就，大富大贵，只愿你一年四季，平安顺遂。

宋词裹着大衣回家，边开门边喊冷，三百首听见声音后摇着尾巴出来迎接，她笑着和三百首闹了会，才看见唐诗一副有很多话要和她说的样子，便识趣地闭嘴，等着唐诗开口。

"你怕三百首冷，都能脱下围巾给它，你明明是个心头滚烫的人，为什么对自己爱的人只会恶语相向呢？"唐诗戴着厚手套把汤从微波炉里端出来，放在桌上时劲用得大些，溅了些在宋词的手臂上。

宋词"嘶"了声，也不回答唐诗的话，自顾自地起身走向卫生间："唐诗你这个汤煲得好烫啊，是不是忙活一天啦？"

没听见唐诗的回答，她便不再说话。水龙头里流出的恒温的水包裹着她的手臂，却放松不了她绷紧的弦。

唐诗，你不知道，我的家庭给我带来了什么。那是从骨子里散发出的自卑。我的父母都不能长久地走下去，又有哪段感情能够长久地维持下去。你也不知道，我因为缺少安全感，才会抗拒所有对我好的人，你走得越近，我越想逃离。

所有的诉说都是没有意义的事情，因为你们口中的感同身受都是虚无缥缈的安慰之词。

把自我作为人生最后的结点，各自忙碌，抽时间生活。

那晚宋词梦到了好几年前，她和夏旬半夜不睡觉跑到秦淮河畔，良宵满月。又梦到了年幼时总是走不出去的那条巷子，巷子口没有等待她的人，她自顾自地奔跑。唐诗的声音在梦里显得模糊不清，醒来后才发现唐诗坐在她的床前轻轻叫着她。唐诗的手温暖而又干燥，盖在她的眼皮上，接住了她所有的泪水。

那天晚上秦淮河边的月色温柔，可惜宋词再也遇不到了。

五

唐诗学生生涯的转换，从小区左边的师大考上了小区右边的华大。抱着狗坐在阳台上，望着楼下倒车入库倒了三把都没倒进去的宋词，唐诗真的觉得也许这辈子都会留在这里。

宋词真的没有再和夏旬见过面，用她的话来说，就是不会再把做错了的事情再错一遍，比如继续磨难自己的感情和倒车入库。

三百首在年初做了妈妈，生了一窝小狗。宋词把它们捡回来在家里养着，三百首也跟着回家，不再似以前般闹腾，乖乖地和唐诗并排坐在沙发前的地毯上。唐诗念着书中晦涩的句子，三百首回以一个大大的哈欠。

三百首不再流浪，这个冬天也要过去了。

过年的时候，宋词开车送唐诗回家过年，回头的时候下错高速口，误打误撞进了京城。她逆着回家的人潮开往城区，隔着车窗听着远处烟花绽放的声音，有种朦胧的不真切感。几条街外的塔楼正做着倒计时，堵在路上的司机们见开车无望，都把头探出来跟着塔楼大喊着"三二一"，宋词见此，也把车窗降下，却被大风吹进满嘴沙子。

"新的一年要越过越好！"宋词大喊出声。

"我们会发达的！"旁边车的司机也跟着喊着。

"前程似锦！"

"荣归故里！"

此时车里是归家的旅人，都堵在路上不能动，却在新年的第一刻，真诚地祝愿身边陌生人未来坦荡，仿佛在新年对着塔楼喊出心中所念，所有梦想都会成真。其实成不成真已经不重要了，喊出来的话足够让人心头滚烫。

人间理想，星河烂漫，都比不过此时眼里的光。

宋词在此刻给唐诗开了视频，举着手机让唐诗看着京城这场盛大的烟花。耳边此起彼伏的祝福语和宋词的笑容挤在小小的手机屏幕里，看得唐诗羡慕道："烟花好好看啊，可惜我这里不准放烟花，不然我一定下楼去放了。"

"没事，'海上生明月，天涯共此时'嘛。"宋词对此显得很豁达，她眼神有些飘忽，望向远处的车水马龙。

"宋词。"唐诗的突然呼唤把宋词的眼神拉回手机屏幕，她抿了抿嘴唇，几经挣扎后还是开口道："宋词，其实我很早就认识你妈妈了。"

宋词把车窗关上，静静地等唐诗接下来的话。

"她是我们学校的名誉教授，我每次都去听她讲课。她总说她有个小女儿，她现在却找不到了，我想帮她找回来。"唐诗望着屏幕里面宋词无表情的脸，恍惚间想起了她有次突然进宋词房间，见到的也是她这样的表情。

只不过那个时候她还有眼泪，现在连眼泪都没有了。

"新的一年，把酒祝东风。"宋词还是选择了回避。

"把酒祝东风。"唐诗轻笑出声。

高速公路被无限拉长，朗朗夜空倏地就落了雪，在探射灯下翩翩起舞。宋词挂断视频，望着小雪，给自己的妈妈发了条微信："今年回来过年。"

宋词这些年，去过不少地方，未曾有过归途的念头，飞机飞过地平线，在太阳升起时蜷缩在飞机座椅上入眠，高铁飞驰在山洞里，信号全无，心潮鼓动。走下去，脚步坚定，终有一天会与所爱之人在世间繁华处相遇。

世界灿烂，欢迎回家。

（豆瓣阅读青春专栏连载）